Diogenes Taschenbuch 22415

de
te
be

Andrzej Szczypiorski

Amerikanischer Whiskey

Erzählungen
Aus dem Polnischen von Klaus Staemmler

Diogenes

Die Originalausgabe erschien 1987
in Warschau im Untergrundverlag *Neutrino*
unter dem Titel:
›Amerykańska whisky i inne opowiadania‹
Die deutsche Erstausgabe erschien 1989
im Diogenes Verlag
Umschlagillustration:
Felix Vallotton, ›La Nuit‹, 1895

Veröffentlicht als Diogenes Taschenbuch, 1991

150/91/24/1
ISBN 3 257 22415 X

Inhalt

Vorwort zur deutschen Ausgabe

Der Erzählungsband *Amerikanischer Whiskey* hat eine schmerzliche und zugleich komische Geschichte. Sie illustriert das Hin und Her des geistigen Lebens in Polen, das über Jahre hinweg dem Druck politischer Launen der kommunistischen Staatsmacht ausgesetzt war.

Ich habe diese Erzählungen in den Jahren 1975–82 geschrieben. Einen ganzen Band herauszugeben, habe ich damals nicht geplant. Es war die Zeit meiner großen außerliterarischen Aktivität. In jenen Jahren bildete sich in Polen eine demokratische Opposition, die immer zahlreicher wurde und ihre Pflichten immer ernster nahm. Es war die Zeit stürmischen geistigen Lebens und später, nach dem August 1980, die Zeit der legalen Tätigkeit der Unabhängigen Gewerkschaft *Solidarność*. Diese Jahre waren für eine auf längere Wirkung bedachte schriftstellerische Arbeit nicht günstig. Ich hatte damals nicht die Geduld, Romane zu schreiben, die Pflichten des öffentlichen Lebens beanspruchten mich. Doch das schöpferische Bedürfnis trieb mich zur Form der kurzen Erzählung. So entstanden diese Geschichten, alle tief verwurzelt in meiner Gewohnheit, das ins kollektive Leben verwickelte Schicksal des Einzelwesens zu ergründen.

In den Monaten beträchtlicher schöpferischer Freiheit zwischen August 1980 und Dezember 1981 wurden einige dieser Erzählungen von offiziellen literarischen Zeitschriften in Polen gedruckt. Ebenfalls im Jahr 1981 schlug mir der Verlag *Czytelnik* die Herausgabe eines weiteren Buches vor, und ich unterschrieb den Vertrag über einen Band kurzer Erzählungen. Erst damals ordnete ich die Mappe, die unterschiedliche Texte enthielt, und stellte den Band zusammen. Es entstand ein Buch mit zehn Erzählungen. Die beiden letzten sollten erst unter ganz anderen Umständen geschrieben werden und sozusagen den Abschluß einer historischen Erfahrung bilden.

Am 13. Dezember 1981 wurde ich verhaftet und in ein Internierungslager gebracht. Dort schrieb ich die beiden letzten Erzählungen dieses Bandes.

Als ich nach einigen Monaten die Freiheit wiedererlangte, war Polen ein anderes Land. Der Verleger gab mir das Manuskript zurück. Er durfte meine Werke nicht drukken. Unser Gespräch war traurig. Die polnischen Verleger sind Freunde der Schriftsteller. Sie verdienen Sympathie und Achtung. Nicht alle, versteht sich. Doch derjenige, der im Frühjahr 1982 das Gespräch mit mir führte, war ein redlicher und feinfühliger Mensch. Ohnmacht, Demütigung und Scham bedrückten ihn. Er sagte damals: »Wir kennen uns nicht erst seit heute. Wenn es von mir abhinge ...« Ich wußte, daß er die Wahrheit sagte. Er hätte gern anständig und vernünftig gehandelt, mußte aber schlecht und dumm handeln. Im Hinausgehen begegnete ich auf dem Korridor einer Freundin, der langjährigen Lektorin meiner Bücher. Sie brach vor Demütigung und Scham in Tränen aus. Ich sagte zu ihr: »Sorgen Sie sich nicht, meine Liebe. Es wird sich sehr bald ändern ...« Damals wollte sie es nicht glauben.

Auf diese Weise wanderte der Band Erzählungen in die Schublade meines Schreibtisches. Ich schrieb damals andere Dinge. Erst verstreute Notizen, dann aber den Roman

Die schöne Frau Seidenman, der meine Zeit und Energie bis aufs Letzte beanspruchte.

Einige Jahre vergingen. Anfang 1987 erschien bei mir ein junger, energischer illegaler Verleger. Er repräsentierte den im Untergrund tätigen Verlag *Neutrino*. »Haben Sie ein Buch für mich?« fragte er. Ich übergab ihm den Band Erzählungen. Schon nach wenigen Monaten fuhren die Kolporteure des Verlages *Neutrino* kreuz und quer durch Polen und transportierten in Koffern oder Rucksäcken den Erzählungsband *Amerikanischer Whiskey*. Mehr als einer mußte sein illegales Gepäck im Stich lassen, um nicht ins Gefängnis zu wandern. Andere kamen in die Zelle, weil sie irgendwo in der Provinz den Lesern dieses illegale Buch übermitteln wollten.

Amerikanischer Whiskey hat für mich einen besonderen Wert. Nicht ich habe etwas riskiert. Etwas riskiert haben diese jungen Leute, Männer und Frauen, Arbeiter und Studenten, die irgendwo auf dem Dachboden, unter äußerst primitiven Bedingungen dieses Buch druckten und es dann in ganz Polen verbreiteten, wobei sie jeden Augenblick Freiheit und Gesundheit aufs Spiel setzten.

Nicht ich habe damals etwas riskiert. Ich saß an meinem Schreibtisch, ein alternder Mann, ein polnischer Schriftsteller, von der Gesellschaft sicher höher geachtet, als er es verdiente, allein wegen der Tatsache, daß er Schriftsteller war, daß Gott ihm das Privileg gegeben hatte, menschliche Schicksale zu beschreiben. Nicht ich habe damals etwas riskiert. Sie haben etwas riskiert. Sie wurden von den Schlagstöcken der Polizei getroffen, sie übernachteten in Arrestzellen, man beschlagnahmte ihre Autos, sie wurden zu hohen Geldstrafen verurteilt. Sie verloren ihre Arbeit oder wurden von den Hochschulen gewiesen. Sie waren die wirklichen Helden jener Jahre und werden namenlos bleiben. Doch ist das vorliegende Buch in nicht geringem Maße ihr Werk. Es enthält die Arbeit all dieser damals im Untergrund tätigen Verleger, Drucker und Kolporteure.

Heute sind manche von ihnen in Polen bekannt. Viele aber sind anonym geblieben. Als bessere Zeiten anbrachen und man sich nicht mehr in einer Geheimdruckerei der Gefahr aussetzen oder mit einem Koffer voll Bücher vor einer Polizeistreife fliehen mußte, kehrten sie zu ihren normalen Beschäftigungen zurück. Sie sind Ingenieure, Arbeiter, Ärzte, Lehrer. Eines Tages, wenn sie alt sind, werden sie sich vielleicht mit Sentiment jener gefährlichen Abenteuer ihrer Jugend erinnern, als sie in ihrer Heimat die Bücher des »Zweiten Umlaufs« druckten und verbreiteten.

Da nun der Band *Amerikanischer Whiskey* in jenen Teil Europas gelangt, dem zum Glück ähnliche Erfahrungen erspart geblieben sind, mögen seine Leser freundlich und respektvoll dieser namenlosen, großartigen Menschen gedenken, der Mitschöpfer der polnischen Literatur in den schweren Jahren des Kampfes um die geistige Souveränität gegen die totalitäre Unterdrückung.

Warschau 1989 *A. S.*

Der schöne Nikodem

I

Onkel Nikodem war schön. Das ist alles, was man über ihn sagen kann. Der Strom der Ereignisse hat sämtliche Erinnerungen fortgeschwemmt und die Spuren seiner Anwesenheit vernichtet. Es gibt nichts mehr, was sein Eigentum war. Kein Gegenstand ist erhalten, den er berührt hat. Onkel Nikodems Landschaften sind unzugänglich geworden.

Ich muß mich darum ausschließlich auf mein Gedächtnis verlassen. Doch ich war zu jener Zeit ein kleiner Junge, für den Nikodem zur weit entlegenen Erwachsenenwelt gehörte. Ich weiß noch, daß er schön war. Auch weiß ich noch ein paar Einzelheiten, die sich vielleicht nicht unmittelbar auf seine Person beziehen, sondern sich später in der Erinnerung geformt haben, als Ergebnis von Gesprächen über ihn oder des Kontakts mit Gegenständen, die noch existierten, als er nicht mehr existierte.

Ich erinnere mich seiner in Hellblau. Doch glaube ich nicht, ihn je in einem hellblauen Anzug gesehen zu haben. Er kleidete sich sehr vornehm, entsprechend der Mode jener Zeit. Gewöhnlich trug er graue oder dunkelblaue Anzüge, die seine jünglingshafte Figur betonten. Bis heute haftet mir Nikodem im Gedächtnis als Symbol und Abbild eines wahren Gentleman. Ich sehe ihn im zweireihigen Jakkett mit Weste, in hellem Oberhemd mit leicht gestärktem

Kragen, in pastellfarbener Seidenkrawatte. Er hatte dichte, ergraute Haare und einen bräunlichen, leicht olivfarbenen Teint. Die Nase gerade, die Augen dunkel, die Brauen buschig. Er trug einen kleinen, aber deutlich sich abhebenden, mit einem Wort – englischen Schnurrbart.

Zu jener Zeit war Onkel Nikodem wahrscheinlich fünfzig Jahre alt und gehörte zu den Männern, die das Alter noch nicht spürten. Aber er ging schon ein klein wenig gebeugt.

Er sprach leise, manche Wörter unterstrich er mit einer Bewegung der rechten Hand; sie war dunkel und schlank und wies lange Pianistenfinger auf.

Vielleicht aber sahen seine Finger auch anders aus. Onkel Nikodem befaßte sich sein Leben lang mit Geschäften und hat wohl nie musiziert, über künstlerische Liebhabereien bei ihm ist nichts bekannt. Falls es sie gegeben hat, dann nach Art der Mode von damals und der kulturellen Ansprüche der gut situierten Elite. Vermutlich besuchte er Konzerte und trug dann einen Frack. Im Frack muß er imponierend ausgesehen haben. Vermutlich las er allerlei Bücher, aber überwiegend Fachliteratur. Für Belletristik hatte er keine Zeit. Die Geschäfte beanspruchten ihn. Es hieß, das seien nicht immer glückliche und völlig saubere Geschäfte gewesen. Er verbrachte ganze Wochen auf Reisen. Er wohnte in Lemberg, wo er ein herrliches, mit Familienandenken gefülltes Appartement besaß. Oft hielt er sich in Drohobycz und Borysław auf, weil Erdöl und Erdgas ihn anzogen. Doch kann man sich diesen Menschen schwerlich in der Umgebung einer rückständigen Kleinstadt, in einem unkomfortablen Gasthaus, unter Kaftanträgern und armen ruthenischen Bauern in den Gassen vorstellen, umgeben von Schmutz, Armut, Häßlichkeit und Lärm der einheimischen Existenz. Ganz bestimmt aber reiste er durch diese Gegenden, kaufte und verkaufte da und dort etwas, errang Erfolge und geriet in finanzielle Schwierigkeiten. Tauchte er in Warschau auf, so stieg er im *Hotel Europejski* ab. Er mietete für die Zeit seines Aufenthalts ein Auto oder, im Winter, einen Schlitten. Doch kam es vor, daß er, in irgendein unglückliches Geschäft verstrickt, ohne einen Groschen in der Tasche bei Verwandten oder Freunden landete, die dann seine Schulden bezahlten.

Im allgemeinen jedoch war er ein Glückspilz. Niemand sonst kaufte den Kindern so kostbare Geschenke. In ihrer Erinnerung war er ein Nabob, der Gesandte einer geheimnisvollen Welt. Er tauchte unverhofft auf, gewöhnlich gegen Abend, wenn der Kronleuchter im Salon bereits brannte. Er verschwand im Morgengrauen. Vielleicht erscheint er in der Erinnerung deshalb immer in den gebrochenen Tönen des Halbdunkels, vor dem Hintergrund der pfirsichfarbenen Portiere, wenn draußen vor dem Fenster bereits die Dämmerung herabsinkt, der Salon aber in scharfen Konturen, im Glanz des Kronleuchters und der Wandlampen hervortritt. Onkel Nikodem steht unbewegt da, seine Silhouette wirkt vor dem Hintergrund der Portiere ein wenig diabolisch. Das schöne Profil, das glänzende Auge, die Linke nachlässig in der Hosentasche, die offenen Jackettschöße, in der Rechten eine dünne Zigarette, der Uhranhänger blinkt auf dem grauen Tuch der Weste.

Es ist nichts Hellblaues an diesem Menschen. Dennoch läßt sich das erklären. Die Jahre des Großen Krieges hat Onkel Nikodem in den Schützengräben von Verdun verbracht. Er gehörte zu den tapfersten Offizieren und zeichnete sich in vielen Schlachten aus. Später, im Jahr 1920 wurde er Ritter des Ordens *Virtuti Militari*. Immer trug er die Ordensminiatur am Jackettaufschlag. Als er starb, wurden dem Beerdigungszug mehrere dunkelrote Kissen mit Orden durch die Lemberger Straßen vorangetragen.

Man wußte wenig über diesen Menschen. Er tauchte kurz auf und verschwand bald darauf für immer. Heute weiß niemand mehr, woher er kam, wo er bestattet ist.

Ehrlich gesagt, er war nicht mein richtiger Onkel. Er war der Mann einer Tante, einer schönen, feinfühligen, molligen, blauäugigen, impulsiven, launischen Frau. Ich liebte diese Tante und erinnere mich recht gut an sie, aber aus späteren Zeiten, als sie, bereits Witwe, nach Warschau gezogen war und die Lemberger Geschäfte des Verstorbenen aufgegeben hatte. Eine unklare Ahnung oder Erinnerung sagt mir, diese Tante sei erst dann schöner und lebhafter geworden, ihr Lachen sei erst zu Witwenzeiten aufgeklungen, als sie sich, in Warschau wohnend, mit allerlei Sorgen herumschlug und die Lemberger Wohnung sowie den *Daimler* nicht mehr besaß. Sie war wohl in ihrer Ehe nicht allzu glücklich gewesen. Sie hatte einen Kriegshelden geheiratet, schön wie ein griechischer Gott. Er muß grausam zu ihr gewesen sein. Er lebte, umgeben von der soldatischen Legende, machte zweifelhafte Geschäfte, verdiente Tausende und verlor von einem Tag zum anderen alles, was er besaß, um am nächsten Tag erneut sein Glück zu versuchen. Man kann sich vorstellen, wie er auf Frauen wirkte und wie er sie behandelte. Nach Warschau kam er stets allein und stieg im Hotel ab. Wahrscheinlich hielt er sich in den verschiedenen kleineren Orten auch Junggesellenwohnungen, Zimmer mit Veranden in jüdischen Kaufmannshäusern, wo Sonnenblumen, Malven und junge Apfelbäume in die Fenster schauten. Gewiß ließ er dort seine von Sehnsucht geplagten Frauen, die Ehefrauen örtlicher Starostei-Beamter oder begüterter Unternehmer für ganze Wochen zurück. Die Tante muß das gewußt haben, vielleicht aber auch noch sehr viel mehr, was den dunklen Bereich ihres Lebens an der Seite dieses leichtlebigen Mannes ausmachte. Nach seinem Tode und Begräbnis, als sie alle seine Notizen und Kalender gelesen und verbrannt und endlich begriffen hatte, was bestimmte Telefonnummern, bestimmte Initialen, bestimmte jahrlang von der Post zugestellte Telegramme bedeuteten, die er sofort zerriß oder zu einer Kugel zusammenknautschte, in eine Schublade warf und alsbald vergaß, weil neue Vorhaben ihn mit Beschlag belegten – als die Tante das alles entdeckt, in ihrem Herzen geordnet und zum Schluß ins Vergessen hinausgefegt hatte, erst dann lernte sie laut zu lachen. Sie hatte eine warme Alt-Stimme, ihre Lippen waren schmal und glänzend. Gewiß wechselte sie als Witwe oft ihre Liebhaber. Und gewiß waren das gesetzte, ruhige Männer mit recht bürgerlichen Gewohnheiten, vielleicht genossen sie auch gern ein Mittagsschläfchen, und wenn sie leise schnarchten, schaute die Tante, im Salon sitzend, mit einer mitleidvollen Genugtuung auf sie herab.

Um die Wahrheit zu sagen, niemand wußte, woher Onkel Nikodem kam. Wahrscheinlich stammte er aus Galizien, hatte vor dem Großen Krieg irgend etwas studiert und irgend etwas erworben; da er sich während des Krieges den Dreißigern näherte, hatte er bereits eine recht üppige Vergangenheit hinter sich, wenn man seinen Charakter bedenkt. Es ist also eine Biographie ohne Anfang und Ende oder vielmehr mit einem dunklen und so gänzlich erfüllten Ende, daß keine Spur dieses Menschen auf Erden übriggeblieben ist.

Ich nähere mich Onkel Nikodem jedoch an einem Tage, den man mühelos im Kalender finden kann. Und gäbe es diesen Tag nicht, hätte Onkel Nikodem überhaupt nicht existiert. Das ist die furchtbare Grausamkeit der menschlichen Erinnerung, selbst wenn man sie mit Zärtlichkeit herbeiruft.

II

Einige Tage zuvor war zur allgemeinen Verwunderung Schnee gefallen. Der Schnee taute, die Gehwege glänzten im Schein der Maisonne, ein leichter Wind trocknete die Stadt, die sauber und festtäglich aussah. Doch die Großmutter sagte, das sei ein schlechtes Vorzeichen.

»Etwas Entsetzliches wird passieren«, sagte sie während des Mittagessens.

Das Eßzimmer lag im Sonnenlicht, das Kristall klingelte fein hinter dem Glas der Kredenz, sobald in der Nähe die Straßenbahn vorbeifuhr. In den Lichtstrahlen erhob sich über dem Teppich ein Streifen Staub. Die Großmutter hatte hellblau-weißes, leicht gepudertes Haar. Ihr kleines, mit Runzeln überzogenes Gesicht verriet Unruhe und Unbehagen. Das cremefarbene, mit einer Brosche in Käferform verzierte Jabot bewegte sich leicht im Rhythmus ihres Atems. Die Großmutter trug immer Jabots. Die Dienstboten nannten sie »die alte Herrin«, oder die »Jabot-Dame«. Doch das wußte sie nicht.

Sie saß bei Tisch mit dem Rücken zum Fenster. Eine dunkle, kleine Silhouette, umgeben vom Licht wie von einer Aureole. Gegenüber der Großmutter saß ihre Tochter. Es war meine Mutter. Dunkelhaarig, schlank, nervös, unruhig. Die geheimnisvollste Frau, die ich je kannte.

Die Großmutter sagte voll Ernst:

»Etwas Entsetzliches wird geschehen.«

»Warum glaubst du das, Mama?« fragte meine Mutter.

»Dieser Schnee«, entgegnete die Großmutter. Ihre kleine, hagere Hand glitt über das Spitzenjabot, als suchte sie ihr Herz.

»Du machst Scherze, Mama«, sagte meine Mutter.

»Nein«, entgegnete die Großmutter. »Schnee im Mai?«

Sie war eine sehr vernünftige, kultivierte und gebildete Frau, gehörte aber einer anderen Zeit an. Ihre Kindheit hatte sie beim Licht von Kerzen und Petroleumlampen verbracht. Der Elektrizität gegenüber verhielt sie sich voller Mißtrauen, Autos mochte sie nicht, man mußte abends eine Droschke holen, wenn sie in ihre Wohnung am anderen Ende der Stadt zurückkehrte. Heute, nach so vielen Jahren, kann man den Eindruck haben, daß sie all die schrecklichen Geschehnisse vorausgeahnt hatte, die der Welt nach ihrem Tod widerfahren sollten, daß sie die Menschheit für wahnsinnig, sündig und niederträchtig hielt, und zwar eben deshalb, weil die Menschen das Maß verloren hatten, weil sie sich nicht mehr zufriedengaben mit einer einfachen Mahlzeit und einem einfachen Haus und einem einfachen Leben, sondern stets nach Neuem gierten und eine Menge neuer Gegenstände, Ideen und Anschauungen erfanden, als ob die Gegenstände und Ideen von früher nicht würdig genug gewesen wären. Zu jener Zeit fühlte die Großmutter sich vereinsamt und betrogen, wie gewöhnlich alte Leute, deren Freunde gestorben, deren Häuser verödet, deren Briefe vergilbt sind und deren Kleidung den Geruch der Vergänglichkeit angenommen hat. Die Großmutter meinte, alles, was ringsum geschah, sei eine Herausforderung Gottes und der Menschheit, sie hielt also die Laune der Natur für ein Zeichen, eine Warnung und einen Widerspruch.

Doch da sagte mein Vater mit einem gewissen Nachdruck:

»Mit dem Schnee übertreibst du, liebe Mama.«

Mein Vater behandelte die Großmutter sehr feinfühlig und respektvoll. Sie liebte ihn wohl mehr als ihre eigene Tochter. Sie paßten zueinander. Beide waren beherrscht, würdevoll, vernünftig. Ich sah ihrer Unterhaltung gern zu. Mein Vater wählte dann sorgsam die Worte, weil er die Großmutter für eine Frau von großer Klugheit hielt und ihre Meinung schätzte. Sie antwortete langsam, den Kopf leicht vorgeneigt, immer, wenn sie sich an ihn wandte, lächelnd, immer auch geistvoll, mit einer gewissen Distanz zur Sache, mit jener ein klein wenig raffinierten Koketterie früherer Zeiten, die der Frau gebot, unablässig an ihre Weiblichkeit zu denken, sogar im Alter, sogar während der Unterhaltung mit dem eigenen Schwiegersohn.

Doch muß es überhaupt nicht wirklich so gewesen sein. Vielleicht möchte ich nur heute, daß es so war.

Damals bei Tisch im Eßzimmer sagte mein Vater über den Schnee, er sei eine Lappalie. Doch ich war ein kleiner Junge, und kleine Jungen lauschen gern Worten, die ein Geheimnis enthalten. Darum stand ich auf seiten der Großmutter. Und wartete ungeduldig auf das Entsetzliche, das geschehen sollte. Doch die Zeit, in der ich imstande war, mir etwas Entsetzliches vorzustellen, war noch nicht gekommen.

Ein paar Tage lang wartete ich gespannt darauf, daß es in der Nähe brannte, jemand sich das Bein bräche oder aus der Provinz die Freundin meiner Mutter einträfe, die wir im Hause alle nicht leiden konnten. Meine Mutter mochte sie auch nicht, nannte sie aber ihre Freundin. Gewöhnlich sagte sie:

»Es ist entsetzlich, sie kommt schon wieder! Diese unerträgliche Person. Aber was kann ich dagegen tun, sie ist doch meine Freundin.«

Ich fürchtete also Entsetzliches. Aber nach wenigen Tagen vergaß ich Großmutters Worte. Geheimnisse dürfen nicht zu lange dauern, sonst werden sie langweilig.

III

Die Großmutter konnte Onkel Nikodem nicht leiden, kein Wunder. Sie hatte sich eine bessere Partie für ihre schöne erstgeborene Tochter gewünscht, die jahrelang alle Bewerber verscheuchte und hartnäckig im Jungfrauenstande verharrte, während ihre jüngeren Schwestern heirateten. Schließlich erschien dieser Adonis mit den schwarzen Brauen, umstrahlt von ritterlichem Ruhm, dieser galizische Halb-Herr, der mit Petroleum handelte.

Die Großmutter war eine solide, ernsthafte und geachtete Frau. Sie unterhielt sich gern über Familienbeziehungen; zu ihrer Zeit hatte ich eine Menge Tanten, Vettern und Kusinen, die in der ganzen Welt verstreut lebten. Als die Großmutter starb, starben sie alle mit ihr.

Selbstverständlich wünschte sie sich für ihre älteste, schönste Tochter einen Mann in guter Position, saturiert und allgemeine Achtung genießend. Onkel Nikodem konnte diesen Ansprüchen nicht genügen. Zu früheren Zeiten wäre er Seemann, Entdecker oder Kolonisator gewesen, der mit dem Stutzer über dem Arm, der Bibel im Rucksack und bunten Glasperlen in der Tasche durch die afrikanische Wildnis streifte. Was die Bibel angeht, so weckt sie einige Zweifel, denn der Onkel lebte im

20. Jahrhundert, in einem seltsamen und verschrobenen Land, in dem falscher Glanz und eine ganz junge Zivilisation unmittelbar auf Unwissenheit und Elend stießen – er war folglich selbst ein wenig unvollendet, zur Hälfte Eroberer voller Verve und Idealismus, zur Hälfte hingegen ein von Engstirnigkeit und Unfähigkeit erschöpfter Marodeur.

Die Großmutter mochte ihn nicht, sie gehörten ganz verschiedenen Welten an. Sie verhielt sich dem Geld gegenüber verächtlich, pflegte Lebensstil und Bräuche, die sie aus einem heruntergekommenen Gutshof mitgebracht hatte, kannte alle Bäume, Sträucher und Blumen auswendig, konnte mit den Vögeln reden, liebte Hunde, Katzen, bunte Bänder, Reitpferde, verzierte Kachelöfen, Kameen, Stammbücher, kandierte Früchte und Brahms. Onkel Nikodem neigte von alledem gelegentlich den Pferden zu, aber nur, weil er beim Rennen wettete. Was dagegen musikalische Liebhabereien anbetraf, soll er sehr schön Tango und Foxtrott getanzt haben.

Die Großmutter machte einen demonstrativen Unterschied zwischen ihren Schwiegersöhnen. Mein Vater nahm in ihrem Herzen den ersten Platz ein, Onkel Nikodem den letzten. Sie mied ihn. Es kam vor, daß sie, wenn er unverhofft während ihrer Anwesenheit bei uns erschien, allerlei Beschäftigungen in der Stadt oder bei sich daheim erfand, um sich in Eile zu verabschieden, eine Droschke zu rufen und nervös ihr Jabot auf dem Flur zurechtzurücken.

Onkel Nikodem drängte sich nie auf. Er verbeugte sich zeremoniell vor der Großmutter, küßte ihr die Hand, fragte nach ihrer Gesundheit, setzte sich dann elegant in einen Sessel, zog sein silbernes Etui, entnahm ihm eine dünne Zigarette, klopfte mit dem Mundstück leicht auf den Deckel, steckte die Zigarette zwischen seine dunklen Lippen und zündete sie sorgfältig an. Wenn er sich setzte, zog er die Hosenbeine ein wenig hoch und enthüllte die seidenen Socken. Dann wandte die Großmutter mit sichtbarem Mißfallen den Blick ab, als nisteten alle Sünden Onkel Nikodems ausgerechnet dort.

Sie war in solchem Maße gegen diesen Menschen eingenommen und von ihm enttäuscht, daß sie an seinen Kriegsverdiensten zweifelte und den Orden *Virtuti Militari* als ein kleines, unwichtiges Stück Blech behandelte, das dieser unmögliche Schwiegersohn zweifellos auf dem Basar gekauft hatte. Im Grunde beleidigte Onkel Nikodem in ihren Augen die vaterländische Geschichte. Immerhin, für Polen hatten stets edle und makellose Männer gekämpft, die die Ehre höher schätzten als das Leben. Und nun dieser Mensch, den man nicht einmal richtig einordnen konnte, weil er einmal Industrieller war, ein anderes Mal Kaufmann, dann wieder ein armer Schlucker ohne einen Groschen in der Tasche oder auch ein Krösus, der in Restaurants und nächtlichen Tanzlokalen horrende Rechnungen zahlte, der für Polen Blut vergossen haben sollte in der größten Schlacht der Weltgeschichte, der jahrelang in den Schützengräben ausgeharrt und im Fort Douaumont wahre Wunder an Tapferkeit vollbracht hatte, angeblich stets heiter und anmutig, in Kriegslisten unerschöpflich, beim Bajonettangriff unerschrocken, ja sogar ein- oder zweimal dem Tod nahe und fast durch ein Wunder von ergebenen Kameraden gerettet. Das ließ sich im Kopf der alten Frau nicht unterbringen.

Sicherlich betrachteten auch andere Personen aus Onkel Nikodems Umgebung seine Vergangenheit mit Skepsis.

Schon damals war sie unklar. Doch weil Nikodem über Charme und zahlreiche gesellschaftliche Vorzüge verfügte, verkehrte er überall, wo es sich gehörte, und die Familie behandelte ihn mit Sympathie und Nachsicht. Vielleicht wirkte er gerade darum so jünglingshaft und hübsch, während er in Wirklichkeit ein restlos ruinierter und aller Hoffnungen beraubter alter Mann war? Vielleicht drängte nur seine Lebenweise allen diese liebevolle Toleranz auf, die gewöhnlich nur junge hübsche Burschen umgibt?

Wo immer er auftauchte und die Dienstboten seine Ankunft meldeten, brachten die Damen ihre Frisur und ihr Make-up in Ordnung. Er mußte die Gabe besessen haben, mit jedem Wort und jedem Blick auf Frauen zu wirken. Vielleicht war er gar nicht verdorben, vielleicht blieb er seiner schönen Frau treu, doch schuf er immer den Anschein amouröser Freibeuterei.

Man muß auch voraussetzen, daß die Männer ihn nicht besonders sympathisch fanden. Seine Anwesenheit ließ sie im Salon zurücktreten, selbst wenn sie klüger, geistreicher und nicht ohne Eleganz waren. Erst recht seine Schwäger, etwas schwerfällige, solide, feierliche Menschen, beschäftigt mit vielen Dingen, die sie für unerhört wichtig hielten, ihres eigenen Wertes bewußt, was zur Folge hatte, daß sie das gesellschaftliche Leben mit einiger Reserve betrachteten. Sie bezahlten seine Schulden, erteilten ihm Warnungen, doch weil sie Menschen von großer Feinfühligkeit waren, taten sie das diskret und ohne Nachdruck, ein wenig besorgt und geniert, aber auch ein wenig erfreut, weil sie neben diesem Leichtfuß noch würdiger wirkten und die Geduld, mit der sie seine Streiche ertrugen, ihnen Anerkennung einbrachte.

IV

Es geschah an einem Montag. Der Tag begann banal. Wie gewöhnlich klingelte von fern die Straßenbahn, und in der Küche wurde auf den Gasflammen das Frühstück vorbereitet. Am Vorabend hatte man Plätzchen nach eigenem Rezept gebacken, die die Kinder gern mit einer dicken Schicht Konfitüre aßen.

Der Tisch im Eßzimmer war bereits mit einem cremefarbenen Tuch gedeckt, das Frühstücksgeschirr wartete auf die Hausgenossen.

Durch das hohe, vom frühen Morgen an schräg gestellte Fenster drang frische, kühle Luft ins Zimmer. Am Himmel hingen weiße Wölkchen. Die Standuhr in der Ecke zeigte sieben Uhr zwanzig. Um diese Zeit setzte man sich gewöhnlich zum ersten Imbiß. Der Hausherr achtete auf Pünktlichkeit, und weil er pedantisch war, mußten sich alle seinen Gewohnheiten fügen. Nur meine Mutter erlaubte sich eine Verspätung, sie erschien regelmäßig erst gegen Ende des Frühstücks, in ihrem seidenen Morgenrock, häufig noch ungekämmt, noch nicht richtig aufgewacht, aber bereits mit der Zigarette in der Hand. Sie trank ein Glas starken Tee, begnügte sich mit einem halben Brötchen und kehrte in ihr Schlafzimmer zurück, um erst gegen Mittag das normale Leben zu beginnen.

An diesem Montag erschien sie in ihrem aschgrauen Kleid, sorgfältig gekämmt und in übler Laune. Sie verkündete den verwunderten Dienstboten, der Herr sei telefonisch in Angelegenheiten, die keinen Aufschub duldeten, abberufen und bereits vor fünf Uhr aus dem Haus gegangen.

Die Großmutter, die bei uns übernachtet hatte, was gelegentlich vorkam, betrat das Eßzimmer frisch wie ein Frühlingsmorgen, gepudert, duftend, klein und zart, aber vor Energie sprühend. Ihr dunkler Stock klopfte auf das Parkett. Die Abwesenheit ihres Schwiegersohns beunruhigte sie. Eine Zeitlang unterhielten sich die Frauen mit gedämpften Stimmen, das Gesicht meiner Mutter erblaßte ein wenig, die Großmutter sagte: »Das kann doch wohl nicht sein!« und setzte sich mißmutig, steif, ein wenig scheu an den Tisch.

Das Frühstück wurde aufgetragen. Meine Mutter trank ihren starken Tee in kleinen Schlucken, die Großmutter stocherte mit der Gabel auf dem Teller herum. Die Kinder mußten sich beeilen, um Viertel nach acht begann die Schule.

Da klingelten fast gleichzeitig das Telefon und die Glocke an der Wohnungstür. Die Frauen tauschten erstaunte Blicke. Zu jener Zeit war das nicht die richtige Stunde für Telefongespräche. Meine Mutter ging schnell ins Nebenzimmer. Sie sagte deutlich: »Hallo?« Stille setzte ein, und dann wieder die Stimme meiner Mutter: »Das ist unmöglich!« Stille, und schließlich ein halberstickter, wilder Aufschrei – und das Geräusch des Hörers beim Auflegen.

Im gleichen Augenblick stand Onkel Nikodem auf der Schwelle des Eßzimmers. Hübsch, dunkel und lächelnd. Er trug einen dunkelblauen Anzug mit Streifen, ein weißes Oberhemd, eine schwarz-rote Krawatte, schwarze Halbschuhe und die Miniatur des Ordens *Virtuti Militari* am Jackettaufschlag.

»Liebe Mama«, sagte er, »ich freue mich so.«

Er trat zur Großmutter, küßte ihr die Hand, wandte sich dann mit einem Lächeln den Kindern zu und erzählte, er sei gerade aus Lemberg eingetroffen, habe auf dem Bahnhof eine Droschke genommen, seinen Koffer im Hotel abgegeben und sei in wichtigen Geschäften hergeeilt, habe sich deshalb noch nicht mit kleinen Mitbringseln versehen können, doch sei damit nichts verloren, bis zum Mittagessen werde er das Versäumte nachholen. So sagte er und begriff offenbar, daß die Kinder nicht verstanden, was ein Versäumnis war, denn er fügte gleich hinzu, er werde seinen Fehler in Ordnung bringen.

Hinter ihm stand das Dienstmädchen, ein hübsches Mädchen, dunkelhaarig und dunkeläugig, zierlich und ganz rot im Gesicht, denn auch auf sie wirkte dieser blendende Herr aus der großen, weiten Welt, von dem sie mehr Geschichten gehört hatte als seine Neffen.

»Meine Liebe«, sagte Onkel Nikodem zu dem Mädchen, »bring mir einen starken Tee ...« Plötzlich fügte er betrübt und an die Großmutter gewandt hinzu: »Du bist beim Frühstück mit den Kindern allein, Mama?«

»Der Doktor ist frühmorgens fortgegangen«, antwortete die Großmutter.

Sie nannte ihn immer den »Doktor«, nie anders. Sogar in direkten Gesprächen mit meinem Vater benutzte sie, ein wenig zärtlich, ein wenig ironisch, diese seltsame Wendung, als schämte sie sich und sei zugleich ein bißchen stolz auf ihn. Manchmal sagte sie: »Mein werter Doktor, wie lieb du bist!« Oder auch: »Damit bin ich nicht einverstanden, Doktor, da hast du nicht recht.«

»Wohin hat's ihn denn gezogen?« fragte Onkel Nikodem. »Müssen die denn hier wirklich von Sonnenaufgang bis Sonnenuntergang arbeiten?«

Doch dieses Problem beschäftigte ihn nur flüchtig. Er hatte die Plätzchen gesehen, langte sofort nach ihnen wie ein kleiner naschhafter Junge und rief: »Lecker! Der Tag konnte für mich gar nicht besser beginnen.«

In diesem Moment betrat meine Mutter das Zimmer. Ihr Gesicht war zu einem unnatürlichen Ausdruck verzogen. Sie blickte Onkel Nikodem an, erkannte ihn aber anscheinend nicht, denn sie wandte sich an die Großmutter, legte ihr die Hand auf die Schulter und sagte sehr eindringlich, laut und fast zornig: »Es ist geschehen!«

»Das kann nicht sein!« rief die Großmutter und ergriff die Hand ihrer Tochter.

»Ich sage es doch, Mama, es ist so«, sagte meine Mutter, und jetzt lag in ihrer Stimme deutlicher Zorn, beinahe Wut. »Es ist so. Bestimmt...« Sie setzte sich an den Tisch und fing an zu weinen wie ein Kind.

Die Großmutter machte, wer weiß warum, mit heftiger Bewegung die käferförmige Brosche von ihrem Jabot ab und steckte sie in die Serviette auf dem Tisch. Dann erhob sie sich, ging zum Fenster, blieb mit dem Rücken zu den Anwesenden stehen und blickte hinab auf die Straße. Ihre Schultern bebten. Onkel Nikodem, mit einem Kuchenkrümel auf der Lippe, die Hand zum Mund erhoben, seltsam dümmlich in seiner Reglosigkeit und Verwunderung, fragte leise:

»Was ist eigentlich geschehen?«

Erst da bemerkte meine Mutter seine Anwesenheit. Sie hob ihren tränennassen Blick und antwortete mühsam: »Der Marschall ist gestorben.«

»Nein«, sprach Onkel Nikodem, »nein.«

Er ging auf den schönen Kachelofen zu, den linken Arm vorgestreckt, und legte die flache Hand an die Kacheln. Und sagte wiederum sehr leise: »Nein!«

Ich schaute Onkel Nikodem an und begriff wenig. Sein

Gesicht wurde eigenartig reglos, wie eine Statue. Und über diese Statue flossen zwei große, glänzende Tränen.

Nach einer langen Weile drehte die Großmutter sich um. Mit kleinen Schritten ging sie am Tisch vorbei auf Onkel Nikodem zu, blickte ihm ins Gesicht und sprach: »Weine nicht, Nikodem!«

Er schwieg. Die beiden großen Tränen flossen langsam über sein Gesicht und ihnen nach die nächsten, gleichfalls groß und glänzend. Sein Gesicht war reglos, nur die Tränen flossen langsam herab, und die Falten am Mund wurden tiefer und dunkler.

Die Großmutter berührte mit der Hand Onkel Nikodems Schulter. Und sie lehnte ihren weißen kleinen Kopf an seine Brust. Er aber streichelte ihr zart und zärtlich das Haar wie ein kleiner Junge einem kleinen Mädchen.

V

Drei Wochen später starb Onkel Nikodem. Angeblich starb er in seinem Büro am späten Nachmittag, als die Sekretärin nicht mehr da war. Nach einer anderen Version starb er im Schlaf auf dem Sofa. Irgend jemand sagte, er habe in seiner fest geschlossenen Hand die Miniatur des Ordens *Virtuti Militari* gehalten, man habe ihn mit der Miniatur in den Sarg gelegt.

Zu jener Zeit gingen Kinder nicht zu Beerdigungen. Bald nach der traurigen und sehr schönen Feier nahm die Großmutter mich zu einem Spaziergang mit. Erst ritt ich auf einem Pony, dann aßen wir Schokoladenwaffeln, aber vielleicht auch Pistazieneis. Gegen Abend kehrten wir im warmen Licht des Juni-Sonnenuntergangs nach Haus zurück.

Der Spazierstock der Großmutter klopfte auf die Gehwegplatten. Es roch nach Staub, Dung und Blumen, die von Frauen mit geflochtenen Körben an den Straßenecken verkauft wurden. Und genau da sagte die Großmutter, von einem inneren Bedürfnis getrieben, Onkel Nikodem sei gestorben, weil er nicht mehr leben wollte. Ich verstand das nicht. Darum fügte sie mit sanftem Lächeln hinzu: »Der Mensch will nicht mehr leben, wenn seine Welt stirbt...«

Auch das verstand ich nicht. Viele Jahre mußten vergehen, bis ich das verstand.

Wir gingen heim. Auf der Treppe hielt ich die Großmutter bei der Hand. Ich war traurig und unruhig. Und ich fürchtete mich ein bißchen. Zum ersten Mal fürchtete ich damals die Erwachsenen und die ganze Welt, die mich umgab.

Bald darauf starb die Großmutter. Und dann starben andere. Ob ihre Welt zu Ende gegangen war? Hatte vielleicht mit jenem Menschen, der im Mai gestorben war, dieses Sterben begonnen?

1977

Der steile Pfad zum Himmel

Als der Herbst einsetzte, kam die Frau Doktor zu der Überzeugung, nicht mehr länger zögern zu dürfen. Ein strenger Winter kündigte sich an, das Geld wurde immer knapper. Der Herr Doktor verhielt sich dem Plan seiner Frau gegenüber ablehnend, er versicherte, er werde alles tun, damit sie irgendwie durchhalten könnten, ohne auf das Allerletzte zurückgreifen zu müssen, ließ aber ein Pförtchen offen, indem er sagte, sie müßten das Thema noch einmal erörtern. Die Frau Doktor wartete nicht auf ein Wunder. Ihre Erfahrungen hatten sie Skepsis gelehrt sowohl in bezug auf den lieben Gott als auch auf ihren Mann. Beide waren gut, edel, aber unpraktisch. Der liebe Gott kam der Frau Doktor ernsthafter vor, weil er wenigstens keine schnelle Besserung der Situation versprach.

Herr und Frau Doktor wohnten in einem stillen Viertel der Innenstadt. Die Straße bestand aus vornehmen Jugendstil-Wohnhäusern. Die Wohnung des Ehepaars gehörte zu den sehr schönen und bequemen. Die Zimmer waren groß und sonnig, die Möbel solide, die Teppiche abgenutzt, aber immer noch elegant. Das Haus war ausgestattet mit vorzüglichen Kachelöfen, solidem Parkett, Stukkaturen an den Zimmerdecken, Türgriffen aus Bronzeguß, Marmortreppen vorn, bunten Glasfenstern, ausgedehnten Dachböden und geräumigen Kellern. Es war ein reiches Haus, früher hatten hier reiche Leute gewohnt oder solche, die als reich gelten wollten.

Doch der Krieg hatte nicht nur Angst und Terror mit sich gebracht, sondern auch empfindliche Not. Im Jahre 1940 wechselten in einigen Wohnungen die Mieter.

Der Rechtsanwalt und Doktor der Rechte Joel und der Internist und Doktor der Medizin Goldsztajn mußten ins Ghetto umziehen. Der Kunstmaler Kijowicz wurde verhaftet und in ein Konzentrationslager geschafft, und seine blinde Frau zog in die Provinz. In diesen Wohnungen richteten sich neue Mieter ein. In den ersten Stock, in die sieben schönen Zimmer des Rechtsanwalts Joel, zog ein untersetzter, betriebsamer, einem fröhlichen Stieglitz gleichender Volksdeutscher aus Oberschlesien mit seiner Frau, von der es hieß, sie sei Jüdin. Dieser Volksdeutsche war allgemein beliebt, weil er den Nachbarn kleine Gefälligkeiten erwies, bei den Kontakten mit deutschen Ämtern vermittelte und ihnen recht häufig durch sein Töchterchen, ein brünettes, staksbeiniges Mädchen in BdM-Uniform, Delikatessen schickte, die es nur für Deutsche gab. Der Mieter, der Dr. Goldsztajns Wohnung übernahm, hieß Rogowski, und alle Leute der Gegend kannten ihn seit Jahren. Er hatte vor dem Krieg in einer dunklen Stube gewohnt, wo neben dem Ausguß und dem Küchenherd eine Singer-Nähmaschine stand. Rogowski war Schneider, aber vom Pech verfolgt und ohne Schwung, er beschäftigte sich mit kleinen Reparaturen, schneiderte manchmal den Armen Hosen, bügelte die Anzüge begüterter Herren und nähte ihnen die Knöpfe an. Im Laufe der Kriegsjahre machte er ein Riesenvermögen, beschäftigte mehrere Angestellte, schaffte es kaum, die Aufträge auszuführen. Er hatte eine deutsche Kundschaft, weil er es im Nähen von Offiziershosen zur Meisterschaft gebracht hatte. Früher war er ein stiller und bescheidener Mann, doch mit der Wende seines Schicksals begann er zu trinken, hielt sich Frauenzimmer, ließ sich per Rikscha durch die Stadt kutschieren und den Fahrer vor seinem Haus warten. Doch waren das keine Zeiten, in denen ein Simpel, der materiellen Erfolg hatte, seine Ungeschliffenheit allzu offensichtlich demonstrieren durfte. Im Gegenteil, Rogowski versuchte, sich den Nachbarn anzupassen, er beobachtete ihren Lebensstil und belauschte ihren Wortschatz. Das war komisch und rührend zugleich. Weil er nicht wußte, was er mit dem Bargeld machen sollte, kaufte er fast alle Ölbilder von Kijowicz, womit er sich die Sympathien der Straße erwarb. Dann fand er so viel Gefallen an den Kunstwerken, daß er in der ganzen Stadt als Sammler und Mäzen notleidender Künstler berühmt wurde. Die Vermittler prellten ihn um große Summen, und er war sich darüber vermutlich im klaren. Er mußte die Vergänglichkeit dessen, was ihn umgab, erkennen und das dumpfe Brodeln des Vulkans unter seinen Füßen spüren – wollte aber aus voller Kraft leben, solange das ging. Man erzählte, er gebe in den Kneipen üppige Trinkgelder, und sein Rikschafahrer fand einfach keine anerkennenden Worte für diesen launenhaften, aber freigebigen Kunden.

Trotzdem erfreute sich der Schneider keiner Sympathie bei seinen nächsten Nachbarn, denn er hatte Dr. Goldsztajns Wohnung ziemlich brutal in Besitz genommen, schon eine Stunde nachdem der Arzt ins Ghetto gezogen war. Mehr noch, Rogowski demonstrierte seinen Antisemitismus, und obgleich man ihn während des Ghettoaufstandes zu seinen Gesellen sagen hörte: »Was diese Schwaben nur mit den unglücklichen Menschen machen!«, wiederholte er dennoch des öfteren, die Juden seien die Urheber seiner langjährigen Armut gewesen, endlich sei Gerechtigkeit eingetreten, denn nun bewohne ein polnischer, katholischer Schneider die fünf Zimmer im Vorderhaus.

Als der Herbst einsetzte, kam die Frau Doktor, wie gesagt, zu der Überzeugung, nicht mehr länger zögern zu dürfen, und begann sich nach einem zahlungskräftigen Untermieter umzuschauen. Das war zu jener Zeit nicht schwierig, denn die Stadt erinnerte an ein Heerlager, und das ganze Generalgouvernement war das Gebiet einer unaufhörlichen Völkerwanderung. Die Frau Doktor rief hier und dort an, und schon am nächsten Tag erschienen allerlei Personen, die sich für das zu vermietende Zimmer interessierten. Die Frau Doktor wollte ihnen zunächst den Salon zeigen, doch tat es ihr um die geliebten Möbel leid, die gemütliche Ecke unter der Lampe, den verzierten Ofen und den Balkon. Fast im letzten Augenblick, als der erste Kunde schon an der Tür klingelte, faßte sie den Entschluß, die Wohnung umzuräumen und dem Mieter das Zimmer rechts vom Korridor anzubieten, das bisher ihr Sohn bewohnt hatte. Ein großes, sonniges Zimmer mit zwei Fenstern und einer ziemlich großen Nische, in der das Bett Platz hatte und ein Schrank für die Garderobe. Im Grunde waren es beinahe zwei Zimmer, denn die Nische konnte man durch einen Vorhang abtrennen.

Es meldeten sich mehrere Personen, aber die Frau Doktor schloß Frauen von vornherein aus und fertigte sie schnell ab. Auf dem Kampfplatz blieben zwei Konkurrenten. Ein Herr von einnehmendem Äußeren, graumeliert, gut angezogen, würdig – und ein unscheinbarer Buckliger mit Drahtbrille.

Die Frau Doktor pflegte den Einflüsterungen ihrer Intuition zu folgen, was Gegenstand vieler Scherze in der

Familie und vieler erstaunlicher Abenteuer wurde. Alles an diesem Tage schien zugunsten des graumelierten Herrn zu sprechen, aber die Frau Doktor wählte den Buckligen. Er wirkte seltsam bescheiden, still, befangen, während jener einen sehr weltläufigen Eindruck machte. Unter anderen Umständen hätte der graumelierte Herr vielleicht Erfolg gehabt, doch war Krieg, die Welt der Frau Doktor starb täglich aufs neue, sie fühlte sich verloren und halb tot, ihre Kleider waren längst verkauft, die Pelze und Abendgarderoben auf den Basar gebracht, sie heizte die Öfen eigenhändig und schälte die Kartoffeln – deshalb kam ihr dieser Herr mit dem Aussehen eines von der Zeit unberührten Vorkriegs-Bonvivants ein wenig unnatürlich vor, während sie selbst von der Zeit zerschmettert war, jedenfalls schien er ihr weniger vertrauenswürdig als der kümmerliche Gnom.

Die ganze Welt war verkrüppelt, häßlich und zugleich bemitleidenswert, warum sollte sie das unglückliche Menschlein abweisen, das im übrigen sofort die Miete für drei Monate im voraus anbot, was auch Einfluß auf die Entscheidung der Frau Doktor hatte.

Der Bucklige zog also in das Zimmer mit der Nische. Er stellte bescheidene Ansprüche. Er weigerte sich, einen bequemen Clubsessel aus dem Salon anzunehmen, und sagte, die Möblierung genüge ihm völlig. Er lauschte mit Aufmerksamkeit und Hochachtung den Erläuterungen, wann er das Bad oder die Gasflammen in der Küche benutzen dürfe. Nachdrücklich fügte er hinzu, er esse gewöhnlich in der Stadt und werde nur abends hier eine Kleinigkeit zu sich nehmen.

Die Frau Doktor hatte, kaum war ihr der Einfall mit der Zimmervermietung gekommen, oft gesagt, sie werde sich vor jeglichem gesellschaftlichen Kontakt mit dem Untermieter wie vor dem Feuer hüten.

»Die Wohnung ist groß«, pflegte sie zu sagen, »die Zimmerverteilung ideal. Wir werden uns nicht stören. Wir werden leben, als gäbe es keinen Fremden.«

Aber die Frau Doktor war eine gesellige, impulsive Person und folgte ihren Stimmungen. Die Kriegsjahre hatten sie isoliert, sie sehnte sich nach neuen Gesichtern, neuen Inhalten. Darum sagte sie schon am nächsten Tag, als man im Eßzimmer die Verdunkelungsvorhänge herabgelassen und das Licht eingeschaltet hatte, zu Mann und Sohn:

»Ich denke, es gehört sich, diesen Herrn einzuladen.«

»Wie du meinst«, antwortete der Doktor, der sich seiner Frau nie widersetzte. Der Sohn war davon nicht begeistert. Der Untermieter schien ihm unsympathisch. Der Sohn war ein hochgewachsener Bursche, hatte breite Schultern und flinke Bewegungen. Das Gebrechen des Mieters war ihm unangenehm, gleichzeitig aber empfand er ein wenig Mitgefühl. Abneigung und Erbarmen ergeben zusammen keine Sympathie. Trotzdem erhob er sich auf Wunsch seiner Mutter und ging, den Buckligen einzuladen. Der Untermieter empfing ihn stehend bei verdunkeltem Fenster. Er hatte das Jackett ausgezogen, unter dem Hemd zeichnete sich sein großer Buckel ab, auf dem, fast ohne Hals, ein seltsam langgezogener, kleiner Kopf mit flachem Gesicht saß. Als der Bursche ihn im Namen seiner Eltern einlud, zögerte der Bucklige einen Augenblick, entgegnete dann aber mit einem Lächeln, er komme gleich.

Er erschien im Jackett, mit einem Päckchen echten Tee. Die Frau Doktor nahm das Geschenk mit Freuden an. Sie trank gern guten Tee und hatte in der letzten Zeit monatelang ohne ihn auskommen müssen.

Der Untermieter hieß Józef Ptak und war Lehrer von Beruf. Das machte den Doktor munter, der in seinen jungen Jahren, früher, vor dem Kriege, auch in einem Gymnasium Geschichte unterrichtet hatte. Der Doktor fragte den Untermieter nach seiner Schulpraxis, aber jener antwortete ungern und ein wenig lustlos. Man konnte daraus schließen, er habe an Schulen im Süden Polens unterrichtet, doch er nannte die drei oder vier Ortsnamen ziemlich undeutlich, und als der Doktor nach den Namen einiger seiner Bekannten aus dieser Gegend fragte, nach Leuten, die im Schulwesen allgemein etwas galten, nickte der Untermieter nur, bestätigte aber nicht, je mit ihnen Kontakt gehabt zu haben.

Nach drei Viertelstunden entschuldigte er sich bei seinen Wirtsleuten und ging in sein Zimmer. Die Familie blieb Tee trinkend um den Tisch sitzen. Die Frau Doktor bemühte sich, nicht nur ihren Mann und ihren Sohn, sondern auch sich selbst davon zu überzeugen, daß der Untermieter ein netter und kultivierter Mensch sei. Der Doktor sagte, sicher habe sie recht. Der Sohn war von dem Gast nicht begeistert.

So endete der erste Tag mit dem Untermieter. Die Frau Doktor konnte lange nicht einschlafen, weil die Frage sie bedrängte, ob ihr Entschluß richtig gewesen sei. Hatte die Intuition sie diesmal vielleicht fehlgeleitet? Am nächsten Morgen erzählte sie, im Traum sei ihr der bucklige Untermieter erschienen, er habe zur Abenddämmerung in den Ruinen eines großen Mietshauses gegraben. Als sie näher getreten sei, habe sich herausgestellt, daß es ein unbekanntes Mietshaus war, doch befanden sich in den Trümmern ihre eigenen Möbel. Ein quälender Traum sei es gewesen. Sie verstand nicht, was er bedeutete. Für alle Fälle beschloß sie, sich von dem buckligen Untermieter fernzuhalten.

Einige Tage später erlebte die Familie eine echte Erschütterung. Abends klingelte es diskret, der Sohn ging öffnen. Blaß und aufgeregt kehrte er ins Eßzimmer zurück.

»Wer war das?« fragte der Doktor.

»Ptak«, antwortete der Sohn.

»Man sagt: Herr Ptak«, verbesserte der Vater.

Der Sohn nickte. Er setzte sich an den Tisch und rieb sich heftig die Hände, was in der Familie als Zeichen seiner Unruhe bekannt war.

»Was ist passiert?« fragte der Doktor und musterte den Sohn.

Der Sohn schüttelte den Kopf.

»Ich habe mich wohl geirrt«, murmelte er.

»Vielleicht bist du so freundlich zu sagen, was denn passiert ist«, sagte der Doktor.

»Er trug das Hakenkreuz am Jackettaufschlag«, antwortete der Sohn.

Der Doktor schwieg eine Weile und sagte dann:

»Das ist dir nur so vorgekommen ...«

Stets wich er der Welt des Bösen aus. Er mochte nichts akzeptieren, was böse und gemein war oder was ihm nicht paßte. Ganz anders die Frau Doktor. Sie trat den bösen Seiten des Lebens immer entgegen und betonte, darin bestehe die menschliche Würde. Eben darum gehörte sie nicht zu den nachsichtigen Menschen. Jetzt wurde sie blaß und legte ihre Hand auf die ihres Gatten. Sie schwieg. Der Doktor sagte:

»Bist du sicher?«

»Ja«, antwortete der Sohn, »aber es ist kaum zu glauben.«

Sein Verstand konnte nicht begreifen, daß der kurzsichtige Bucklige ein Nazi war. Nazis waren gut gewachsen, physisch stark und verdienten bestimmt kein Mitleid.

»Was tun wir jetzt?« sagte die Frau Doktor. Sie hatte das Gefühl einer furchtbaren Niederlage. Ihre Intuition hatte Schrecken und Unheil über das Haus gebracht.

»Ich werde versuchen, etwas zu unternehmen«, sagte der Doktor.

In diesem Augenblick klopfte es leise an die Tür, und der Bucklige stand auf der Schwelle. Es gab keinen Zweifel. Im Aufschlag seines Jacketts steckte das Parteiabzeichen mit dem Hakenkreuz.

»Ich möchte mich nicht aufdrängen«, sagte der Bucklige, »aber ich muß Ihnen etwas erklären.«

Der Doktor erhob sich. Die Frau Doktor zündete sich eine Zigarette an. Im Lampenlicht glänzte die emaillierte Oberfläche des Abzeichens der NSDAP.

»Es wird nicht lange dauern«, sagte er leise, »aber ich muß Ihnen etwas erklären.«

»Das glaube ich auch«, sagte der Doktor. »Bitte setzen Sie sich.«

Der Untermieter nahm am Tisch Platz. Alle schwiegen.

»Ja«, sagte der Bucklige nach einer Weile. »Genau so ist es.«

Der Doktor nickte. Die Frau Doktor warf einen Blick auf ihren Sohn und sagte:

»Vielleicht bist du müde. Wenn es so ist, dann geh in dein Zimmer.«

»Ich bin nicht müde«, antwortete der Sohn.

»Es ist noch nicht acht«, sagte der Bucklige und fügte dann schnell an: »Ich verstehe, Sie fühlen sich betrogen. Doch ich bin ein ordentlicher Mensch.«

Der Sohn der Doktorsleute gab einen abfälligen Laut von sich, der Doktor aber sagte:

»Ich hoffe es.«

Das war die Wahrheit. Immer nährte er Hoffnung in sich, sie hielt ihn am Leben, war seine Religion und sein unerschütterlicher Geisteszustand. Er vertraute darauf, das Gute werde das Böse besiegen, die Welt sei gut und die Menschen ehrlich. Geschah etwas Entgegengesetztes, suchte er nach Rechtfertigungen und fand welche. Er war durchaus kein Feigling, sondern ganz einfach ein sehr guter und edler Mensch.

»Ich bin Deutscher«, sagte der bucklige Józef Ptak. »Nicht alle Deutschen sind gleich ...« Er hob die Hand und deutete mit den Fingerspitzen auf das Abzeichen in seinem Jackettaufschlag. »So wichtig ist das hier nicht. Wichtig ist, was im Menschen steckt.«

Die Frau Doktor drückte ihre Zigarette aus.

»Wenn Sie es wünschen«, sagte der Untermieter, »ziehe ich aus. Bitte geben Sie mir ein paar Tage Zeit. Ich muß eine neue Bleibe finden.«

»Ja«, entgegnete die Frau Doktor. »Selbstverständlich.« Und fuhr nach einer Pause fort: »Eile ist nicht vonnöten.«

Die vom Untermieter im voraus bezahlte Miete für drei Monate hatte sie zum größten Teil bereits für Kohlen und Kartoffeln ausgegeben. Ein strenger Winter nahte, man mußte beizeiten an Vorräte denken. Der Doktor sagte sanft:

»Eile ist nicht vonnöten, bitte sehr.«

Doch er dachte nicht an finanzielle Komplikationen, sondern griff wie gewöhnlich auf unerschöpfliche Vorräte an gutem Willen, Vertrauen und Toleranz zurück, er ertrug in diesem Augenblick die Mißlichkeit seiner eigenen, der polnischen Situation besser als die Lage dieses behinderten Menschen, der seine äußerst komplizierte, zwiefache Befangenheit kundgetan hatte – sie resultierte nämlich aus einem unschuldigen Betrug oder dem Verschweigen, das er sich seinen Wirtsleuten gegenüber erlaubt hatte, indem er sein Deutschtum verborgen hielt wie eine unverzeihliche Behinderung, viel schlimmer als der Buckel, ergab sich aber auch aus seinem Bekenntnis, als er, das Parteiabzeichen verdeckend, leise gesagt hatte, er sei ein anständiger Mensch. Der Doktor war bereit, ihm das eine wie das andere zu vergeben, er setzte paradoxerweise voraus, in diesem besonderen Falle beweise die Lüge die Wahrhaftigkeit. Schließlich hätte der Bucklige ohne Mühe seine Zugehörigkeit zum deutschen Volk ausnützen und das Zimmer beschlagnahmen können, wenn es nach seinem Geschmack war. Weil er davon kein Wort gesagt und zu Anfang die ganze Sache versteckt gehalten hatte, wie man eine schamhafte Krankheit oder eine dunkle Vergangenheit versteckt hält – war das ein Beweis für die Rechtschaffenheit seines Charakters.

Herr Ptak hatte lange, schlanke, zarte Finger und strich mit diesen Fingern über die Tischdecke, während er durch seine Brille das feine Muster der Stickerei betrachtete. Das Schweigen dauerte etwas zu lange, deshalb sagte die Frau Doktor, die auch vor dem Erschießungspeloton ihre gute Kinderstube nicht verleugnet hätte, es werde kühl, und es sei an der Zeit, vor dem Schlafengehen noch ein Glas heißen Pfefferminztee zu trinken. Herr Ptak bemerkte, er habe echten Tee in seinem Zimmer, doch jetzt griff die Frau Doktor, vom patriotischen Gefühl getrieben, den Faden nicht auf. Der Bucklige akzeptierte das demütig.

Nicht lange nach diesem in der Familie zunächst lebhaft kommentierten, nach wenigen Tagen aber fast vergessenen Abend ließ sich Herr Ptak bei den Doktorsleuten häuslich nieder. Doch die Lage war nicht günstig. Immerhin hatte sich in diesem allgemein geachteten Hause ein Nazi eingenistet, und zwar ohne Gewalt, mit Zustimmung der Wohnungsinhaber. Der Leumund, dessen sich der Doktor in dem Mietshaus und in seinem Milieu erfreute, war untadelig, folglich nahmen seine Freunde und Bekannten das verständnisvoll auf. Dennoch mußte man die ganze Geschichte viele Male erzählen und dabei – übrigens der Wahrheit entsprechend – unterstreichen, daß Ptak sich als stiller, ehrlicher und vertrauenswürdiger Mensch erwies.

Zu jener Zeit waren derartige Deutsche, auch wenn sie nicht allzu oft vorkamen, nichts Besonderes. Es ist eine recht eigentümliche Tatsache, daß das gesamte deutsche Volk und ausnahmslos alle Deutschen erst gegen Kriegsende allgemein verurteilt wurden, ja sogar erst nach seinem Ende, als die Schuld aufgerechnet wurde und die Polen ihr Schicksal in statistischer Darstellung erkannten. Während des Krieges waren, vor allem in den größeren Städten, Kontakte der einheimischen Bevölkerung mit den Okkupationsbehörden und -ämtern unvermeidlich, und die Polen, die so viele Grausamkeiten und Demütigungen von seiten der Deutschen erfuhren, erlebten manchmal auch Nachsicht und guten Willen. In jenen schrecklichen Zeiten waren die Menschen erhaben und großartig genug, um zwischen Gut und Böse unterscheiden zu können. Erst später hat sie das allgemeine Wissen um das erlittene Unrecht kleinlich gemacht in Haß und Verachtung.

Damals also baute sich Ptak sein Nest im Haus der Doktorsleute. Beide Seiten machten Zugeständnisse. Von vertrautem Umgang war keine Rede, doch die Vermieter fanden sich mit der Lage ab. Die Frau Doktor trank stets Pfefferminztee, und Ptak drängte sich nicht mehr mit seinem Tee auf. Auch trug er nie das Parteiabzeichen. Vermutlich steckte er es schon auf der dunklen Treppe in die Tasche. So hatte Ptak ein bequemes Zimmer in einem ruhigen Winkel der Innenstadt erworben, die Doktorsleute aber genossen die materielle Erleichterung und errangen das zwar illusorische, aber doch stärkende Gefühl der Sicherheit. Die Anwesenheit eines Deutschen im Hause konnte in dramatischen Augenblicken nützlich sein.

Nach zwei Monaten meinten die Vermieter, die Anwesenheit des Buckligen sei eine glückliche Fügung des Schicksals, weil Ptak bei sich einen Rundfunkempfänger installierte. Nach drei Monaten nahm die Sache wieder eine schlimme Wendung, denn in seinem Leben tauchte eine Frau auf.

Sie war eine sehr hübsche, große, füllige Blondine. Eines Wintertags vernahm der Sohn der Doktorsleute im Zimmer des Untermieters gedämpftes Flüstern. Bald darauf kam der Bucklige in die Küche und bereitete Abendbrot für zwei Personen. Die Frau Doktor sah dem schweigend zu. Als er bereits alles auf ein Tablett gestellt hatte und hinausgehen wollte, sagte sie:

»Soll ich für die Herren zwei Gläschen holen?«

Der Bucklige fuhr zusammen, stellte das Tablett auf der Kredenz ab und näherte sich auf seinen kurzen Spinnenbeinen der Frau des Hauses. Er küßte der Frau Doktor die Hand und sagte:

»Entschuldigen Sie bitte. Das wird sich nicht wiederholen.«

»Aber Herr Józef«, antwortete die Frau Doktor. »Sie sind doch hier zu Hause. Ihr Freund ist bestimmt ein vertrauenswürdiger Mensch.«

»Es ist eine Frau«, murmelte der Gnom.

Die Frau Doktor seufzte und sagte lebhaft:

»Mein Gott! Ich hoffe, Sie können etwas für sie tun... Wenn sie Sie um Hilfe bittet...«

Doch der Bucklige war unerbittlich. Auf seinem flachen Gesicht erschien ein eigenartiges Lächeln. Seine spatenbreiten, gelblichen Zähne traten zwischen den Lippen hervor.

»Es ist meine Verlobte«, sagte er.

»Verlobte?« wiederholte die Frau Doktor, als hätte sie das Wort zum ersten Mal im Leben gehört.

Eine Stunde später, als die Doktorsleute mit ihrem Sohn im Eßzimmer saßen, erschien Ptak und teilte mit, wegen der Polizeistunde müsse sein Besuch hier übernachten. Er sagte das mit einem besorgten Gesichtsausdruck, aber in entschiedenem Ton.

»Die Frau hat keinen Passierschein?« fragte die Frau Doktor.

»Nein«, entgegnete er. »Sie ist Polin.«

»Ach so«, sagte die Frau Doktor.

Aber als der Bucklige gegangen war, rief sie aus:

»Das alles wird unerträglich. Er schien anständig zu sein, doch jetzt tritt sein ganzes Preußentum zutage!«

»Was ist er schon für ein Preuße«, sagte der Doktor. »Józef Ptak, ganz einfach. Ein gewöhnlicher masowischer Vogel.«

»Ich verstehe dich nicht«, sagte die Frau Doktor. »Ist das hier ein deutsches Freudenhaus?«

Der Sohn lachte auf. Die Geschichte wirkte auf seine Phantasie. Er war neunzehn Jahre alt. Es interessierte ihn, wie der Bucklige das machte. Doch der Doktor dachte an etwas anderes. Er blickte seine Frau mit leichter Ironie an.

»Deutsches Freudenhaus«, sagte er. »Das ist wirklich

entsetzlich. Aber was empört dich mehr, das Freudenhaus oder das deutsche?«

»Am meisten empört mich diese Person«, antwortete die Frau Doktor. »Wer kann das sein?«

»Eine Frau«, sagte der Sohn.

Am nächsten Morgen konnten sie sie betrachten. Sie war stattlich, blond und sehr germanisch dem Typ nach. Groß, füllig, goldhaarig. Ihren Zopf hatte sie als Kranz rund um den Kopf aufgesteckt. Sie trug ein graues Kleid und ziemlich abgetretene braune Halbschuhe. Ein Make-up benutzte sie nicht oder nur sehr diskret und gekonnt. Sie hatte große, unschuldige Augen, die die Frau Doktor als Mondaugen bezeichnete, der Sohn aber als Kuhaugen. Später pflegte der Sohn diese Frau Mondkalb zu nennen. Er begriff nicht, daß er auf diese Weise seine geheimsten Gefühle verriet. Denn in der Tat plagte ihn seit längerer Zeit ein mit Neugier und Verachtung untermischtes Verlangen. Gegen Wintersende suchten ihn des öfteren Träume heim, in denen er voll Haß und patriotischer Begeisterung auf diese Frau einschlug, ihr dann die Wäsche herunterriß und die Nackte mit seinem Körper auf das Laken preßte.

Vorläufig allerdings verschwand Frau Lucyna noch am Vormittag aus dem Hause und tauchte erst nach einigen Tagen wieder auf, übernachtete aber nicht. Erst in der Weihnachtszeit teilte Józef Ptak mit, Frau Lucyna werde das Fest in seinem Zimmer verbringen.

»Was tun«, sagte da die Frau Doktor. »Gottes Wille...«

Lucyna benahm sich dermaßen demütig, daß es ganz einfach unerträglich wurde. Sogar der stets nachsichtige Doktor fühlte sich ein wenig betroffen. Während der Festtage verbrachte der Bucklige die ganze Zeit in seinem Zimmer. Lucyna schlich sich fast lautlos in die Küche oder ins Bad, mit einem verschüchterten Ausdruck in ihren großen, hellblauen Augen. Sie wirkte dann seltsam zerbrechlich und schwach, obgleich sie sehr groß war, üppige Brüste und kräftige Schultern hatte. Sie verschwand im Zimmer ihres Liebhabers, um dort in totaler Stille unterzutauchen, was die Doktorsleute nervös machte und ihren Sohn in wahre Höllenqualen versetzte.

Am zweiten Feiertag kam der Bucklige gegen Abend ins Eßzimmer, als wäre nichts geschehen. Früher war er von Zeit zu Zeit dort gewesen, man hatte dann über die Lage an der Front gesprochen und die neuesten Rundfunkmeldungen kommentiert. Diesmal teilte Ptak mit, im Osten stehe es nicht gut.

»Für wen?« fragte der Doktor, »für Sie oder für mich?«

Der Bucklige lächelte und erläuterte, die deutschen Armeen kämpften unter ungewöhnlich schwierigen Bedingungen und seien den Schlägen der Russen ebenso ausgesetzt wie dem schrecklichen russischen Winter und dem Hunger. Da stellte der Doktor zum ersten Mal die Frage, was Józef Ptak nach dem Krieg und der Niederlage des Reiches zu tun beabsichtige. Der Bucklige geriet durcheinander.

»Das habe ich noch nicht überlegt«, entgegnete er nach einer Weile, »aber ich werde wohl hier bleiben. Natürlich wenn das möglich sein wird.«

»Ein schwieriger Fall«, sagte der Doktor. »Sie verstehen ja selbst...«

»Ich verstehe«, räumte Ptak ein. »Sogar besser als Sie...«

Er wollte noch etwas sagen, verdeckte aber plötzlich sein Gesicht mit den Händen. Seine schönen, schlanken Finger verbargen die ganze Häßlichkeit der kurzsichtigen Augen, der flachen Nase, der schmalen Lippen und des kantigen

Kinns. Er sah aus wie ein kleiner Junge. Die künstlerisch gestaltete Stuhllehne überragte seinen Kopf. Die Frau Doktor schob ihm die Schale mit den selbstgebackenen Keksen zu, aber Ptak saß immer noch reglos und schweigend da. Schließlich sagte die Frau Doktor:

»Die Dame ist dort schon ziemlich lange allein. Ich glaube nicht...«

»Das ist ohne Bedeutung«, unterbrach sie der Bucklige. »Sie hat sich daran gewöhnt.« Zum ersten Mal machte sich in seiner Stimme ein scharfer Ton bemerkbar. Alle waren darüber erstaunt. Dieser kleine, behinderte Mensch enthüllte plötzlich vor ihnen die andere Seite seiner Natur. Bisher hatten sie gemeint, er habe einen sanften Charakter voller Zartgefühl. Jetzt sprach er mit Verachtung und Selbstsicherheit in der Stimme. Die um den Festtagstisch versammelten Hausgenossen bemerkten plötzlich das Verzwickte ihrer Lage. Dieser Mann war ein Deutscher, der eine polnische Geliebte unterhielt. Schon das reichte aus, sich als gut erzogene Menschen befangen zu fühlen. Zu allem Übel tobte ringsum der Krieg, und diese Frau verdiente nichts als allgemeine Verachtung. Mehr noch, es unterlag keinem Zweifel, daß sie sich von niedrigen Antrieben leiten ließ, denn sie war schön, jung und verlockend, lebte aber mit einem abstoßenden Krüppel. Und ebendieser Krüppel, dieser abscheuliche Zwerg mit den gelben Zähnen und den ausgeblichenen, kurzsichtigen Augen sprach jetzt zu fremden Menschen spöttisch und geringschätzig über sie, als wäre sie für ihn eine Last, als weckte sie in ihm Ekel. Er sagte, sie sei dumm und exaltiert, untüchtig und verschwenderisch, streitsüchtig und launisch. Er redete minutenlang, die Hausgenossen saßen im hellen Licht der Deckenlampe reglos um den Tisch und hörten ihn an. Röte trat auf die

Wangen der Frau Doktor, die Röte der Scham. Die Brauen des Doktors zogen sich zusammen, auf der Stirn bildeten sich zwei tiefe Furchen – der Ausdruck seiner Besorgnis und Verlegenheit. Der Sohn der Doktorsleute gab erregt einen abfälligen Laut von sich. Und nur Herr Ptak hatte denselben Gesichtsausdruck wie immer, er wirkte ein wenig träge. Doch seine Stimme klang hart, ohne eine Spur der früheren Sanftmut.

»Und hier«, sagte er zum Schluß, während er mit dem Finger seine Stirn berührte, »hat sie nichts! Wortwörtlich nichts! Glauben Sie mir, dort herrscht Leere ...«

Peinliches Schweigen breitete sich aus. Der Bucklige warf einen Blick auf den Doktor, auf dessen Frau, auf ihren Sohn. Er erwartete Fragen und war bereit, Antworten zu geben. Weil aber keine Frage kam, sagte er:

»Ja, selbstverständlich ... Man kann sich fragen, warum das dann weiter anhält. Ich weiß es selbst nicht. Ich finde einfach keinen Absprung.«

Wieder schwiegen alle, schließlich sagte der Doktor:

»Eine äußerst unangenehme Situation.«

Er meinte seine eigene Situation.

In diesem Augenblick ertönte ein leises Klopfen, dann öffnete sich die Tür, und Frau Lucyna trat auf die Schwelle. Sie trug wie üblich ihr graues Kleid und die abgenutzten Halbschuhe. Dennoch sah sie königlich aus. Der Bucklige drehte sich auf dem Stuhl um, indem er den ganzen Körper mit der Kraft seiner Arme hob, denn seine Füße reichten nicht bis zum Boden. Seine blassen Augen hinter den Brillengläsern leuchteten auf und verloschen alsbald.

»Ich habe gebeten, das Zimmer nicht zu verlassen«, sagte er mit dünner Stimme. »Ich habe gebeten, nicht hierher zu kommen ...«

»Ach ja«, sagte Frau Lucyna. »Ich bitte sehr um Entschuldigung. Ich hatte Angst. Plötzlich war das Licht aus... Die Dunkelheit...«

Der Sohn der Doktorsleute erhob sich.

»Das ist wohl nur die Glühbirne«, sagte er schnell. »Ich tausche sie sofort aus.«

Die Frau Doktor befand sich in einer Zwickmühle. In dieser Lage die fremde Person nicht an ihren Tisch zu bitten, wäre über ihre Kraft gegangen, wäre ein Verrat an ihrem gesamten Lebensstil gewesen. Andererseits fürchtete sie sich in der besonderen, so heiklen Lage vor diesem Schritt. Letzten Endes war sie eine polnische Dame, jene Frau aber die verachtete Konkubine eines behinderten Besatzers. Die Frau Doktor hätte nie erwartet, daß ihr das Leben einen so grausamen Streich spielen würde. Von widersprüchlichen Gefühlen geschüttelt, erhob sie sich. Ihr Sohn verließ das Eßzimmer.

Als er nach einer ganzen Weile zurückkehrte, um mitzuteilen, das Licht sei wieder in Ordnung, fand er Lucyna an der Schwelle des Eßzimmers vor mit der Hand auf der Klinke. Sie war blaß, schön, mondhaft und kuhlich. Eine Zigarette rauchend, stand die Frau Doktor am Tisch. Der Doktor stand gleichfalls, und weil er nicht rauchte, aß er einen Keks. Der Bucklige trommelte mit den Fingerspitzen auf das Tischtuch. Niemand sagte etwas, dies war das Finale jenes Abends.

Aus schwer zu erklärenden Gründen erschien Lucyna später recht häufig, und Józef Ptak duldete ihre Besuche, ja verlängerte sie über die Grenze der Polizeistunde hinaus. Lucyna kam gewöhnlich mittags und hockte einsam im Zimmer des Buckligen, der erst gegen Abend heimkehrte. Wenngleich behindert und fern jedem Enthusiasmus für das Dritte Reich, war er doch ein deutscher Beamter der Kriegszeit, bewies also Gehorsam, Disziplin und Fleiß. Er »amtierte« von acht bis achtzehn Uhr in den Büros des Gouvernements und aß mittags in der Stadt, er verließ das Haus vor dem Aufgang der Wintersonne und kehrte in der Dunkelheit des Winterabends zurück, wobei er sich den Weg mit dem violetten Lichtbündel einer Taschenlampe beleuchtete. Mit irritierender Genauigkeit bereitete er das Abendbrot, er saß klein, gebückt und schweigend auf einem Hocker in der Küche und lauschte dem Rauschen der Gasflamme. Sein Buckel warf einen reglosen Schatten auf die Wand. Dann ging er leisen Schrittes über den Korridor und verschwand in seinem Zimmer. Stets herrschte dort Stille. Entweder redeten sie überhaupt nicht, oder sie verständigten sich durch Gesten oder im Flüsterton. Morgens huschten der Bucklige und Lucyna beim schwachen Licht der Lampe unter dem Milchglasschirm über den Korridor zum Ausgang. Gegen Mittag erschien sie allein, manchmal beladen mit bescheidenen Einkäufen von Meinl. Sie verbrachte ganze Tage eingeschlossen wie eine Gefangene. Ptak kam nie wieder auf das Feiertagsgespräch zurück. Alle Hausgenossen taten, als wäre nichts geschehen. Nur der Sohn der Doktorsleute versuchte hin und wieder, Lucyna durch das Schlüsselloch zu beobachten, oder er schloß sich in der Toilette ein, wenn sie im Bad war, und starrte durch die Mattscheibe. Aber er bemerkte nur eine verwischte Silhouette.

Die Frau Doktor empfand, obwohl sie sich an die Besuche gewöhnt hatte und gelegentlich sogar einige Worte mit Lucyna wechselte, wachsende Unruhe. Was da unter ihrem Dach geschah, bewirkte nicht nur eine Erosion geheiligter Sitten, denen sie trotz aller Katastrophen der

Geschichte die Treue halten wollte, sondern machte auch ihre Vorstellung von der Welt, den Menschen und vor allem von der Liebe zunichte. Eigentlich war die ganze Geschichte des preußischen Buckligen und der slawischen Schönheit ziemlich schmutzig. Lucynas Landsleute starben im Kampf, unter den Kugeln der Exekutionskommandos, vor Hunger und bei der Folter – während sie zur gleichen Zeit zum Gefäß der Lust für einen Nazi-Gnom wurde. Ohne die Feinfühligkeit und Diskretion der beiden wäre die Angelegenheit unerträglich gewesen. Doch auch ein anderer Zug der Geschichte beunruhigte die Frau Doktor. Die Polin war schön, der Deutsche abscheulich. Die Polin war jung, der Deutsche hatte die Vierzig überschritten. Sie war ihm gefügig, lebte wie eine Sklavin, saß stundenlang in seinem Zimmer wie eine wachsam das heimische Feuer hütende Priesterin. Er gab seiner Verachtung und Ablehnung, seinem Überdruß an ihrer Person Ausdruck, während sie Beweise ihrer Verbunden- und Ergebenheit darbrachte. Das wäre alles noch verständlich gewesen, wenn der bucklige Ptak, dieser behinderte Spötter, ihr luxuriöse Existenzbedingungen geschaffen hätte in dieser Welt allgemeinen Mangels, der Demütigungen und Niederlagen. Das wäre alles noch verständlich gewesen, wenn Lucyna inmitten des polnischen Leidens und Elends farbig und reich gelebt hätte. Wenn sie allen Leuten rundum ihre Position als Geliebte eines reichen, grausamen Deutschen demonstriert hätte, wie das damals nicht selten bei verschiedenen Frauen passierte, die in einer Welt der Not, der Bedrohung und des Terrors den Luxus und das Gefühl der Sicherheit gewählt hatten.

Doch dieser bucklige Ptak trug ständig denselben abgenutzten Anzug und den dunklen Mantel, zwar mit Watte gefüttert, aber ohne Pelzkragen. Dieser bucklige Ptak ernährte sich irgendwo in einer Beamtenkantine, er nutzte die recht kümmerlichen Meinl-Zuteilungen, die zwar den Neid der Polen hervorriefen, aber keinen Vergleich aushielten mit dem Essen der begüterten Gesellschaftskreise vor dem Kriege. Dieser bucklige Ptak brachte ein- oder vielleicht zweimal eine kleine Flasche französischen Wein mit, ein Päckchen Tee oder Kaffee, eine Schachtel Pralinen. Das war alles. Sie gingen nicht ins Kino, ins Theater, ins Kabarett. Sie führten kein geselliges Leben, sie hatten keine Bekannten und Freunde, keine Familie. Ihre einzige Unterhaltung bestand darin, gedämpfte Musik im Radio zu hören. Dieser bucklige Ptak war nicht nur bucklig, sondern auch arm. Falls er Schmiergelder annahm, dann kümmerliche. Falls er stahl, dann ängstlich, ohne Schwung und bedeutendere Ergebnisse. Er war nicht nur physisch bucklig, sondern hatte auch einen Buckel an der Seele, und das machte ihn zu einer Karikatur des Deutschen und Besatzers, einer Karikatur des Siegers, einer Karikatur des Liebhabers.

Die Frau Doktor gelangte zu der Erkenntnis, hinter dieser Sache verberge sich irgendein furchtbares Geheimnis. War Lucyna vielleicht das Opfer einer Erpressung? Das schien nicht sehr überzeugend, denn der Bucklige wirkte, von seinem Aussehen abgesehen, überhaupt nicht dämonisch, er zeichnete sich vielmehr durch Sanftmut aus, und sein Leben zeugte von Ungeschicklichkeit und absolutem Mangel an Initiative. Immerhin, in jenen Zeiten konnte selbst ein vorsichtiger und mit Maßen anständiger Deutscher mühelos ein Vermögen erwerben. Wenn der bucklige Ptak kein Geld hatte, hieß das, er war nicht nur ehrlich, sondern auch ungewöhnlich dumm, ohne Schläue, ja sogar ohne Selbsterhaltungstrieb. Sie mußte die Version verwerfen, Ptak habe die unselige Lucyna durch eine Erpressung in Fesseln geschlagen.

Nach gründlicher Überlegung kam die Frau Doktor zu der Ansicht, Lucyna sei, wie sich das in diesen stürmischen Zeiten oft ereignete, in Bedrängnis geraten, und der gute bucklige Ptak schützte sie vor der Rache seiner rücksichtslosen Landsleute und Parteigenossen. Es konnte ja sein, daß er sie aus der Haft oder aus einer Straßenrazzia geholt, ihr falsche Papiere besorgt und sich um sie gekümmert hatte, zunächst bezaubert von der Schönheit dieser seinen Launen gefügigen Sklavin, später jedoch gelangweilt und gereizt, aber immer noch seiner beschützenden Mission treu, weil ihm das die Rechtschaffenheit seines Charakters gebot.

Der Sohn der Doktorsleute hatte eine andere Theorie. Seiner Meinung nach war Ptak Geheimnisträger des Dritten Reiches, Lucyna aber gehörte zum Agentennetz des polnischen Untergrunds. Ihre Vorgesetzten hatten ihr befohlen, während der Liebesspiele mit Ptak das Geheimnis seinem Herzen und seinem Kopf zu entreißen. Sobald Lucyna ihre patriotische Mission erfüllt habe, werde sie für immer verschwinden, Ptak aber werde, von den Deutschen demaskiert, hingerichtet.

Nur der Doktor dachte nicht über Lucynas und Ptaks Geschichte nach. Die Zeit der großen Prüfung rückte heran, der Frühling nahte, nachts hörte man Schüsse aus der Richtung des Ghettos.

In einer späten Nachmittagsstunde Anfang April klingelte es in der Wohnung der Doktorsleute an der Küchentür. Als der Sohn sie öffnete, erblickte er eine hagere, dunkelhaarige Alte in schmutzigem Wintermantel mit zerschlissener Wattierung. Die alte Frau hatte ein Tuch auf dem Kopf und eine sehr abgetragene Reisetasche in der Hand. Sie sagte mit leiser, erschöpfter Stimme:

»Ich bin Renia Tennenbaum.«

»Was für ein Unsinn!« rief der junge Mann. »Was denn für eine Renia Tennenbaum?!«

Die Alte schaute ihn vorwurfsvoll an.

»Ich bin Renia Tennenbaum«, wiederholte sie. »Kennst du mich nicht?«

Der Sohn der Doktorsleute trat einen Schritt zurück, die alte Frau folgte ihm schnell in die Küche und schloß hinter sich die Tür.

»Um Gottes willen, Renia!« rief der Sohn der Doktorsleute. »Wie siehst du aus?!«

Im Grunde war er tief getroffen. Renia Tennenbaum hatte sich im Sommer 1939 von ihm küssen lassen, in der Ortschaft Rybienko am Flusse Bug, abends, im Garten, im Licht der untergehenden Sonne, beim Duft der aufblühenden Rosen, und ein auf der Chaussee vorüberfahrendes Auto hatte sie mit seinem Scheinwerferkegel erfaßt, was Renia dermaßen verwirrte, daß sie wortlos floh; er, der Sohn der Doktorsleute, konnte, vom Gefühl unerfüllter Liebe und von romantischem Übermut geplagt, bis zum Morgengrauen nicht einschlafen. Renia Tennenbaum war 1939 ein sechzehnjähriges Mädchen gewesen, etwas älter als der Sohn der Doktorsleute, sie sah im Kino Filme, die er noch nicht anschauen durfte, behandelte ihn ein bißchen von oben herab und versuchte, in seinem Leben die Rolle der femme fatale zu spielen. Im Herbst 1940 ging sie, ein hübsches Mädchen, Tochter begüterter Eltern, ins Ghetto. Die Tennenbaums riefen ab und zu die Doktorsleute an, doch der junge Mann war zu jener Zeit mit anderen femmes fatales seines Lebens beschäftigt, sprach deshalb nicht mit Renia und erinnerte sich nicht einmal an sie. Jetzt jedoch, als die strubbelige alte Frau in die Küche eindrang und behauptete, Renia Tennenbaum zu sein, hielt der Sohn der Doktorsleute das für einen äußerst tadelnswerten, beinahe an Frechheit grenzenden Schritt. Trotzdem war es Renia Tennenbaum. Als sie das Tuch vom Kopf gezogen hatte, entdeckte er in der alten Frau Renias einstige Züge und nahm, von einem seltsamen Rausch des Herzens bewegt, von einer Welle des Mitgefühls, der Erinnerungen, vielleicht gar der Liebe, die ihn plötzlich für kurze Zeit überschwemmte, emporgetragen, die alte Frau in die Arme und überschüttete sie mit wilden Küssen.

»Renia«, sagte er immer wieder zärtlich, »geliebte Renia!«

Aber sie war nicht in amouröser Stimmung, befreite sich aus seinen Armen und fragte sehr prosaisch, ob er etwas zu essen habe. In diesem Augenblick warf die Frau Doktor einen Blick in die Küche. Weil ihre Augen viele Geheimnisse und Dinge gesehen hatten, von denen die Philosophen nicht einmal träumen, erkannte sie ohne Mühe in der alten Frau die hübsche Renia Tennenbaum. Doch gerade weil die Frau Doktor so viel gesehen hatte und kein Philosoph ihr imponieren konnte, sagte sie ohne ein Begrüßungswort, ohne Verwunderungsrufe und auch ohne gerührte Gesten sehr nüchtern, mit ein wenig Zorn in der Stimme:

»Renia, hat dich jemand auf der Treppe gesehen?«

»Nein. Und die Straße war auch leer.«

»Wie geht's deinem Vater?« fragte die Frau Doktor.

»Weiß ich nicht.«

»Und deiner Mutter?«

»Meine Mutter lebt nicht mehr.«

Sie standen einander gegenüber im blendenden Lampenlicht, das Gas rauschte, durch das Fenster drang der neblige, goldfarbene Rest des Apriltages in die Küche. Die beiden aber kläfften sich an wie wütende, böse Hunde.

»Ich habe einen Untermieter in der Wohnung, einen Deutschen.«

»Meine Mutter ist im Januar gestorben. Vorher war sie krank.«

»Im ersten Stock wohnt ein Schneider, der hat deutsche Kunden.«

»Ich kann mich kaum noch auf den Beinen halten.«

»Und auch noch ein Volksdeutscher! Du mußt mich verstehen...«

»Wohin sollte ich gehen? Sagen Sie selbst...«

»Ich bin sehr erschöpft, Renia. Noch nie war ich so erschöpft...«

»Ist das meine Schuld?«

Da sagte der Sohn der Doktorsleute laut und deutlich:

»Mama, es sind noch zwei Koteletts vom Mittagessen übriggeblieben. Wo sind die, verdammt nochmal?!«

»In der Backröhre, in der Pfanne. Und dann mußt du Kartoffeln für Renia aufbraten.«

Vom Lärm des Gesprächs herbeigelockt, betrat der Doktor die Küche. Auch er erkannte Renia Tennenbaum mühelos, doch war daran nichts Besonderes, weil er sie hin und wieder gesehen hatte, als sie schon im Ghetto wohnte. Der Doktor hatte häufig das Gerichtsgebäude in der Leszno-Straße aufgesucht, wo sich monatelang Juden und Polen unter den Augen der Gendarmen trafen. Dort hatte er Renia gesehen und ihr Lebensmittelpakete übergeben. Das waren frühere Zeiten, da man die Juden noch nicht tötete. Sie wurden geschlagen, angespuckt, sie hungerten, sie starben an Prügeln, ansteckenden Krankheiten, an Erschöpfung, aber sie wurden noch nicht getötet, jedenfalls nicht auf unmittelbare, systematische und bürokratische Weise.

Der Doktor hatte also Renia Tennenbaum erkannt, er hielt ihre Anwesenheit für natürlich und wunderte sich nicht, als wäre die Küche seines Hauses ihr normalster Aufenthaltsort auf Erden.

»Liebe Renia«, sagte der Doktor, »nach dem Abendbrot wirst du auf den Hof hinuntergehen müssen. Dort ist ein Müllhaufen, in der Ecke an der Giebelseite des Hinterhauses. Ein dunkler Ort. Es wird nicht lange dauern. Ich muß mit Rücksicht auf unseren Untermieter gewisse Dinge in der Wohnung vornehmen.«

»Wo ist der Müllhaufen?« fragte Renia Tennenbaum, bei der das Leben einen praktischen Sinn und ein Gefühl für die Topographie des Geländes ausgebildet hatte.

»Ich bringe dich hin«, sagte der Sohn der Doktorsleute.

»Was hast du eigentlich vor?« fragte die Frau Doktor ihren Mann. »Das ist doch reiner Wahnsinn ...«

»Mag sein«, entgegnete der Doktor, »doch gibt es verschiedene Formen von Wahnsinn. Ich werde mit Herrn Ptak reden!«

»Das wirst du nicht tun!« schrie die Frau Doktor.

»Doch«, sagte der Doktor. »Er ist ein anständiger Mensch.«

»Alle Anständigkeit hört irgendwo auf«, sagte die Frau Doktor. »Und dann kommt nur noch die Hölle.«

»Du hast recht«, sagte der Doktor ruhig. »Du hast völlig recht. Folglich werde ich ihn in Versuchung führen. Dagegen gibt es kein Mittel, meine Liebe ...«

Eigentlich hatte der Doktor ins Schwarze getroffen. Tatsächlich, dagegen gab es kein Mittel. Jeder von ihnen konnte in Sünde verfallen oder sich die Erlösung verdienen. Die Menschen machen sich oft nicht klar, daß es sich um die Entscheidung für Gott oder den Teufel handelt. Sie suchen schrecklich komplizierte Rechtfertigungen für ihre Taten und Entscheidungen, die nichts anderes sind als eine schlichte Wahl zwischen Gott und dem Teufel.

Renia Tennenbaum aß Abendbrot am Küchentisch. Die Doktorsleute und ihr Sohn schauten ihr schweigend zu. Das Gas rauschte monoton, die Glühbirne unter der Decke leuchtete blaß, ihr Schein mischte sich mit dem vorabendlichen Dämmerlicht draußen vor den Fenstern. Der Doktor sagte zu seinem Sohn:

»Wir müssen verdunkeln!«

Der Sohn zog die schwarze, raschelnde Papierfläche herunter vor das Fensterrechteck. Die Frau Doktor fragte:

»Sind sie zuhause?«

»Sie ja«, entgegnete der Sohn. »Der Vogel ist noch nicht heimgeflogen.«

»Was für ein Vogel?« fragte Renia Tennenbaum. Ein Ausdruck von Interesse zeigte sich in ihren Augen. Das war verständlich. Sie hatte seit sehr langer Zeit keinen Vogel mehr gesehen.

»So heißt unser Untermieter«, erläuterte die Frau Doktor.

Renia Tennenbaum ging in Begleitung des Sohnes der Doktorsleute die dunkle Treppe hinunter auf den Hof und begab sich zum Müllhaufen. Das war ein guter Punkt. In dem Winkel verborgen, konnte sie den gesamten Hof und das Hoftor überblicken.

Etwa zu dieser Zeit kehrte Ptak heim. Der Doktor klopfte an seine Tür. Zum ersten Mal seit der Vermietung betrat der Doktor das Zimmer. Er fand beide unter der

Lampe, an dem kleinen rechteckigen Tisch vor. Lucyna saß violett-golden, unter der herrlichen Krone ihrer rund um den Kopf gelegten Haare leicht zurückgelehnt in einem Sessel, ihr gegenüber auf dem Stuhl Ptak. Seine Füße berührten den Boden nicht. Auf dem rechteckigen Tisch lagen Dominosteine. Als der Doktor auf der Schwelle stehen blieb, glaubten wahrscheinlich beide, es sei etwas Ungewöhnliches passiert. Er hatte sie bisher noch nie besucht. Eigentlich war er Frau Lucyna noch nie so unmittelbar begegnet, was beiden übrigens sehr zupaß kam. Jetzt verbeugte sich der Doktor leicht und sagte, er bitte Herrn Ptak für einen Moment zum Gespräch zu sich, natürlich wenn Herr Ptak so freundlich sein wolle. Der Bucklige glitt vom Stuhl, zog sein Jackett an und folgte dem Doktor.

»Herr Ptak«, sagte der Doktor, als sie sich im Salon hingesetzt hatten, »wir befinden uns in einer schwierigen Situation. Ich habe unerwarteten Besuch bekommen. Es ist die Tochter meiner Freunde, sehr edler Menschen, mit denen es das Schicksal schlecht gemeint hat. Beide leben nicht mehr. Das Kind befand sich in der Klemme.«

Ptak hielt den Kopf schief, das Licht der Deckenlampe glänzte in seinen Brillengläsern.

»Mit einem gewissen Nachdruck muß ich Sie daran erinnern«, fuhr der Doktor fort, »daß dies mein Haus ist.«

»Aber ja doch«, warf Ptak ein. »Ich habe doch immer...«

»Selbstverständlich«, sagte der Doktor. »Die Beziehungen zwischen uns sind vorbildlich. Wenn ich jedoch sage, daß dies mein Haus ist, dann tue ich das, um Mißverständnissen vorzubeugen. Bitte verstehen Sie mich richtig. Hören Sie mir zu. Ich bin Pole. Die Anwesenheit Ihrer Landsleute in Warschau ist für mich eine schwere Last.«

»Aber das weiß ich«, warf Ptak wieder ein. »Das versteht sich ...«

»Gestatten Sie, daß ich zu Ende komme. Der Krieg dauert fort. Wir sind alle bedroht. Doch gibt es andere, die mehr verfolgt werden als wir ...«

»Es ist ein jüdisches Kind, ja?« sagte Ptak.

»Das Fräulein ist Jüdin«, korrigierte der Doktor und seufzte leicht.

Eine Weile herrschte Schweigen. Der Doktor sah Ptak ins Gesicht. Er suchte seinen Blick, doch die Spiegelung der Lampe auf den Brillengläsern bewirkte, daß er nur den Strich der Augenbrauen und den Ansatz der Nase sah. Der Doktor sagte:

»Ich weiß, daß Sie Deutscher sind, aber ...«

»Ich bin bucklig«, unterbrach Ptak.

Der Doktor schwieg. Ptak sagte:

»Sie riskieren viel, Herr Doktor.«

»Nicht mehr als andere«, entgegnete dieser. »Wir haben ja Krieg.«

»Nicht alle müssen in diesem Krieg umkommen«, sagte Ptak. »Man soll den Kopf nicht hinhalten, wenn es nicht notwendig ist.«

»Wir wissen nie, was sich als notwendig erweisen wird«, sagte der Doktor. »In dieser Hinsicht ist keiner von uns Herr seines Schicksals.«

»Wie verstehen Sie das?« fragte Ptak.

»Es steht etwas hinter uns, das stärker zu sein pflegt als wir selbst und das für uns entscheidet!«

Wieder setzte Schweigen ein, schließlich sagte Ptak:

»Vielleicht haben Sie recht. Außerdem ist es Ihr Haus. Ich weiß von nichts. Und dieses Gespräch zwischen uns hat es nicht gegeben ...«

»Wenn Sie es wünschen«, sagte der Doktor, »hat es das Gespräch natürlich nicht gegeben. Das Fräulein wird nicht lange bei uns bleiben. Ich werde mich bemühen, die ganze Angelegenheit binnen weniger Tage zu erledigen.«

»Ich werde Ihnen nicht helfen können, falls es Schwierigkeiten mit den Deutschen gibt«, sagte Ptak.

Der Doktor lächelte freundlich.

»Aber, ich bitte Sie«, sagte er. »Sie haben mir schon sehr geholfen. Als Deutscher ...«

»Zuallererst bin ich bucklig, Herr Doktor«, sagte Ptak. »Und zweitens bin ich auch bucklig. Über meine Nationalität brauchen wir nicht zu sprechen. Mein Leben lang hat niemand auf meine Nationalität geachtet. Meinen Buckel haben alle gesehen.«

»Es ist mir unangenehm, das zu hören«, sagte der Doktor. »Die Welt ist nicht gut eingerichtet. Das wissen wir beide.«

Mit diesem wenig tröstlichen Akzent beendeten sie das Gespräch, Ptak kehrte zurück in sein Zimmer, während der Doktor sich auf den Hof begab. Dort erlebte er einen kurzen Augenblick der Überraschung und der Furcht. Weil er schon in seiner Kindheit eine Abneigung gegen Spiele gehabt hatte, die auf dem Anschleichen und der Suche nach Verstecken beruhten, weil er später viele Jahre lang ein ernsthaftes und ganz öffentliches Leben geführt hatte, verhielt er sich ziemlich ungeschickt. Kaum war er zum Müllhaufen gekommen, lehnte er sich an die nahe Hauswand und tat ein Weilchen so, als suchten seine Augen etwas am Himmel, was auf den unbeteiligten Beobachter seltsam wirken mochte, zumal wenn man den Ruf bedachte, dessen sich der Doktor erfreute. Anschließend begann er, leise zu pfeifen, doch auch hier ließ sich der Mangel an Praxis auf unangenehme und konsternierende Weise bemerken. Sich zu räuspern oder an die Wand zu klopfen, hielt er für töricht, deshalb sagte er ganz einfach:

»Kommt zurück ins Haus!«

Doch auf dem Müllhaufen herrschte weiterhin Stille. Immer stärker beunruhigt, sah der Doktor seinen Sohn und Renia Tennenbaum bereits in den Fängen der Gestapo auf der Schuch-Allee, er umrundete vorsichtig die Hausecke und stieg auf den Müllhaufen. Seine nun an die Dunkelheit gewöhnten Augen entdeckten irgendwelche Gestalten an der Hauswand. Und seine Ohren fingen die stillen, gleichmäßigen Atemzüge der beiden auf. Sie schliefen, eines in den Armen des anderen, aneinander geschmiegt, und träumten womöglich von sommerlichen Badefreuden und den freien Winden in den Kronen der Kiefern am Bug. Leise sagte der Doktor:

»Kommt zurück ins Haus.«

Renia Tennenbaum schrie erschreckt auf. Aber niemand hörte sie.

Diese Nacht schlief sie zum ersten Mal seit vielen Monaten in einem weichen Bett, in sauberer, nach Stärke duftender Bettwäsche. Der Sohn der Doktorsleute schlief gleichfalls, ihm träumten hohe Schneegipfel.

Die Doktorsleute schliefen diese Nacht nicht. Die neblige, kühle Aprildämmerung holte ihre erschöpften Gesichter aus dem Schlafzimmerdunkel. Unter der Zimmerdecke schwebten graue Rauchstreifen. Der Aschenbecher auf Frau Doktors Nachttisch war voll von Stummeln.

Sie hatten lange Stunden mit der Vorsehung gerungen.

Aber sie konnten nicht voraussehen, daß eine Person ihnen Schwierigkeiten machen würde, die sie überhaupt nicht berücksichtigt hatten. An diesem Tag lief der Doktor in der Stadt herum und errichtete das mysteriöse Gebäude der weiteren Schicksale Renia Tennenbaums. Das war nicht leicht, aber auch nicht so kompliziert, wie es nach dem Kriege in den Erinnerungen zahlreicher Leute erscheinen sollte, die, mit den Orden auf ihrer Brust klimpernd, mehr Nachdruck auf ihren Heroismus und ihre Selbstaufopferung legten und den Leiden der Verfolgten weniger Aufmerksamkeit widmeten. Der Doktor lief in der Stadt herum, redete hier und redete dort, er knüpfte zarte Fäden und vereinigte sie in seiner Hand. Zu dieser Zeit nahm Renia Tennenbaum ein Bad und aß mehrmals Frühstück. Gegen Mittag saß sie in der Küche, lutschte ein Bonbon und lauschte den Berichten des Sohnes der Doktorsleute. Da trat Frau Lucyna in die Küche.

»Guten Morgen«, sagte sie leise, »ich will mir nur Tee machen.«

»Guten Morgen«, antwortete der Sohn der Doktorsleute, und Renia Tennenbaum nickte.

Der Vernunft und aller Lebenserfahrung zum Trotz saß Renia Tennenbaum am Fenster. Das Fenster ging zwar nach Westen, doch der Tag war hell und sonnig, es war fast zwölf Uhr, und Renia Tennenbaums Gesicht wirkte mit seinem derzeit so unangebrachten Judentum wie zur Schau gestellt. Lucyna warf einen Blick auf Renia, stieß einen leisen Schrei aus und erstarrte.

»Was ist Ihnen?« fragte der Sohn der Doktorsleute höflich.

»Jesus, Maria!« flüsterte Lucyna. »Was richtet ihr in diesem Hause an!«

»Na, na!« sagte der Sohn, nun schon ohne jeden Anflug von Höflichkeit, ja ein wenig drohend. »Bitte machen Sie sich Ihren Tee und ...«

Doch Lucyna dachte nicht mehr an den Tee, sondern an die schreckliche Welt, in der sie alle ohne Ausnahme lebten. Sie ging auf Renia Tennenbaum zu und schrie plötzlich los:

»Raus! Auf der Stelle raus hier!«

Renia sprang vom Hocker auf. Der Sohn der Doktorsleute packte Lucyna bei ihrem wohlgeformten, üppigen Oberarm. Viele Wochen hatte er das herbeigesehnt und sich ausgemalt, daß auf diese Weise etwas Außerordentliches zwischen ihnen beginnen würde, daß er Lucyna beim Arm fassen, daß dies die erste, entscheidende Bewegung sein würde – jetzt aber empfand er ganz und gar keine Erregung, sondern Zorn, ja sogar Wut. Er war aber immer noch der Sohn kultivierter Menschen, der als Kind eine sorgfältige Erziehung genossen hatte, darum sagte er:

»Bitte gehen Sie hinaus und machen Sie keine Szene! Das ist nicht Ihre Angelegenheit ...«

Lucyna richtete ihre hellblauen Mondkalbaugen auf ihn.

»Wieso nicht?« rief sie schrill. »Die bringen uns alle um. Wenn sie bei euch eine Jüdin finden ...«

»Dies ist nicht Ihr Haus!« sagte der Sohn der Doktorsleute.

»Józef und ich wohnen aber hier!« schrie sie. »Und wir erlauben nicht, daß ...«

»Herr Józef«, unterbrach sie der Sohn der Doktorsleute, »weiß über die ganze Sache Bescheid.«

»Unmöglich!« schrie Lucyna. »Das ist eine Lüge ...«

»Sie können sich ja selbst überzeugen. Und jetzt gehen Sie bitte wieder in Ihr Zimmer.«

Er war entschieden und stark. Sie widersetzte sich ein

wenig, als er sie über den Korridor führte. Im Zimmer fiel sie auf den Sessel. Ihre Augen standen voller Tränen.

»Das ist entsetzlich«, sagte sie leise. »Ich habe so schreckliche Angst!«

Sie schämte sich des Auftritts in der Küche und brach in Tränen aus. Der Sohn der Doktorsleute war erwachsen genug, sich ihr zu widersetzen, aber nicht genug, sie zu trösten. Darum verließ er das Zimmer ohne ein Wort.

Der Doktor erfuhr von dem Vorgang um die Mittagszeit und faßte sofort einen Entschluß. Man durfte nichts riskieren, Lucyna verhielt sich unberechenbar, man wußte zu wenig über sie, um einer so rätselhaften Person vertrauen zu können. Um fünf Uhr nachmittags ging Renia Tennenbaum mit einem weißen Kopfverband, einen Arm im Tragetuch, gestützt auf einen Stock und auf die Schulter des Doktors, zu der vor dem Haus wartenden Droschke hinunter. Der Sohn der Doktorsleute begleitete sie, brachte die Kranke besorgt auf dem Sitz der Droschke unter und wiederholte ständig laut:

»Sag bitte nichts, Tante. Alles wird gut. Schreib uns gleich, Tante.«

Als die Droschke, die Renia an ihren neuen Wohnort brachte, davongefahren war, sagte der alte Hausmeister, den alle im Mietshaus zärtlich Herr Jakubek nannten, zu dem Sohn der Doktorsleute:

»Ich habe gar nicht gewußt, daß du solch eine Tante hast!«

»Selbstverständlich habe ich sie, Herr Jakubek.«

»Ich habe alle deine Tanten gekannt, noch ehe du sie kennengelernt hast. Das war nicht deine Tante . . .«

»Was wissen Sie schon, Herr Jakubek!«

»Ich will dir sagen, wer das war, falls du sie nicht erkannt hast. Du hast dich geirrt. Es war nicht deine Tante. Es war Fräulein Tennenbaum, die Tochter von Herrn Dr. Tennenbaum in der Graniczna-Straße. Wie konntest du sie nicht erkennen?! Du bist doch vor dem Krieg mit ihr gegangen. Aber du kannst ruhig sein. Auch dein Vater weiß, daß er ruhig sein kann. Jakubek ist eben Jakubek.«

Nachdem er das gesagt hatte, ging er in die Toreinfahrt, zu seiner Hausmeisterstube. Der Sohn der Doktorsleute rief ihm nach:

»Herr Jakubek, ich achte Sie hoch und mag Sie!«

»Na also!« sagte Jakubek und verschwand hinter der Tür.

Der Sohn der Doktorsleute kehrte mit dem Gefühl freudiger Erleichterung nach oben zurück. Er war bereit, die ganze Welt an die Brust zu drücken. Die ganze Welt mit Ausnahme von Lucyna.

Aber auch Lucyna erschien nicht mehr in ihrer Wohnung. Sie ging an diesem Tage fort, um nie wieder zurückzukehren. Einen Monat später zog der bucklige Ptak aus. Sein Zimmer mietete ein junger, sehr hübscher, witziger und nicht immer zahlungskräftiger Mann aus Lemberg.

Im Sommer 1944 brannte das Mietshaus mit allen Möbeln und Besitztümern der Doktorsleute ab. Sie selbst wurden weit ins Reich geschafft. Der junge Untermieter aus Lemberg fiel während des Aufstands. Der Hausmeister Jakubek starb in einem Konzentrationslager, Renia Tennenbaum überlebte den Krieg und wanderte nach Amerika aus. Die Doktorsleute lebten lange Jahre nach dem Kriege in bitterer Armut am Stadtrand von London. Der Sohn der Doktorsleute kehrte im Frühjahr 1945 in das zerstörte Warschau zurück, weinte auf den Trümmern seiner Jugend und begann sein eigenes, selbständiges Leben.

Einige Jahre nach dem Kriege, im verräucherten, schmutzigen, häßlichen, schäbigen Kattowitz, klopfte jemand an seine Wohnungstür. Im dunklen Flur erkannte der junge Mann Lucyna zunächst nicht. Vor ihm stand eine vernachlässigte, korpulente Frau, armselig und ohne Schick gekleidet wie die Mehrzahl der Frauen zu jener Zeit.

»Erinnern Sie sich nicht mehr an mich?« fragte sie leise und ängstlich. Er antwortete, er sei nicht sicher, es sei ihm peinlich, sie solle bitte ...

»Ich bin Lucyna, Sie werden sich doch erinnern«, sagte sie lebhafter.

»Mein Gott!« sagte er. Denn was hätte er sonst sagen sollen.

Im Zimmer betrachtete er sie sorgfältiger. Noch war sie schön und hellblau-golden wie einst, verfügte aber nicht mehr über das, was sie früher anziehend gemacht hatte. Immer noch lag in ihren Augen der kuhliche und mondhafte Ausdruck einer nachgiebigen, passiven Schläfrigkeit, spielte um ihre Lippen dasselbe demütige Lächeln, doch fehlte etwas, was vor Jahren seine Träume und Begierden geweckt hatte. Aber vielleicht hatte auch er sich ganz einfach verändert.

Sie saßen am Fenster in dem kleinen, vollgestellten Zimmer. Durch die Straßen rollten verdreckte Lastwagen, beladen mit Sand, Kies, Kohle, Schrott. Die Scheiben bebten, über die Stadt hinweg hallte das Dröhnen der Züge, unter der Erde ertönten leichte Bergschläge, am Himmel zogen tiefe, mit Ruß und Rauch vermischte Wolken dahin.

Lucyna sprach leise, mit demütiger und ängstlicher Stimme von Herrn Ptaks schwerer Krankheit, er liege seit längerer Zeit in einem Krankenhaus bei Warschau, unter kaum zu beschreibenden Bedingungen. Sie selbst arbeite hart, sie könne nicht recht auskommen, doch so sei nun ihr Schicksal. Sie entschuldigte sich für ihren Besuch.

»Ich hatte von Ihnen gehört, dann bekam ich die Adresse. Eigentlich weiß ich selbst nicht, warum ich Ihnen die Zeit stehle. Aber mein Józef erinnert sich so gern an Sie. Ich auch!«

»Wir haben uns nur flüchtig gekannt«, sagte er ohne Hintergedanken und lächelte.

»Stimmt. Und trotzdem ... Sie werden es nicht glauben, wie heftig mein Herz geschlagen hat, als ich hier die Treppen hochging. Die Hoffnung, Sie zu sehen. Wie geht es Ihren Eltern? So freundliche Leute. Sind sie am Leben?«

Er antwortete, ja, sie lebten, aber nicht im Lande, sie seien nach dem Krieg in England geblieben.

»Dann haben Sie wohl Schwierigkeiten«, sagte Lucyna. »Doch wer hat sie nicht heutzutage! Józef wird sich sehr freuen, daß Ihre Eltern leben. Er denkt immer mit guten Gefühlen an sie.«

Plötzlich berührte sie mit ihrer großen, aber leichten Hand sein Handgelenk. In ihren Augen zeigte sich Konzentration, irgend etwas leuchtete in ihnen auf wie eine Lampe im Fenster eines verlassenen Hauses.

»Sagen Sie bitte, aber ganz ehrlich, direkt von Herzen. Das war doch keine schlechte Zeit, dort, bei Ihren Eltern?«

»Weiß ich?« entgegnete er weich und ein wenig konsterniert. »Darüber habe ich noch nicht nachgedacht.«

»Sie haben damals geglaubt, ich sei böse, dumm und unmoralisch. Nein, lassen Sie mich reden ... Ich wußte das. Mein Gott, was habe ich gelitten, was bin ich gedemütigt worden! Damals und später, schon nach dem Kriege – das läßt sich gar nicht beschreiben. Józef hatte die Volksliste, er stammte aus Masuren, dort hatten alle die Volksliste. Niemand hat sie nach ihrer Meinung gefragt.«

»Ja, das weiß ich«, warf der junge Mann ein. »Das ist sehr traurig.«

»Er war immer ein anständiger Mensch. Das wissen Sie, nicht wahr? Er hat niemandem Unrecht getan. Nur zu mir war er vielleicht nicht gerecht. Aber er ist doch ein Krüppel.«

Die Tränen flossen aus ihren Mondaugen. Der junge Mann sagte:

»Beruhigen Sie sich bitte. Jetzt wird es besser.«

Sicher war er sich dessen keineswegs. Dann erhob er sich und fuhr munter fort:

»Wir trinken einen Tee, nicht wahr.«

»Ach nein! Ich gehe gleich. Ich bin nur für einen Augenblick hereingekommen, um Sie zu sehen, um Ihre Stimme zu hören. Józef und ich, wir sind sehr einsam.«

Sie erzählte noch von seiner Lungenkrankheit, wie schwach er seit einigen Wochen sei. Während er ihren Bericht hörte, stellte er sich vor, wie sich diese hochgewachsene, kräftige Frau über das Bett des Buckligen neigt, wie sie ihm den Schweiß von der flachen Stirn wischt oder seinen kleinen, ausgemergelten Körper frei auf den Armen hält, um der Krankenschwester zu helfen, wie sie ihm zärtliche Wörter der Liebe ins Ohr flüstert und ihm versichert, sie werde immer bei ihm bleiben, es kämen für sie beide bessere Tage, sie werde wieder schön sein wie früher, und er werde wachsen und sich strecken, er werde sie, die Zitternde, die Schutzbedürftige, an seine Brust drücken.

»Sollten Sie ihn mal besuchen wollen«, sagte sie zum Schluß, »wäre Józef sehr glücklich.«

Als sie sich verabschiedeten, küßte er ihr die Hand. Doch

schon bei geöffneter Tür, nach ihren letzten Worten fragte er plötzlich:

»Bitte, es läßt mir keine Ruhe. Warum haben Sie so heftig auf die Anwesenheit einer Jüdin in unserer Wohnung reagiert?«

Ihre Augen füllten sich wieder mit Tränen. Mühsam sagte sie:

»Ich weiß. Ich weiß, das war entsetzlich. Das hat mir wochenlang keine Ruhe gelassen. Lebt diese Frau noch?«

»Ja«, antwortete er. »Sie hat überlebt. Sie wohnt in Amerika.«

»Gott hat über sie gewacht. Ich wollte damals nichts Böses. Aber ich hatte solche Angst um Józef... Verstehen Sie mich?«

Er verstand sie damals noch nicht ganz, entgegnete aber, er verstehe. Von seinem Vater, dem Doktor, hatte er die Sanftmut und das freundliche Verhalten zu den Menschen geerbt. Er mochte ihnen nicht Unrecht tun.

Lucyna ging. Diese Nacht träumte dem jungen Mann, er befinde sich tief unter der Erde, vielleicht in einem Bergwerk, vielleicht auch im Fegefeuer. Dunkelheit herrschte, von überall ertönte durchdringendes, geheimnisvolles, unverständliches Geflüster. Dann leuchtete eine blendende Helligkeit auf, und darin sah er, wie ein Buckliger gen Himmel fuhr. Dieser Bucklige war teils Herr Ptak, teils auch ein bißchen er selbst.

Der junge Mann dachte lange an den seltsamen Traum, vergaß ihn aber nach Jahren. Die Zeit verging, und der Sohn der Doktorsleute wurde älter. Er war bereits Vater erwachsener Kinder, ein schwerfälliger, grauhaariger und illusionsloser Mann.

In dieser Zeit betrat er zufällig den kleinen Friedhof einer

Ortschaft bei Warschau. Er war in der Nähe vorbeigefahren, und plötzlich war sein Auto kaputtgegangen. Er rief telefonisch die Pannenhilfe und verkürzte sich die Wartezeit mit einem Spaziergang entlang der hohen Mauer, die den kleinen Friedhof von der Straße trennte. Die Viertelstunden vergingen, die Pannenhilfe kam nicht, und der Sohn der Doktorsleute betrat etwas irritiert, etwas gelangweilt das Friedhofsgelände. Es war ein heller, warmer Tag zur frühen Nachmittagsstunde. Die Sonne stand hoch am wolkenlosen Himmel. Er ging zwischen den Gräbern hin und her, las die Inschriften, die Namen der Toten, ihre Geburts- und Sterbedaten.

So las er auch die konventionelle und banale Inschrift einer Platte, die mitteilte, in diesem Grab lägen Lucyna und Józef Ptak und bäten um ein Gebet für ihre Seelen. Das Grab verwahrlost, unkrautüberwachsen, die Tafel in Regen und Hitze gesprungen.

Er kniete nieder und betete lange. Und konnte selbst nicht begreifen, warum er weinte, laut, verzweifelt und von Herzen weinte wie ein kleiner Junge oder ein Mensch, der unwiederbringlich etwas überaus Kostbares verloren hat, das er weder benennen noch für sich und andere bewahren kann.

1979

Unser lieber Benno

Ich spürte einen Schlag und öffnete die Augen. Ein Streifen blaues Licht ergoß sich auf mein Gesicht. Außerhalb des Streifens war alles dunkel. Ein dumpfer Schmerz durchdrang mich. Ich dachte, mit mir ist es aus. Ein guter Gedanke. Auch den Schmerz hielt ich für gut. Er quälte mich nicht zu sehr, sondern ließ mich mehr die eigene Existenz empfinden – ich dachte schläfrig, ja mit einem gewissen Behagen, wenn ich sterbe, werde ich ihn nicht mehr spüren, er ist ganz einfach das Leben, und mit dem Moment, da er aufhört, geht alles zu Ende.

Das blaue Licht lag auf meinem Gesicht, und ich dachte, früher einmal bin ich stark, jung und hoffnungsvoll gewesen, in diesem vom herben Apfelgeruch erfüllten, mit Sonnenflecken im Dämmerlicht gesprenkelten Keller aber hat sich auf mein Gesicht ein kühles Spinnengewebe gelegt.

Ich hob den Arm, da steigerte sich der Schmerz. Darum erstarrte ich. Hoffnungslose Freude überkam mich. Wieder erblickte ich meine Gestalt, diesen gelenkigen, kräftigen Burschen vor dem Hintergrund der Kellertreppe, wo ich an jenem Sommertag ans Tageslicht emportauchte, beladen mit dem Äpfelkorb. Hinter mir bemerkte ich die kleinen weißen Säulen des Gebäudes, das geöffnete Wohnzimmerfenster, die flatternde Gardine und die Gestalt im Hintergrund. Trotz aller Bemühungen konnte ich mich an das Gesicht des Mädchens nicht mehr erinnern.

In diesem Geisteszustand stieg ich aus dem Waggon, und

das tausendfüßige Gebilde der Marschkolonne sog mich ein. Wie üblich hatte ich beschissenes Glück, denn unmittelbar neben mir ging der Scharführer Reiner mit dem Hund Toffi an der straffen Kette. Toffi war nicht böse, heute weiß ich genau, daß er auch durch eine Hölle gegangen ist, bevor er ein Menschenfresser wurde. Damals fürchtete ich ihn am meisten von allen Hunden der Staffel. Doch Reiner war ein ordentlicher Kerl und hielt den Hund kurz. Nur zögernd, vielleicht sogar unwillig ließ er ihn von der Kette. Wenn er das, von den Umständen gezwungen, tat, beobachtete er Toffi kritisch, und in seinen Augen lag Unbehagen. Auch verzog er die Lippen, als schluckte er eine bittere Pille. Dann nahm er den Hund wieder an die Kette und sagte laut: »Das soll ein Hund sein? Das ist kein Hund, das ist ein Stück Schuft!«

Ich mochte Reiner. Eines Tages im Spätherbst war ich in der Morgendämmerung aus der Latrine gekommen. Perlgrauer Nebel senkte sich auf die kiesbestreuten Wege. Eine frische Kühle stand zwischen den Gebäuden. Ich kam also aus der Latrine, die ich gewöhnlich ungern verließ. Dort verbrachte ich beim Entleeren eine angenehme Viertelstunde, wie ein ganz normaler Mensch. In der Latrine arbeitete mein Körper schwer, aber in Übereinstimmung mit den Gesetzen der Natur. Alles dort war echt, sogar die Freiheit. Mit Bedauern erhob ich mich vom Brett, sog den belebenden Geruch der Düngemittel in die Lunge und erblickte mit geschlossenen Augen die weiten frühherbstlichen Felder, die Sandbänke am Fluß, die Rauchfahnen des fernen Dorfes und die Vogelwelt am rötlichen Himmel. Danach marschierte ich mit klappernden Holzschuhen zurück.

An jenem Herbstmorgen kam ich auch aus der Latrine – und stand plötzlich, noch gänzlich erfüllt von Freiheit,

Auge in Auge Reiner gegenüber. Er war allein, weil er Toffi nie ohne Grund mitnahm. In solchen Momenten sah Reiner etwas komisch aus, gewissermaßen unvollständig, als hätte er das Haus, sagen wir mal, ohne Hosen verlassen oder mit offenem Schlitz.

Er musterte mich aufmerksam von Kopf bis Fuß. Ein bißchen wie der Schneider bei der Anprobe.

»Lümmel«, sagte er mit heiserer Stimme. »Ich habe den Verdacht, du rauchst...«

»Nie, Herr Scharführer«, antwortete ich forsch und zutiefst überzeugt.

»Ach, du Lümmel«, sagte er. »Du Lümmel lügst...«

»Ich halte das Rauchen für gesundheitsschädlich«, sagte ich mit Nachdruck.

Reiner lächelte herzlich, holte aus der Tasche seiner Feldbluse eine zerdrückte Packung R 6 und schob sie mir in die Hand.

»Rauch beim Scheißen«, sagte er, »und denk gerührt an mich.«

»Jawohl, Herr Scharführer«, entgegnete ich.

Reiner berührte mit der Hand meine Backe und kniff sie leicht.

»Alles hat ein Ende«, sagte er, »so ist das eben, Lümmel...« Er ging ein paar Schritte weiter, drehte mir den Rücken zu, fummelte an seinem Hosenschlitz, spreizte die Beine und pinkelte auf den Rasen. Ein Dampfwölkchen erhob sich und zerfloß in der Luft. Überall herrschte Stille, nicht einmal ein Vogel schrie, denn hier gab es keine Vögel. Reiner fragte:

»Wie hältst du's mit Gott, Lümmel? Glaubst du an Gott?«

Ich konnte diese Frage nicht beantworten, darum packte

mich die Angst. Doch arbeitete mein Verstand in solchen Augenblicken äußerst geschickt. Ganze Herden von Gedanken schossen mir durch den Kopf, darunter einer, der mich auf die objektive Wahrheit hinlenkte. Der alte Holländer Neeren, vor dem Kriege Bildhauer, hatte erzählt, er habe einen Zusammenstoß mit Reiner gehabt. Reiner nämlich habe ihn mit dem Ochsenziemer zusammengeschlagen, weil ihm Neerens berühmte Utrechter Pietà wenig vergeistigt vorgekommen sei. Neeren hatte erzählt, Reiner sei von dieser Erinnerung tief durchdrungen gewesen und habe ihm seine jüdische Großmutter vorgeworfen, denn sonst hätte die Pietà, von einer wahrhaft christlichen Hand gemeißelt, einen ergreifenderen Ausdruck gehabt.

Neeren sprach von dieser Geschichte mit einem spöttischen Lächeln, das von mangelnder Achtung vor allem Erhabenen zeugte. Also an jenem Herbsttag, im perlgrauen Glanz des Morgens antwortete ich beim Anblick Reiners vor dem Hintergrund der Erlen im Sonnenlicht schnell, mein Glaube sei eifrig und meine besondere christliche Vorliebe sei es, herzlichen Umgang mit dem Heiligen Georg zu pflegen.

Reiner knöpfte sich die Hose zu, schüttelte leicht das rechte Bein und sagte: »Gut, Lümmel.« Dann aber fügte er ein wenig traurig hinzu: »Du wirst es nicht glauben, aber ich war mal Schmied. Mein Vater hatte eine Schmiede in Miesbach. Ich habe die Pferde der ganzen Umgebung beschlagen. An die Jahrmärkte in Suhl erinnere ich mich noch gut. Jedes Pferd dort war in unserer Schmiede beschlagen.«

»Das muß eine schöne Tätigkeit gewesen sein, Herr Scharführer«, sagte ich und stellte mir Reiner mit schweißüberströmtem Oberkörper vor, wie er sich über die Feuerstelle beugt. Ich stellte mir Reiner als jungen Burschen an der Seite seines Vaters vor, beide in dunklen Schürzen auf dem nackten Körper, beide beim Hämmern in der dunklen Schmiede. Ich sah die glühende Feuerstelle und die faltigen, von den Füßen der Gesellen bewegten Bälge, aber auch die weit ausladenden Miesbacher Eichen in der brandroten Sonne vor der Schwelle der Schmiede. Und wieder spürte ich die Freiheit.

Reiner blickte mich mißtrauisch an.

»Früher hatte das Sinn«, sagte er heiser. »Später nicht mehr. Du wirst es nicht glauben, Lümmel, aber als ich das letzte Mal in Miesbach war, habe ich nur noch wenige Pferde gesehen. Mein Bruder hat die Schmiede in eine Motorrad-Werkstatt umgewandelt. Alles hat ein Ende.«

Nachdem er das gesagt hatte, ging er fort, und langsam folgte ihm sein langgezogener Schatten.

Ebenso glitt Reiners Schatten auch jetzt im Licht der blauen Bahnsteiglampen leise über die Betonplatten, und dicht daneben bewegte sich der dunkle, formlose Fleck des Hundes. Die Kette aber, in Wirklichkeit glänzend und dünn, wurde auf dem Beton zu einem dicken schwarzen Strich. Und plötzlich bekam ich Lust, auf diesen Schatten der Kette zu treten, zutiefst davon überzeugt, daß Toffi dann eine Verengung des ledernen Halsbandes spüren, seine Zunge seitlich aus der Schnauze fahren und aus der Brust des Tieres ein Röcheln ertönen würde. Ich dachte, ich bin von Kopf bis Fuß, nicht nur mit dem Blut in den Adern, dem Gedärm im Bauch und dem Hintern in der Drillichhose, sondern auch mit dem ganzen Gepäck meiner Erinnerungen, mit meiner Vergangenheit und Zukunft diesem Schatten näher als der Wirklichkeit.

Ich weiß noch, ich wollte zum Wind werden, der an einem wolkenverhangenen Tag durch die Baumkronen streicht und ein heraufziehendes Gewitter ankündigt. Ich spürte auf dem Handrücken das rauhe Fell des Rehs, über dessen Rist ich hinwegglitt zur Rodung hin, wo meine angenehme Kühle das Moos streichelte, die an schwärzliche Stämme geschmiegten Gänsedisteln und den Huflattich. Plötzlich wurde ich leicht, ich war nur noch Atem der Natur, ich drang in die Bauernhäuser, wo die Frauen sich im Licht der Petroleumlampen über ihre Flickwäsche beugten oder, am Herd stehend, ganz im Schatten, die Gesichter der Feuersglut ausgesetzt wie auf den Bildern der alten flämischen Meister, das Essen für die vom Feld heimkehrenden Männer zubereiteten. Die aber blieben frisch und kräftig auf der Schwelle stehen, weil ich sie von den Hinterteilen der Pferde her mit dem Geruch des Pferdeschweißes und des steif gewordenen Geschirrs sanft umwehte, um die Feuchtigkeit zu trinken, die sich während des Pflügens unter ihren Lidern angesammelt hatte. Die Männer blieben auf der Schwelle zur Stube stehen und betrachteten die Arme der gebückten Frauen unter dem Rauchfang des Herds. Ich glitt über ihre Köpfe hinweg in die Stuben, fröhlich und zu Streichen aufgelegt, ich berührte mit den Fingerspitzen die Frauenhaare, stieg mit freundlichem Sausen den Kamin empor, gelangte über das Strohdach und eilte auf die still gewordenen, zartgrünen, sich im Froschgequak und Hundegebell wiegenden Felder; Hunde trieben die Kühe über staubige Feldwege den Ställen zu.

Ich wollte Wind sein, und dieser Gedanke nahm mir den Schmerz. Wieder besaß ich Freiheit. Doch da schrie jemand in der Kolonne auf. Reiner beschleunigte seinen Schritt, er überholte meine Reihe, sein Schatten vermischte sich auf den Betonplatten mit anderen.

Genau in diesem Augenblick beschloß ich, mich bei

Wagenbach zu melden, bei »unserem lieben Benno«, und mit ihm ein Gespräch zu führen. Aber vor mir lag noch ein weiter Weg. Die Kolonne verließ die Gebäude des abgebrannten Bahnhofs und marschierte im flimmernden Laternenlicht, mit den Holzschuhen über das Pflaster klappernd, munterer durch die Stadt. Die Kirchenglocke schlug zehn Uhr. Die Februarnacht tat sich vor uns auf im Rhythmus von tausend erschöpften Füßen, im sanften Knirschen des Schnees und im kehligen Geschrei der Bewacher. Die Fenster der Häuser waren blind, nur hier und da drang ein wenig Licht auf die Straße, dann lärmten die Wachen, jemand schlug mit der Faust oder mit dem Kolben an die Tür, ein Schrei ertönte, und das Licht im Fenster erlosch wie ausgeblasen. Zwischen den Häusern lagen Gärten, darin standen mit Stroh umwickelte Pflaumen- und Apfelbäume wie die polnischen Strohpuppen aus meiner weit zurückliegenden Erinnerung. Ein Gartenhund, der in der Nähe die Anwesenheit unserer Menschenfresser witterte, gab ein schmeichelndes Winseln von sich, aber Toffi und seine Kameraden gingen schweigend und würdevoll vorbei, als verdiente der im Dunkeln verborgene Zivilist keine Beachtung.

Wir zogen also durch die Finsternis, von Zeit zu Zeit fuhr nahebei eine violette, fast leere Straßenbahn vorüber und erfüllte alles ringsum mit ihrem eisernen Gerassel. Dann gelangte die Kolonne in die Felder, in den schneeverhüllten Raum, und wir hörten sogar das Klappern der Holzschuhe nicht mehr.

Reiner verschwand irgendwo, die Nacht verschluckte ihn, ich war einsam. Heute kommt mir das merkwürdig vor, hatte ich doch die ganze Körperlichkeit des Lagers an meiner Seite, die später, nach Jahren, zum Symbol der Solidarität wurde, aber auch zur Quelle unserer Kraft und unseres Überlebens. Was jedoch in der historischen Perspektive deutlich erscheint, hatte seinerzeit keinen Zutritt zu meiner Vorstellungskraft. Wir bildeten damals eine Einheit in unserem Unglück, in der Schwäche und dem Sterben, uns verband die Gemeinsamkeit von Haß, Angst und Hoffnung, aber das alles gewährte uns, weil es so sehr gemeinsam war, keinen Rückhalt. Ich war einsam in der Einsamkeit jener Tausende, nur gedemütigt durch die gesteigerte Demütigung zahlreicher anderer, ähnlicher Menschen, verurteilt gemeinsam mit ihnen – deshalb bildeten nicht sie das Kettenglied, das mich mit der Welt verband, und ich maß die Welt nicht an ihnen. Sie waren ich, und ich war sie, was für die unbeschreibliche Macht eines Reiner zeugte, der einen so komplizierten und großen Mechanismus nach seinem Belieben in Bewegung setzen konnte. Je mehr Gefangene hinzukamen, desto mächtiger wirkte das Tausendjährige Reich, und ich spürte, daß ich mich allein mit diesem messen mußte. Erst später, als das Reich zu bestehen aufgehört hatte und auf seinen Trümmern das siegreiche Europa entstand, in sich zerstritten wie nie zuvor in seiner Geschichte und einem Schamanentum zur Beute überlassen, von dem die Europäer nie zuvor auch nur eine Ahnung gehabt hatten – erst dann erhob man die Tatsache der Anwesenheit von Tausenden meiner Leidensgenossen zum Zeugnis unserer Unbeugsamkeit. Einstweilen lag das ganze beschissene Europa nackt und wehrlos wie eine Hure auf dem Appellplatz, sooft Reiner sie haben wollte ...

Nachdem er fortgegangen war auf dem verschneiten Brachfeld mit dem Hund an der straffen Kette, blieb ich allein, und nur Gott hatte mich noch nicht verlassen.

Das dauerte übrigens nicht sehr lange, denn schon nach einer Viertelstunde durchschritten wir das Tor unserer

Unterkunft. Die Wachtürme mit den weißen Schneekappen begrüßten uns freundschaftlich von ferne, Hundegebell ertönte, starke Scheinwerfer streiften die marschierende Kolonne, die Wachen stießen muntere Rufe aus.

Im Inneren des Lagers sah man blinkende Lichter, der Appellplatz lag im hellen Schein der Lampen, überall vernahm man Lärm, Trappeln, häusliche Geräusche – so durchschritten wir das Tor, wie der Bauer nach einem mühevollen Arbeitstag sein Hoftor durchschreitet.

Drei Viertelstunden später standen wir diszipliniert auf dem Appellplatz, den Blick einer kleinen Silhouette zugewandt, es war Heidrich, der sich auf einem Fahrrad dem Galgen näherte. Heidrich, »unser kleines Chefchen«, wie die Leute ihn nannten, hatte die Angewohnheit, die Meldungen ausgerechnet unter dem Galgen entgegenzunehmen.

Er kam auf einem kleinen Fahrrad, fast einem für Kinder, stieg ab, stellte sich unter den Galgen – es begann der tägliche Rapport. Das dauerte lange, das zog sich träge hin in der Stille und dem klirrenden Frost, in dem hier und da die genagelten Stiefel der Blockführer aufklangen.

Später wurde wie gewöhnlich gefragt, ob jemand sich in unaufschiebbaren Angelegenheiten melden wolle. Ohne mich umzuschauen, trat ich aus dem Glied, riß die Mütze vom kahlgeschorenen Schädel und rapportierte dem Blockführer, so sei es, ich hätte diesen Wunsch. Unser Blockführer war ein mit Schnupftabak bekleckerter SS-Mann, korpulent, mit einem Adolf-Hitler-Bärtchen, liederlich gekleidet und ungebügelt, schlampig, träge, unbeholfen und voller Flecke. Von ihm hieß es, er sei ein ganz anständiger Mensch gewesen, habe eine Fleischerei in Goslar gehabt und in der Wirtschaftskrise Pleite gemacht, sei der Bewegung beigetreten, habe ein bißchen getötet, sich dann aber beruhigt, sei ein guter Ehemann und Vater; zu uns sei er gekommen dank der Protektion des Gauleiters von Hessen, eines entfernten Verwandten. Dieser Blockführer, eine im Grunde melancholische Natur, mochte seine Schafherde, tat uns nichts zuleide, bedauerte uns sogar manchmal. Als ich aus dem Glied trat und meldete, ich wollte zu Wagenbach, »unserem lieben Benno«, warf er mir einen mißtrauischen Blick zu, seufzte und sagte:

»Hör mal, du! Du hast wohl Scheiße im Hirn, was?«

Ich gewahrte in den Augen des Blockführers Sorge um mein Leben. Weil ich aber selbst diese Sorge nicht empfand, antwortete ich höflich, ich hielte meine Bitte aufrecht. Der Blockführer stöhnte, hob die Schultern und ging fort, nachdem er meine Nummer notiert hatte.

Eine Viertelstunde später ließ mich die Wache aus dem inneren Drahtzaun, und ich betrat das Gebäude, in dem Wagenbach wohnte.

Hier war es still, warm und gemütlich. Auf dem Gang brannte eine Milchglaslampe, und ich vernahm das Geräusch der sich drehenden Scheibe des elektrischen Stromzählers. Auf einem unbequemen Stuhl an der Wand saß ein korpulenter ss-Mann mittleren Alters mit rotem, leicht verschwitztem Gesicht. Er sah mich an mit dem Blick einer Kuh und kontrollierte dann meine Nummer.

Schwerfällig stand er auf, das Koppel hing ihm unter dem Bauch. Er betrachtete die Nummer auf meiner Brust und nickte. Anscheinend hatte man ihm mein Erscheinen angekündigt. Dann tat er etwas sehr Ungewöhnliches, was mich rührte. Er streckte die Hand vor, glättete zart, mit einer gewissen Sorgfalt den Kragen meines gestreiften Anzugs und schnippte ein nicht vorhandenes Staubkörnchen weg. Erst dann klopfte er an die Tür. Ein Knurren ertönte, der ss-Mann stieß die Tür auf und trat zurück. Wagenbach saß in einem Sessel am Kamin. Seine Beine in Reitstiefeln hatte er auf dem bunten Teppich vorgestreckt. Sie sahen aus wie zwei angesengte Pfähle.

Er musterte mich kühl und sagte:

»Was willst du so spät?«

»Ich bin mit einer Bitte gekommen«, antwortete ich.

Die Tür hinter meinem Rücken schloß sich. Wagenbach betrachtete mich und dachte nach, aber es war wohl nicht der Gedanke an meinen Tod, denn seine Augen drückten dieselbe Leere aus wie das Fenster, durch das man in eine verlassene, nicht möblierte Wohnung schaut.

»Los, ich höre«, sagte Wagenbach.

»Ich arbeite im Kommando Klinkerei«, sagte ich. »Vierzehn Stunden täglich stehe ich bis zum Gürtel im Wasser. Das Wasser friert zu, jeden Morgen muß man neu ein Eisloch schlagen. Ich kann das nicht mehr länger, deshalb bin ich mit der Bitte gekommen, aufhören zu dürfen.«

»Wie soll das denn aufhören?« fragte Wagenbach.

»Ich weiß nicht«, antwortete ich sehr leise. »Aber ich kann einfach nicht mehr länger.«

»Es ist Krieg«, sagte Wagenbach, »ihr müßt schwer arbeiten.«

»Für mich gibt es keinen Krieg mehr«, sagte ich. »Ich habe den Krieg schon verloren.«

Er stand auf, stöhnte, als täte ihm plötzlich etwas weh, und sagte:

»Wie alt bist du?«

»Neunzehn«, antwortete ich.

»Du siehst aus wie ein kleiner Junge.«

Ich sagte nichts. Im Zimmer war es warm. Ich roch in der

Luft den Duft von Zigarren und Kölnisch Wasser. Irgend etwas in mir drehte sich langsam um von dieser Wärme, den Zigarren, dem Kölnisch Wasser, dem Feuer im Kamin und dem bunten Teppichmuster. Plötzlich war rund um mich wieder das Leben und steckte mich an.

»Ich habe nicht gewußt, daß ihr Eislöcher schlagt«, sagte Wagenbach nachdenklich, »aber das macht wohl nur für einige Zeit warm. Und du steigst vierzehn Stunden lang nicht aus dem Wasser?«

»Nein.«

»Nun, dann habt ihr da wirklich eine eiserne Gesundheit«, sagte er und lachte auf.

Er ging zum Schreibtisch. Seine Schritte waren leicht und katzenhaft. Aus einer Schachtel holte er eine dicke Zigarre und machte sich an die Vorbereitungen zum Rauchen. Das dauerte eine Weile. Ich spürte einen Druck auf dem Kopf und erschrak plötzlich vor dem Sterben. Zum ersten Mal seit langer Zeit überkam mich die Angst vor dem Tode. Das war wie eine Erleuchtung. Gerade da sagte Wagenbach:

»Ich versetze dich zu einer anderen Arbeit. Ich weiß selbst nicht, warum ich das tue, denn du bist ein kleiner Bandit und ein verbissener Feind des Reiches. Aber du bist zu mir gekommen, und hier geht niemand raus ohne das Gefühl der Dankbarkeit.«

Er zündete die Zigarre an, stieß den Rauch aus und fuhr fort:

»Ich bin ein guter Mensch mit weichem Herzen, obwohl ihr mich für ein Ungeheuer haltet. Zwar ist mir scheißegal, was solche wie du von mir denken. Aber ich möchte mir selbst nichts vorzuwerfen haben. Ab morgen gehst du zum Baukommando Dora.«

Das Baukommando Dora war die beste Stelle im ganzen

Lager. Man saß an langen Metalltischen in einer geheizten Halle und steckte idiotische Drähtchen in idiotische Kontakte. Die Hocker waren bequem, und der Kapo namens Fink genoß den Ruf eines edelmütigen, durchgeistigten Intellektuellen. Von ihm hieß es, er schlage die Menschen nie, erlaube ihnen, sich endlos an den Metallöfen zu wärmen, und habe für sein Kommando zusätzliche Portionen Kartoffeln mit Senf organisiert. Er hatte nur eine dumme Angewohnheit, die manchen seiner Untergebenen auf die Nerven ging. Jeder vom Baukommando Dora mußte täglich morgens vor Beginn der Arbeit und abends nach ihrer Beendigung Fink die Hand küssen. Der Kapo stand auf der Schwelle der Halle, und alle Eintretenden waren verpflichtet, ihm die Hand zu küssen. Fink war einmal Dichter gewesen und hatte lyrische Verse geschrieben, deshalb grübelten die Leute, woher diese idiotische Angewohnheit stammte. Aber Neeren, der ein kluger Mann war und die Welt kannte, kam eines Tages dahinter. Er sagte nämlich, Fink wolle auf diese Weise eine patriarchalische Atmosphäre schaffen und seine Leute in eine andere Dimension und andere Epoche versetzen, als es noch kein Baukommando Dora gab, keinen Wagenbach und kein beschissenes Drittes Reich, als in deutschen Landen noch ordentliche Meister und Kaufleute, Gesellen und Gehilfen lebten, als alles familiär ablief, mit der dem Alter, den Fähigkeiten und der sozialen Stellung gebührenden Hochachtung. Fink reichte diesen Kerlen die Hand zum Kuß, und sie konnten sich einbilden, aus der Stube im Hintergrund trete gleich die beleibte Frau Fink oder das Dienstmädchen mit einer Kanne heißem Kaffee und frischen Brötchen für die musterhaften Gesellen und Lehrlinge. Sie küßten die Hand des verrückt gewordenen Dichters, und er konnte sich einbilden, er würde gleich ernsthaft und gutmütig zu ihnen sagen: Nun, meine Kinder, lasset uns beten und für die Gaben Gottes danken...

Als »unser lieber Benno« gesagt hatte, ich würde zum Kommando Dora versetzt, trug mich meine wundervolle Vorstellungskraft, über die ich heute nichts anderes sagen kann, als daß sie wirklich wundervoll war, auf der Stelle zu Fink, wo ich meine Handarbeit in Wärme und träger Blödigkeit verrichtete und zweimal täglich einen Sohneskuß auf die Hand des verrückten Dichters drückte.

Wagenbach sagte leise:

»Der Schlag soll mich treffen, wenn ich weiß, warum ich das tue.«

Ich sagte nichts. Er setzte sich an den Kamin und rauchte seine Zigarre.

»Hattest du Angst, zu mir zu kommen?« fragte er nach einer langen Weile.

Unsere Vorgesetzten erwarten in der Regel von uns nicht die Wahrheit, sondern eher eine Bestätigung. Wäre es anders, was wären sie für Vorgesetzte! Darum antwortete ich, ich hätte Angst gehabt.

»Du bist ein dummer Hosenscheißer«, sagte Wagenbach fast zärtlich. Er warf die nicht aufgerauchte Zigarre in das Kaminfeuer und gähnte. Dann erhob er sich aus dem Sessel, trat herzu und kniff mich in die Backe. In seinem Gesicht zeigte sich der Anflug eines Lächelns. Er sagte: »Raus mit dir!« und trat mir mit der Stiefelspitze gegen das Schienbein.

Ehrlich gesagt, er durfte das nicht unterlassen. Bis zu diesem Augenblick hatte nichts, buchstäblich nichts auf die Tatsache hingewiesen, daß er der Herr meines Schicksals sei. Das köstliche Spinnennetz unserer Beziehungen war ausschließlich im Bereich der Wörter und Verwaltungsentscheidungen zum Ausdruck gekommen, was uns beide nicht befriedigt hatte. Hätte er mir damals nicht gegen das Schienbein getreten, hätte er denken können, seine ganze Macht bestehe aus dummen und bedeutungslosen Entscheidungen. Bei einer gewissen Dosis Phantasie hätte er noch das Recht hinzufügen können, mich mit Wörtern wie Hosenscheißer, Bandit oder dreckiges Schwein zu beleidigen. Ich meinerseits wäre in der Überzeugung von ihm gegangen, er sei ganz einfach ein ordentlicher oder ein unsympathischer Vorgesetzter, ein anständiger Mensch oder ein widerwärtiger Halunke. Ehrlich gesagt, er durfte es nicht unterlassen, mich zu treten. Unsere Beziehungen waren nämlich intimer, komplizierter und bedeutungsvoller.

Ich erinnere mich, wie mir, während ich über den Weg zwischen den Baracken zu meinem Block humpelte, eine Erleuchtung widerfuhr. Letzten Endes war er ein Polizist des Dritten Reiches. Nach der Doktrin des Dritten Reiches war ich kein Mensch, sondern ein Putzlappen, vielleicht sogar ein Insekt. Jeder Polizist auf Erden wünscht, alle Leute rundum so zu machen, wie sie im Sinn der verpflichtenden Doktrin sein sollen.

Bleiben die Leute anders, so erweist sich die Doktrin als falsch, und selbst der seiner Idee gehorsamste Mensch hat keine Lust, in der Polizei einer bankrotten Konzeption zu dienen.

Aus diesem Grund trat er mir damals gegen das Schienbein, und ich humpelte einige Tage auf dem Weg zu der gemütlichen Halle des Kommandos Dora, wo ich zweimal täglich unserem guten Meister die Hand küßte.

1979

Amerikanischer Whiskey

I

Wir saßen auf harten Holzbänken, zwischen uns der mit einem Leinentuch gedeckte Tisch. Vor mir stand ein Teller Rührei und ein Gläschen Wodka. Mein Gegenüber beendete gerade sein Frühstück, wischte sich mit der Serviette den Mund und wollte einige nichtssagende Abschiedsworte murmeln, als ich mein Gläschen hob. Da kam diesem Menschen wohl der Appetit, denn statt »Auf Wiedersehen!« zu sagen, ging er zur Bar und kehrte nach kurzer Zeit mit hundert Gramm Wodka und einem Pastetchen zurück. Er lächelte und sagte:

»Ich habe mir gedacht, das ist kein schlechter Einfall...«

»Finden Sie?« antwortete ich. »Eigentlich ein sehr schlechter. Wir sind hier, um Sauerstoff zu tanken und so weiter...«

»Meinen Sie, da ist kein Sauerstoff drin? Im übrigen kann ich trinken, soviel... mein verdammter Organismus, der verbrennt den Alkohol binnen einer Viertelstunde.«

»Das sagt jeder«, antwortete ich und lachte auf.

Er trank, verzog das Gesicht, warf einen Blick auf das Pastetchen und schob den Teller mit leichtem Widerwillen fort.

Er war ein großer, breitschultriger, für seine etwas über fünfzig Jahre ein wenig zu schwerer Mann. Er machte den soliden Eindruck eines Kerls, der schon was abgekriegt hat und sich jetzt im entsprechenden Moment konzentrieren kann. Eine Zeitlang saßen wir einander schweigend gegenüber. Vor dem Fenster erhoben sich die umwölkten Gipfel, auf ihren Hängen lag glitzernder Schnee.

»Eigentlich wollte ich gehen«, sagte der Kerl, »aber Sie haben mich abgelenkt.« Mit einer Kopfbewegung wies er auf das Gläschen hin.

»Das tut mir aber leid«, antwortete ich.

»Keine Übertreibung«, sagte er, »ich gieße mir noch einen hinter die Binde und breche dann auf!«

Er ging zur Bar und kam kurz danach mit zwei Wodkas zurück.

»Wenn Sie nichts dagegen haben«, sagte er. »Im Grunde trinken nur Alkoholiker allein.«

Die Sache paßte mir nicht sehr, doch ereignete sich das Ganze zwar dicht an der Grenze, aber noch auf der polnischen Seite, und das legt dem Menschen gewisse Verpflichtungen auf.

»Ich müßte eigentlich gehen«, sagte ich. »Ich bin in Zakopane verabredet.«

»Hiermit werden Sie munterer«, sagte er und hob sein Glas. Wir tranken also. Der Wodka schmeckte nicht, aber er schmeckt mir nie.

»Ehrlich gesagt, ekelhaft«, meinte ich.

»Klagen Sie nicht. Ich kenne Schlimmeres auf der Welt.«

»Ich auch«, stimmte ich bereitwillig zu.

Nach diesen hundert Gramm wurde mir gleich warm, ich spürte ein leichtes Rauschen im Kopf. Ich stand auf und sagte:

»Jetzt bin ich an der Reihe, damit ist dann Schluß!«

Er hatte ein nettes Lächeln, in seinen Augen brannten zwei winzigkleine, silberne Lampen der Intelligenz.

»Oder vielleicht doch was anderes?« fragte ich. »Der Wodka geht mir nicht so recht runter...«

»Zum Beispiel was?«

Plötzlich schoß mir ein idiotischer, ruinöser Einfall durch den Kopf.

»Ein Gläschen Whiskey«, sagte ich.

»Ausgeschlossen!« rief er lebhaft. »Alles andere, nur keinen Whiskey.«

»Warum nicht? Ich mag ihn sogar ganz gern.«

»Wenn's Ihnen recht ist, für mich einen Wodka. Oder irgend etwas. Nur keinen Whiskey!«

»Gut«, sagte ich und ging zur Bar.

Es lief darauf hinaus, daß ich zwei Wodkas brachte und etwas zu essen. Der Raum war leer, nur ein Bursche in Jeans und himbeerrotem Pullover hampelte vor der Musikbox. Der Schnee auf den Berggipfeln erglühte in goldenem Feuer.

Als wir die beiden Wodkas ausgetrunken hatten, war ich nicht mehr so sicher, ob ich mich von ihm trennen und einen Spaziergang hinunter nach Zakopane unternehmen sollte. Ich sagte es ihm. Er nickte.

»Es hindert uns nichts, den Bus zu nehmen«, sagte er. »Die Busse verkehren ständig, bis in den Abend.«

»Ich hatte einen Spaziergang vor«, sagte ich leicht betrübt, als nähme ich von einem herrlichen Einfall Abschied. »Ich werde dann mit dem Bus zurückkehren müssen. Überlegen Sie mal... Der ganze Tag ist mir durcheinandergeraten.«

»Nur der Morgen. Noch ist es keine neun Uhr«, merkte er vernünftig an. Wir tranken aus. Ich war beschwipst, er aber machte einen völlig nüchternen Eindruck. Plötzlich empfand ich ihm gegenüber Abneigung, als wäre er nicht ganz loyal gewesen.

»Warum mögen Sie keinen Whiskey?« fragte ich etwas aggressiv. »Whiskey ist doch ein sehr edles Getränk!«

»Durchaus möglich«, entgegnete er versöhnlich, »er hat mich aber schon einmal verraten. Unser Wodka nie, der Whiskey aber hat mich verraten.«

»Na, na«, sagte ich. »Sie haben eine etwas zu gefühlsmäßige Einstellung dem Alkohol gegenüber.«

»Gefühlsmäßig?« wiederholte er gedehnt. »Wohl kaum. Ganz einfach eine polnische... Wir behandeln das doch so, wie man Frauen behandelt. Der Wodka hat mir nie Unrecht getan. Er war treu. Aber diese rothaarige angelsächsische Hure hat mir zwei Jahre meines Lebens gestohlen.«

»Verstehe ich nicht«, sagte ich.

Aber mir kam der Gedanke, dieser Mensch könnte einmal zuviel Whiskey getrunken und dann einen Unfall verursacht haben.

»Ich will Ihnen erzählen, wie das war«, sagte er, und ein verächtliches Lächeln verzog ihm die Lippen. »Ich hole nur noch zwei Hunderter.«

»Nein!« sagte ich entschieden. »Das gibt erneut Schwierigkeiten.«

Erst jetzt betrachtete er mich aufmerksam und schüttelte den Kopf.

»Sie haben mich falsch verstanden«, sagte er mit Nachdruck. »Ich habe doch gesagt, mein Organismus verbrennt den Alkohol blitzschnell.«

Er ging und holte wieder zwei Hunderter. Der Bursche in den Jeans hampelte immer noch an der Musikbox, zum Glück aber war die Musik ziemlich leise.

II

Ich muß mit gewissen Erläuterungen beginnen. Ohne sie wird die ganze Geschichte unverständlich. Wissen Sie was? Irgendwann einmal wollte ich das beschreiben. Aber ich bin zu der Überzeugung gelangt, daß die richtige Zeit noch nicht gekommen ist. Ich weiß gar nicht, ob sie je kommen wird. Seit langem aber weiß ich, daß bei dieser Geschichte der Hintergrund wichtig ist. Ohne Hintergrund läßt sich die Komik des ganzen Geschehens absolut nicht begreifen.

Warschau lag damals in Trümmern. Es war Sommer, das Jahr 1946. Falls Sie sich an das Warschau der Zeit damals erinnern, brauche ich darüber kein Wort zu verlieren. Eigentlich gab es die Stadt nicht. Warschaus zerschmetterte Knochen lagen auf dem großen Trümmerhaufen des linken Flußufers. Man ging durch Ruinenschluchten, hier und da in irgendwie zusammengeschusterten Kammern oder mit Pappe gedeckten Trümmern leuchteten in der Sonne frisch eingesetzte Scheiben. Rührend war das.

Im Grunde aber lebte die Stadt. Auf diesem Friedhof der Illusionen und Hoffnungen bewiesen die Menschen ungeheure Energie und frischen Humor. Wohl nie hat es in Warschau so viele gute Kneipen gegeben. Doch ich war nicht viel älter als zwanzig und hatte, ehrlich gesagt, oft regelrecht Hunger. Übrigens bildete ich keine Ausnahme. Damals war die Stadt allem Anschein und der ganzen verlogenen Legende zum Trotz, die später die Geister zu formen begann, voller Gegensätze. Bauunternehmer machten phantastische Vermögen. Man konnte buchstäblich alles kaufen und verkaufen. Eigentlich rechnete niemand mit einer Stabilisierung. Der Krieg war vor einem Jahr zu Ende gegangen, aber unsere polnischen Angelegenheiten hingen weiter in der Luft. Heute lese ich Geschichten von der weitreichenden organisatorischen Aktivität der Partei in jenen Jahren. Vielleicht ist das sogar die Wahrheit. Von der Entwicklung der historischen Fakten aus gesehen, zuckten die Funktionäre damals wirklich wie im kochenden Wasser. Nur wer hat damals in Warschau an sie gedacht oder von ihnen gesprochen?! Es gab sie nicht als Faktor im Leben der Nation. Es gab die schmerzlichen Erinnerungen an Krieg und Okkupation sowie das Bewußtsein, daß wir russische Divisionen im Land hatten. Vielleicht gab es damals Leute, die in Zukunftskategorien dachten und sich diese ganze Revolution zu Herzen nahmen. Aber ich bin solchen Leuten nicht begegnet. Die Älteren warteten auf irgendeine Änderung des Schicksals, ohne zu wissen, was eigentlich geschehen sollte. Die Jüngeren verstanden im allgemeinen diese verrückte, etwas wilde Wirklichkeit überhaupt nicht. Ein seltsames Gefühl war das. Als erwachte der Mensch aus einem Alptraum, aber in einem dunklen, schlecht gelüfteten Zimmer, wo geheimnisvolle Schatten über die Wände tanzen und von überall unverständliche Geräusche und Flüstertöne auf dich eindringen. Im ersten Augenblick kannst du schwer feststellen, ob du schon wach bist oder noch träumst... Alles rundum war neu und unnatürlich. Sogar die Tränen der Verzweiflung oder der Freude, wenn jemand vom Tod seiner Angehörigen erfuhr oder sie unter phantastischen Umständen wiedertraf, sogar diese Tränen damals waren anders als früher, theatralischer, ergreifender, voll jener ostentativen Expression, die das Authentische jedes Erlebnisses untergräbt. Nicht einmal die Weichsel war völlig echt, sondern etwas wie ein Traumfluß. Die beiden Ufer der Stadt wurden durch eine niedrige, dröhnende Pontonbrücke verbunden, über die sich unaufhörlich Pferdewagen, Lastautos und Menschenmassen wälzten. Unzählbare Menschenmassen. Es kam vor, daß die Leute in einer Schlange auf die Brückenpassage warteten. Dann unterhielten sie sich miteinander über Dinge, von denen gewöhnlich nur gute Bekannte oder Familienangehörige sprechen. Aber die ganze Stadt war eine einzige, große Familie. Nicht in dem erhabenen und beflügelnden Sinn, daß alle ohne Ausnahme von einer gemeinsamen Idee belebt gewesen wären. Sie waren eine einzige Familie, weil das Schicksal sie alle in gleicher Weise prüfte und sie alle auf dem gleichen Wagen fuhren, sie liebten sich aber nicht besonders und sparten sich keineswegs das Essen vom Munde ab, um den Hungernden zu füttern und den Durstigen zu tränken! Sie waren zänkisch, egoistisch und heftig, sie waren auch tolerant, uneigennützig und sanft. Das eine kam vor und das andere. In einer Frage herrschte allgemeine Übereinstimmung. Daß sich nämlich etwas ändern müsse, denn so, wie es war, konnte es ja nicht bleiben. Und wirklich – es änderte sich! Gewiß nicht so, wie sie es damals wollten, aber es änderte sich gründlich. Und zwar dank dieser Menschen. Sie schoben Warschau und Polen irgendwohin voran, möglichst weit weg vom Krieg, von den Ruinen, vom Elend und von den Friedhöfen. Sie schoben es voran im Schweiße ihres Angesichts, mit unerhörter Hartnäckigkeit, stolpernd, fallend, sich mühsam erhebend und wieder zu Boden sinkend vor Anstrengung. Und dieses Warschau, dieses Polen rollte vorwärts, irgendwohin, auf einer Straße voller Schlaglöcher. Wenn man heute sagt, die Leute wußten, wohin sie strebten, ist das Lüge! Vielleicht gaben sich einige wenige Rechenschaft darüber. Aber die Mehrheit?

Ich wohnte damals in Praga, im dritten Stock eines alten

Mietshauses. Wohnen kann man das eigentlich nicht nennen, eher nur übernachten. Es handelte sich um eine Zwei-Zimmer-Wohnung mit Küche. Dort wohnte ein Dutzend Menschen. Ich teilte die eiserne Bettstelle in der Küche mit einem Mann, der in der Nachtschicht arbeitete. Um sechs Uhr früh kam er heim, dann mußte ich aus dem Bett kriechen. Aber ich war jung und fühlte mich nicht benachteiligt.

Jeden Morgen wanderte ich auf das Warschauer Ufer. Gewöhnlich zu Fuß, denn ich hatte viel Zeit. Meine Arbeit in Mokotów begann um 8.30 Uhr. Wenn ich zufällig Geld hatte, frühstückte ich in einer Bar des Stadtteils Powiśle.

Erwarten Sie jetzt keine Pointe. Diese Bar war von einer Flasche Whiskey so weit entfernt wie wir beide vom Mond. Außerdem trank ich damals noch nicht. Wenn ein Mensch etwas über zwanzig ist, hat er es nicht nötig, in einem Schnapsglas nach guter Stimmung und Lebensfreude zu suchen.

Ich arbeitete zusammen mit einem Gleichaltrigen namens Maciejek. Das war ein umtriebiger, schlauer Blonder voller Einfälle, die Energie sprengte ihn. Ansonsten ein Trottel. Jede Epoche hat ihre Trottel, Maciejek war ein Trottel jener Kurve der Geschichte. Heute hielte man ihn bestimmt für ein wenig unausgeglichen, mehr nicht. Damals aber geriet er fast Tag für Tag in die Patsche. Aus dem Krieg hatte er einen gewissen konspirativen Schick mitgebracht. Er liebte nämlich lange Stiefel. Immer rannte er durch Warschau in blankgeputzten Offiziers-Langschäftern, die er wie durch ein Wunder aus der Vernichtung der Stadt hatte retten können. Er trug einen Battle-dress, um den Hals einen Wollschal mit himbeerroten und hellblauen Streifen und über der Schulter einen Brotbeutel.

Kein Wunder, daß er jeder Streife der Miliz und der russischen Offiziere auffiel.

Eines Tages fragte Maciejek beim Zigarettenkauf die Verkäuferin, ob sie nicht zufällig ein Untermietzimmer für ihn wisse. Neben ihm stand ein Soldat. Der hörte Maciejeks Frage und bot seine Dienste an. Er gab ihm eine Adresse und versicherte, eine großartige, sturmfreie Bude würde sich finden. Am nächsten Morgen begaben mein Kumpel und ich uns dorthin. Bis heute vermag ich Ihnen nicht zu sagen, ob wir uns in der Adresse irrten oder ob der Soldat sich über Maciejek grausam lustig gemacht hatte. Wir gelangten nämlich in ein recht finsteres Gebäude, wo uns schon auf dem Flur bewaffnete Wachen festhielten. Maciejek nannte den Namen der angeblichen Wohnungsbesitzerin. Die Wachen warfen sich vielsagende Blicke zu und befahlen uns zu warten. Kurz darauf erschien ein Offizier. Man führte uns, jeden einzeln, ins Hinterhaus – und unterzog uns dort einem peinlichen Verhör. Zum Glück hielten wir uns beide genau an die einzige, im übrigen wahre Version unserer Geschichte. Gegen Abend entließ man uns aus dem Arrest.

Es wundert Sie wohl nicht, daß Maciejeks Gesellschaft für mich an Attraktivität verlor. Er jedoch begleitete mich unablässig, und weil er hübsche Mädchen kannte und im Grunde ein netter Kumpel war, ich aber sehr jung, dachte ich bald nicht mehr an die unangenehmen Stunden und trieb mich bald wieder mit ihm zusammen in der zerstörten Stadt herum.

Häufig kehrte ich nicht nach Praga in mein Eisenbett zurück. Ich schlief bei Zufallsbekannten, manchmal in Nachtlokalen, manchmal einfach in ausgebrannten Treppenhäusern mitten in den Ruinen. Das waren sehr romantische

Nächte. Ich verdanke ihnen schöne Erinnerungen und einen schmerzhaften Rheumatismus.

Sie sollten daraus nicht schließen, ich hätte ein leichtsinniges, vergnügliches Leben geführt, statt redlich zu arbeiten. Es waren besondere Zeiten. Ich hoffe, aus Ihrem Gedächtnis hat sich das nicht verflüchtigt. Immerhin gehören wir zur gleichen Generation.

Man lebte damals ganz einfach anders. Das Bewußtsein, daß alles zerstört war, zwang den Menschen ein Gefühl der Verantwortungslosigkeit auf. Man hatte uns die Wurzeln abgehackt. Wir hatten den Boden unter den Füßen verloren. Es gab nichts, woran man sein Schicksal festmachen konnte. Sogar die Warschauer Steine hatten zu existieren aufgehört. Heute erinnert man sich nicht mehr daran, und in den regimetreuen Beschreibungen sieht alles anders aus. Feierlich, rechtschaffen, mit großem Verantwortungsgefühl. Doch das ist nicht wahr! Denn der Krieg war zu Ende, dauerte aber an. Nichts war festgelegt, alles in Bewegung, im Wandel, in einem seltsamen, wahnwitzigen Tanz. Die Leute flatterten hin und her, verstehen Sie! In dieser Hinsicht waren sie alle ein wenig wie Engel. Alle wurden leichtsinnig, verschwenderisch, aber auch – in einer besonderen Bedeutung – frei! Sie hatten nichts mehr zu verlieren. Weder Wohnungen noch Geld, weder Hoffnungen noch Illusionen. Es war eine nackte Welt der einfachsten Begierden und gewöhnlichsten Sehnsüchte. Unsere Ansprüche waren so kümmerlich, daß sich ihre Befriedigung mit wunderbarer Leichtigkeit einstellte. Ein Bett haben, eine Steppdecke, Schuhe, einen Bissen Brot. Wer ein Paar Hosen besaß, war ein vorzüglich gekleideter Mann. Nie waren unsere Frauen so schön. Ein abgetragenes Kleidchen, ein Paar Holzschuhe, eine Schleife im Haar, ein von der Großmutter stammender, auf wunderbare Weise geretteter Ring – das war alles! Und sie sahen schön aus. Wer dachte damals an die Zukunft? Ich leugne nicht, solche gab es auch, die damaligen Stabsoffiziere der Macht. Aber die lebten ja abgetrennt. Ihre Welt war nicht unsere Welt. Man hatte uns die ganze Vergangenheit gestohlen und uns aller in den Kriegsjahren genährten Illusionen beraubt. Geblieben war uns der Tag, der gerade begann. Man mußte diesen Tag überleben, mit Maßen würdig, mit Maßen ehrlich, mit Maßen fröhlich, denn – Hand aufs Herz – nicht viele glaubten an das Morgen. Es gab keine Vergangenheit und keine Zukunft, es gab nur die Gegenwart. Insekten, eingeschmolzen in den Bernstein der Warschauer Ruinen auf dem linken Flußufer. Aber lebendige, fröhliche Insekten.

Ich unterstreiche diese Dinge mit Nachdruck, um den Hintergrund der Ereignisse zwar unzulänglich, aber getreu darzustellen. Man kann, ohne zu übertreiben, sagen, Warschau verhielt sich damals, als sollte eine Katastrophe erst kommen, als hätte sich die Stadt aller Hoffnungen entäußert und wäre entschlossen zu leben, solange es sich leben läßt. Indessen lag die Katastrophe, wie wir wissen, bereits hinter uns, Ruinen und Friedhöfe umgaben uns, und das Kriegsende hatte immerhin Chancen für die Zukunft eröffnet. Dennoch dominierte das Gefühl, etwas verloren zu haben, das nie wiederkehren würde. Es waren Wochen, Monate, ja sogar Jahre der Trennungen und der Abschiede. Wahrlich, ich könnte die Frage nicht beantworten, wovon man uns trennte, wovon wir mit einem Gefühl solcher Hoffnungslosigkeit Abschied nahmen, daß sie – in eigenartiger Abfolge – Euphorie hervorrief!? Gewiß war es die Trennung von einer Stadt, die nie wieder ins Leben zurückkehren sollte. Das Warschau von heute, das ich liebe und das wunderschöne Stellen besitzt, ist ja nicht das Warschau meiner Kindheit und Jugend. Selbst die Straßen und Plätze, die mit Pietät und im Schweiß des Angesichts wieder aufgebaut wurden, sind anders, neu, jedenfalls für die Menschen meiner Generation. Mehr noch, ich glaube, die Schufterei beim Wiederaufbau, die ungewöhnliche Opferwilligkeit Tausender von Menschen, die der ganzen Welt so imponierte, waren ein ostentatives Zeugnis unserer tragischen, totgeschlagenen Liebe. Die Leute errichteten die Häuser der Altstadt und des Königswegs, um sich wenigstens mit Theaterdekorationen an das für immer Vergangene zu erinnern.

Wohl niemand unter der Sonne fühlte sich damals so schrecklich von der Welt und der Menschheit betrogen. Alle Vorstellungen von dem, was uns nach Kriegsende widerfahren würde, erwiesen sich als falsch. Alle unsere Berechnungen, Pläne, Einfälle, ja sogar unsere während des Krieges mit soviel Mühe und Mut in Gedanken an das künftige Polen und das künftige Warschau unternommenen Arbeiten erwiesen sich als unreal, der Lauf der Ereignisse machte sie zunichte, ja verkehrte sie spöttisch in ihr Gegenteil. Ich möchte, daß Sie verstehen, in welchem Geisteszustand ich mich damals befand, denn das wird wesentlich sein, wenn ich Ihnen endlich von dieser unseligen Flasche Whiskey erzähle. Sie wurde zum Katalysator bestimmter Reaktionen. Sie verursachte den Zusammenprall zweier so schrecklich fremder Elemente, daß es zu einer Katastrophe kommen mußte.

Eines Abends nahm der immer umtriebige und verrückte Kollege Maciejek mich mit in ein Lokal, das in den Ruinen eines ausgebrannten Hauses nahe dem Mokotów-Feld prosperierte. Der Abend war heiß. Die Lufttemperatur hatte ebenfalls ihren Anteil an dem ganzen Drama. Ich trug kein Jackett, nur Hosen und ein leichtes Hemd.

In der Kneipe gab es Tanzmusik, hübsche Mädchen, ein Dutzend mit Geld gespickte junge Leute und einen Sänger jüdischer Herkunft, der im Rhythmus des Schlagzeugs und des schluchzenden Saxophons leidenschaftliche Schlager sang. Ich weiß noch, der Sänger trug aschgraue Flanellhosen, ein Jackett mit Schottenmuster und eine gelbe Seidenkrawatte. Die meisten Texte sang er auf englisch, was auch seine Bedeutung hat.

Kollege Maciejek kannte die Bardame des Lokals. Eine schicke Brünette, Vorkriegsklasse. Ich glaube, sie behandelte den Kollegen Maciejek mit viel Wohlwollen, deshalb unsere Anwesenheit dort. Ohne den erotischen Faden, der die beiden verband, hätten wir in einem so teuren Lokal wohl keine Chance gehabt.

Meiner Erinnerung nach habe ich mich köstlich amüsiert. Es machte mir zu jener Zeit Vergnügen, alten Idioten zuzuschauen, die schöne, zwanzig oder dreißig Jahre jüngere Mädchen verführten. Schon damals begriff ich, es gibt nichts Komischeres und Kläglicheres unter der Sonne. Darum interessieren mich heute junge Frauen nicht. Eine Frau über vierzig – o ja! Doch eine Zwanzigjährige versetzt mich in unwillige Teilnahmslosigkeit.

Ich saß auf einem hohen Barhocker und betrachtete die reichen Verführer, die mit meinen Altersgenossinnen Unfug trieben. Kollege Maciejek aber machte der Bardame den Hof, als Gegenleistung durften wir gut essen und trinken. Doch wie bereits erwähnt, ich trank damals fast gar nicht.

Irgendwann vor Mitternacht erschienen im Saal zwei Kerle, die sogleich allgemeine Aufmerksamkeit erregten. Beide groß und breit, beide in hellen, eleganten Anzügen mit stark wattierten Schultern, grellfarbigen Krawatten und weichen Wildlederschuhen. Der eine war blond und hatte scharfe Gesichtszüge, der zweite trug eine dicke Hornbrille.

Sie traten an die Bar und setzten sich auf Hocker dicht neben den Kollegen Maciejek. Sie sprachen Englisch miteinander. Damals vernahm ich zum ersten Mal im Leben diese Sprache. Sie kam mir klebrig, warm und salzhaltig vor.

Die Bardame erschrak. Doch wozu hatte sie ihre Vorkriegsklasse? Ihr schlanker Arm hob sich mit geübter Bewegung, ihre Hand mit den langen, schönen Fingern richtete eine Locke über der Stirn. Diese Bewegung bewirkte, daß sich ihr Busen ein wenig verschob, genau soviel, wie nötig war. Beide Kerle musterten gute zehn Sekunden lang ergriffen diesen Busen, dann wies der Blonde mit der Hand auf eine Flasche Wodka und ein Tellerchen Lachssalat.

Der Sänger, offenbar herbeigerufen von dem Lokalbesitzer, der auf alles ein Auge hatte, war bereits an der Bar. Er sprach die Gäste in fließendem Englisch mit leicht jüdischem Tonfall an. Und so begann es.

Der Kollege Maciejek verschwand aus dem Vordergrund. Die Bardame liebte ihn sicher wie einen Sohn, stellte aber die Berufspflicht über das Gefühl. Wir beide, der Kollege Maciejek und ich, wurden zum schweigenden Hintergrund für das freundliche Geplänkel jener vier. Der Sänger übersetzte fließend, er nahm die engsten erotischen Kurven mit Sicherheit und Phantasie. Die breitschultrigen Sheriffs wollten sich richtig amüsieren, folglich aß ich nach drei Viertelstunden auf ihre Kosten ein zweites köstliches Abendessen, während der Kollege Maciejek, wenngleich ein wenig betrübt, nicht ohne Genuß Wodka trank und

Trinksprüche ausbrachte. Die Sheriffs waren dermaßen unkonventionell, daß wir uns sehr bald duzten, ich klopfte sie herzlich auf Nacken und Schulter, und sie revanchierten sich unter brüllendem Gelächter mit freundschaftlichen Rippenstößen. Ich rauchte *Lucky-Strike*-Zigaretten, und der Sheriff mit der Brille hielt mir sein Feuerzeug in Form einer kleinen Pistole hin, deren Griff mit kirschroter und goldener Emaille ausgelegt war. Einer der Sheriffs hieß Jones, der andere Connory, aber ich habe keine Ahnung, wie das Schicksal diese Namen auf sie verteilt hatte.

Der Sänger redete viel, obwohl die Sheriffs weniger sprachen. Auf meine Frage nach dem Grund erklärte er, die englische Sprache sei stärker beschreibend und weniger inhaltsreich als die polnische. Er fügte hinzu, sein Englisch sei hervorragend, weil er in der Staffel 303 als Pilot gedient und Wunder der Tapferkeit vollbracht hatte. Die Sheriffs glaubten ihm. Ich nicht.

Die Sheriffs waren Amerikaner. Einer stammte aus New Jersey, der andere aus Montana. Dank eines Zufalls gewann ich ihre brüderliche Zuneigung. Ich hatte nämlich als Kind eine Vorliebe für Atlanten und war der Klassenbeste in Geographie. Ferne, exotische Länder zogen mich stets an, bunte Karten, über denen ich stundenlang hocken konnte, verursachten mir Schauder der Sehnsucht und riefen in meiner Einbildung die Bilder phantastischer, geheimnisvoller Länder hervor. Doch verbanden sich diese Träume mit einer gewissen Zuverlässigkeit, deshalb kannte ich viele geographische Namen auswendig und konnte ganz genau jede größere Bergkette, jeden Fluß, die Hauptstädte der Staaten, Länder und Provinzen aufzählen. New Jersey und Montana waren mir wohlbekannt, ich wußte sogar mehr über sie als die beiden Sheriffs. Der jüdische Sänger blieb weit zurück mit seiner Staffel 303 und dem durchlöcherten Fallschirm, an dem er im kalten Wasser des Kanals niedergegangen war. Ich überholte sogar den Busen der Bardame, als ich mit herrschaftlicher Ungezwungenheit vom Canyon Ferry Lake und von den Gipfeln des Glacier in Montana sprach. Die Sheriffs gackerten freudig, ohne meinen Versicherungen Glauben zu schenken, daß ich nie in Amerika gewesen sei. Der heldenhafte Fallschirmspringer mußte seine Demütigung einstecken, er übersetzte loyal meine Worte, trat mich aber plötzlich so heftig gegen das Schienbein, daß ich fast von dem hohen Hocker gefallen wäre.

Um zwei Uhr nachts verkündeten die Sheriffs, unsere ganze Bande müsse sich unbedingt zu ihnen begeben, um amerikanische Getränke und Leckerbissen zu kosten. Die Bardame bedauerte, die Einladung ablehnen zu müssen, da sie verpflichtet sei, bis zum Morgengrauen auf ihrem Posten zu bleiben. Der Sänger hatte seinen Auftritt beendet und meinte, nun sei seine Stunde gekommen. Im übrigen wäre das ganze Unternehmen ohne einen Übersetzer unmöglich gewesen. Der Kollege Maciejek verabschiedete sich zärtlich von der Dame seines Herzens, und sie streifte seinen Mund flüchtig mit ihren karminroten Lippen. Das begeisterte die Sheriffs. Sie glaubten, das sei unsere nationale Abschiedssitte, und veranlaßten die Bardame unverzüglich zu heißen Küssen. Um keine sozialen Spannungen zu erzeugen, küßte sie mich auch. Ich versichere Ihnen – Vorkriegsklasse!

Als wir die Ruinen verließen, hellte sich der Himmel im Osten bereits auf. Irgendwo auf der Polna-Straße stand der Wagen der Sheriffs. Sein Inneres war mit grauem Leder ausgekleidet, die Uhren leuchteten grünlich, der

Motor schnurrte wie der große, zärtliche Kater auf den Knien meiner Tante, die im Aufstand verbrannt war.

Der Wagen rollte durch die Stadt und beleuchtete die Mondlandschaft mit den hellen Kegeln seiner Scheinwerfer. Wir fuhren zur Weichsel, die Brücke dröhnte unter uns, und wir bogen nach Süden ab. Ich vermag nicht genau anzugeben, wo diese Kerle wohnten. Vielleicht in Międzylesie, vielleicht in Radość oder noch weiter in Richtung Otwock.

Als die Sonne, groß, rosarot und saftig wie eine Orange, schon über die Kiefernwipfel gestiegen war, kamen wir an. Ein schöner Sommermorgen, der einen schönen Sommertag prophezeite. Die Villa machte auf mich einen faszinierenden Eindruck. Bis zu jenem frühen Morgen hatte ich lange Monate hindurch die Ruinen der Stadt nicht verlassen. Ich hatte mich an den Anblick der verletzten, verwundeten, verkrüppelten, zerschmetterten Häuser gewöhnt. Hier und da legten die Haustrümmer ihr Inneres bloß, wo sich Spuren des einstigen Lebens erhalten hatten. Genau das deprimierte mich am stärksten. Das ganz Intime und Private der menschlichen Existenz zeigte sich in diesen Tapetenresten, in den wie durch ein Wunder erhalten gebliebenen Kachelöfen, in den Spuren der früher an den Wänden aufgehängten Bilder, in der Leiche eines Stuhls oder dem Stumpf eines Kronleuchters. Dieses Intime und Private hatte die Menschen überlebt. Monatelang hatte ich eine schartige und zerbrochene Stadt vor Augen gehabt, und nun erblickte ich im rosaroten Licht des frühen Morgens eine schöne, cremefarben-silbrige Villa mit glänzenden Fenster-Rechtecken und einem steilen, schimmernden Dach. Kleine Kiesalleen durchschnitten das frische grüne Gras. Eine honiggelbe Eichentür, blaugraue Stufen, eine Terrasse mit Säulen, frisch gewischte Fußbodenplatten auf der Terrasse, schlanke braune Kiefern und ihre schwarzen Schatten auf dem hellen Grund der Wände. Die gläserne Stille, der wolkenlose Himmel, die aufgehende Sonne und das Klingeln der Schlüssel an dem Ring, der an einem Beutel aus Saffianleder befestigt war und den einer der Amerikaner aus der Tasche seiner lockeren grauen Jacke zog.

Wir betraten die geräumige Diele, dort erblickte ich eine breite, von einer Eichenbalustrade gekrönte Holztreppe. Beim Hinaufgehen vernahm ich ein feines Knarren, und meine Hand berührte ängstlich das glatte Geländer. Es war eine physische Liebkosung.

Einer der Sheriffs, schon tüchtig angeheitert, schlug mir ein Bad vor. Zunächst hielt ich das für einen idiotischen Einfall, doch als er mir das Badezimmer zeigte, konnte ich der Versuchung nicht widerstehen.

Verstehen Sie bitte, ich hatte in früheren Zeiten ein ganz anständiges Warschauer Badezimmer. Wanne, Eisenofen, Bodenfliesen. Dieses Bad dagegen war etwas gänzlich anderes. Wie in Hollywood. Rosa Teppichboden, ovale Wanne, Spiegel mit merkwürdigem, dunklem Glanz, blitzende Armaturen, rauhe Handtücher in Pastellfarben. Und ein ganz besonderer Geruch, der mich reizte und betrübte, der nebulose Erinnerungen an Glück, Sicherheit und vorabendliche Märchen hervorrief. Das war die Palmolivseife, die Seife meiner Kindheit.

Ich übergehe die Einzelheiten, ich will mich kurz fassen. Nach dem Bad, wieder in meiner Hose und meinem Hemd, setzte ich mich im weiträumigen Salon in einen tiefen Sessel. Dort gab es eine gläserne Bar und in dieser Bar eine Batterie exotischer Flaschen. Ich trank einen Schluck Whiskey mit Eis und Sodawasser – und fühlte mich als Kerl aus einer anderen Welt. Die Sheriffs servierten Nüsse, Konfekt, ein mir damals unbekanntes Teegebäck und später, als die Sonne bereits hoch am Himmel stand, riesige Beefsteaks, Gemüse, Weißbrot, Obst, Käse... Es war eine phantastische Fresserei, ihr Zauber beruhte auf der Fremdheit, Andersartigkeit, Verschiedenheit. Jeder Gang hatte einen überraschenden Geschmack, obwohl ich vernünftig genug war, mir klarzumachen, daß es sich um eine Illusion, einen Schein, ein Spiel der Imagination handelte, denn dieses Obst und dieses Gemüse waren ja polnisches Obst und Gemüse, und das Fleisch stammte von einer polnischen scheckigen Kuh. Trotzdem wirkte alles überraschend und neu, jeder Duft, Geschmack, Klang versetzte mich in eine andere, fremde Welt, und sogar die Sonne, deren Strahlen steil auf unsere Gesichter fielen, als wir auf der Terrasse Siesta hielten, war die Sonne des fernen Montana oder Arizona.

Der Kollege Maciejek probierte hartnäckig die Getränke durch und schlief am Ende, den Kopf an einen großen Rhododendron-Kübel gelehnt, auf dem Teppich ein. Die Sheriffs waren auch reichlich angetrunken, und der Sänger ließ, je näher die Mittagszeit rückte, Ungeduld erkennen. Er hatte den ganzen Vormittag unsere irren Gespräche über den Krieg im Pazifik und den Aufstand in Warschau dolmetschen müssen, aber als er seine phantastische Geschichte vom Helden der Luft wieder aufnahm, lachten sich die Sheriffs halbtot. Erst gegen Ende unseres Besuchs stellte sich heraus, daß einer von ihnen Pilot gewesen war, in der Luft viel erlebt und schnell begriffen hatte, daß der Sänger ungereimtes Zeug daherschwätzte.

So ging, als es zwölf schlug, genau zur Mittagszeit unser Abenteuer in der Villa der Sheriffs seinem Ende zu. Der Blonde schlief bereits selig und träumte von seinem fernen Montana. Der Dunkelhaarige beeilte sich keineswegs, uns im Auto nach Warschau zu bringen. Das war ganz vernünftig, zumal er nicht zu knapp getrunken hatte. Beim Abschied steckte er mir eine flache, schicke Flasche Whiskey in die Hosentasche. Wir trennten uns an der Gartenpforte. Die nach Palmolivseife duftende, rosa-silberne Welt blieb hinter uns zurück. Bei drückender Schwüle begaben wir uns auf den Heimweg, einen sandigen Pfad, der parallel zum Bahndamm verlief. Rachitische Kiefern warfen kurze, gedrungene Schatten, und vor uns am Horizont zeichnete sich braun und vom Feuer ausgedörrt die Leiche Warschaus ab.

Der Kollege Maciejek ging, auf meinen Arm gestützt, mit einiger Mühe. Der Sänger verabschiedete sich, gedemütigt durch seine Niederlage, kühl von uns und entfernte sich in seine Richtung. Ich sah, wie er den Bahndamm überquerte und hinter dessen rostrotem Rücken verschwand. Meine Füße versanken im lockeren, heißen Sand. Ich weiß noch, es war sehr schwül. Die glasige, trockene Luft tat mir in der Kehle weh. Wir gingen langsam. Nach viertelstündiger Wanderung sauste ein elektrischer Zug auf dem Bahndamm vorbei in Richtung Warschau; da begriff ich die kleinliche Rache des Sängers.

Der Kollege Maciejek weilte in einer etwas unrealen Welt. Während er sich an meiner Seite dahinschleppte, führte er ein nachdenkliches und konzentriertes Gespräch über biblische Themen.

Unser Pfad verlief durch einen Wald, unter hohen Kiefern. Dort hielt sich eine unerträgliche Hitze, die Baumwipfel hoben sich reglos gegen den blaugrauen Himmel ab. Ich verspürte große Müdigkeit und Unlust. Bitterkeit erfüllte mein Herz. Die Erinnerung an die vergangene Nacht und den Vormittag bereitete mir Verdruß. Als wäre ich einer Hinterlist und Täuschung zum Opfer gefallen. Sogar das Bad in der ovalen rosa Wanne bei Palmolivduft kam mir jetzt abstoßend vor. Mit etwas wie Rührung dachte ich an meine Ecke in der Küche, wo das Eisenbett, das ich mit dem fremden Menschen teilte, wirklich mein war und infolgedessen freundschaftlich.

Ich hatte eine Welt gestreift, die nicht meine Welt war und es nicht sein konnte. Ich spürte meine Verurteilung zu Verzicht, Mangel, Sorge, zu dem gesamten polnischen Wahnsinn, zu der polnischen Ruine der Hoffnungen, zum polnischen Heroismus ohne Ziel – und ich war stolz darauf. Ich machte jenen Sheriffs keine Vorwürfe und verfluchte Amerika keineswegs, so wie ich auch Rußland nicht verfluchte, England, die ganze Welt, die uns verlassen und dem Gespött der Geschichte ausgeliefert hatte. Denn im Grunde erfüllte mich schon damals oder, besser gesagt, gerade damals der Hunger nach Wahrheit, Gerechtigkeit und Menschlichkeit, und von diesem Hunger getrieben, wurde ich zum weisen Richter der ganzen Welt. Ich spürte nicht die Bürde von Schuld und Sühne, während andere, wie ich glaubte, sich unter ihrer Last beugen mußten. Was machte es schon, daß ich durch die Hitze, im Schatten absterbender Kiefern auf den großen Grabhügel meines Vaterlandes zuging und dabei die silberne, rosarote, duftende Welt anderer Menschen hinter mir ließ, wenn ich doch wußte, daß ich rein war, daß mich das schreckliche Feuer, dem keine Bakterien der Zersetzung, Fäulnis und Kleinmütigkeit widerstehen konnten, ganz und gar geläutert hatte. Ich ging auf die tote Stadt zu, die dennoch etwas bewahrt hatte, was den anderen Menschen auf der weiten Welt verlorengegangen war. Damals gab es das Wort Ehre noch in unserer Sprache.

Der Kollege Maciejek kam – anders als ich – langsam

wieder zu Kräften. Er verzichtete auf die Bibel, desgleichen auf den Monolog über seine geliebte Bardame und fragte ganz vernünftig, wo wir uns befänden und was wir mit diesem so herrlich begonnenen Tag weiter anzufangen gedächten. Wie bereits erwähnt, war der Kollege Maciejek ein Kretin jener Epoche, er meinte, wir sollten in Wawer haltmachen, in einer ihm bekannten Kneipe, wo die Inhaberin, eine stämmige Blondine, nur dem Anschein nach leidenschaftlich, in Wirklichkeit aber frigide, ein vorzügliches Eisbein servierte. Der Einfall des Kollegen Maciejek kam mir nicht nur dumm vor, sondern geradezu abstoßend. Mich plagte ein entsetzlicher Durst, meine Gedanken segelten um Imponderabilien, meine Seele bebte vor Begeisterung, er aber schlug mir eine Schweinshaxe und ein Glas lauwarmen, nach Fusel stinkenden Wodka vor. Ich sagte dem Kollegen Maciejek, er sei ein Kretin, und hatte gerade große Lust, ihn seinem Schicksal zu überlassen, da traten aus einem Wacholderdickicht zwei Uniformierte auf den Weg. Einer von ihnen war pockennarbig und untersetzt, seine buschigen Augenbrauen wirkten wie angeklebt. Der andere, größer und jünger, ohne Mütze, hatte eine deutlich niedrigere linke Schulter, als wäre ihm einmal ein furchtbares Gewicht darauf gefallen. Beide trugen am Ärmel weißrote Armbinden der Miliz. Der Pockennarbige hielt uns an und befahl in scharfem Ton, die Papiere vorzuzeigen. Das kam damals oft vor, deshalb waren wir nicht überrascht. Wir hatten Praxis bei der Abwicklung solcher Begegnungen.

Doch diesmal waren wir nicht allein. Bei uns war die verdammte Whiskeyflasche. Der Pockennarbige wies auf meine vollgestopfte Hosentasche und holte seine Pistole aus dem Futteral, während der andere uns geschickt durchsuchte. Er hob die Whiskeyflasche hoch, so daß der Pokkennarbige den Kopf zurücklegte. Nachdenklich betrachtete er das bunte Etikett, nahm dann seinem Kameraden die Flasche mißtrauisch aus der Hand, schüttelte sie, betrachtete sie wieder aufmerksam und fragte schließlich, was das sei. Ich entgegnete, das sei Whiskey. »Whiskey?« wiederholte er. »Kenne ich nicht.« Der Kollege Maciejek war zweifelsfrei ein Kretin jener Epoche, das heißt ein Mensch, der ganz einfach die verschiedenen komplizierten Bestandteile der Wirklichkeit nicht begriff und der glaubte, die Geschichte verlaufe auf pfeilgeradem Wege, während sie sich in einer scharfen Kurve befand und mit einer Geschwindigkeit dahinraste, bei der selbst die vernünftigsten Leute schwindelig wurden. Ich wollte ganz ruhig sagen, die Flüssigkeit in der Flasche diene zum Einreiben oder zum Spülen der Kehle, aber der Kollege Maciejek verkündete fröhlich, Whiskey sei amerikanischer Wodka. Gewiß folgerte er nicht ohne Grund, weil er das bei ähnlichen Gelegenheiten gelernt hatte, nichts habe bei Kontakten mit den Vertretern der Staatsgewalt eine so segensreiche Wirkung wie gerade der Alkohol. Das war nicht verwunderlich. Manche dieser Leute hatten an der Front viele Kämpfe bestanden, ihr Leben war hart, brutal und gefährlich gewesen. Andere Leute in den Reihen der Miliz kamen direkt aus niedergebrannten Dörfern und zerstörten Städten, sie hungerten nach Eindrücken und Abenteuern, waren selbstsicher, manchmal geradlinig und naiv, gehorchten aber der waghalsigen Saite, die in ihren Herzen vibrierte. Selbstverständlich tranken sie viel, ohne auf die Umstände zu achten. Wodka in der Nähe machte sie sanfter. Sie waren ja schlichte Slawen und uns im Grunde ähnlich, nur daß sie einen anderen Weg gingen.

Hätte sich der Kollege Maciejek ein wenig im Zaum gehalten, wäre bestimmt alles anders verlaufen. Doch dieser

Kretin war genau, pedantisch und – übrigens gewiß nicht ohne Grund – stolz auf seine Leistungen während der letzten Nacht. Deshalb sagte er, das sei amerikanischer Wodka.

Einander zuwiderlaufende Strömungen ergriffen die Herzen der beiden Milizionäre und trugen sie davon. Der Wodka diktierte ihnen eine gewisse Weichheit, ja sogar Herzlichkeit, seine Herkunft aber gebot Wachsamkeit. Wären wir in jenem Wald auf nur einen Vertreter der Staatsgewalt gestoßen, hätten wir uns sicher zusammen in den Schatten der dünnen Kiefern gesetzt und die Flasche leer gemacht. Doch sie waren zu zweit und trauten einander nicht recht. Der Pockennarbige warf einen Blick auf die Flasche, einen auf uns, einen auf seinen langen Kameraden. Jener schaute auf die Spitzen seiner staubigen Schuhe hinab. In dieser kurzen Pause empfand ich Kühle und Spannung, als würde mein Schicksal gewogen. Und so war es in der Tat. Der Pockennarbige fragte, woher ich den amerikanischen Whiskey hätte. Ich antwortete, das sei das Geschenk eines Bekannten. Wie dieser Bekannte heiße? Wo er wohne? Wer er sei? Warum er mir die Flasche gegeben habe?

Der Pockennarbige stellte seine Fragen leise und mit einer gewissen Spannung. Immer noch hielt er die Flasche in Gesichtshöhe und betrachtete die goldbraune Flüssigkeit. Immer noch war er unentschlossen. Gerade wollte ich sagen, er möge doch die Flasche öffnen, solchen Wodka habe er noch nie getrunken, der schmecke richtig himmlisch – doch der Kollege Maciejek rief, von ulanenhaftem Temperament getrieben, zornig, seine Fragen hätten mit der Sache nichts zu tun. Da warfen sich die beiden einen Blick zu und befahlen uns voranzugehen. Der Pockennarbige steckte die Whiskeyflasche in seine Jackentasche. Sie führten uns zur Milizwache, die in einem halb zerfallenen Sommerhäuschen untergebracht war. Auf dem ganzen Weg unterbrach mich der Pockennarbige, sobald ich etwas sagen wollte, mit dem Ruf: »Halt die Schnauze!«

Auf der Wache war es entsetzlich heiß. Man nahm uns sofort Gürtel und Schnürsenkel ab und schloß uns im Keller ein, wo angenehme Kühle und dämmriges Licht herrschten. In diesem Keller machte ich eine Viertelstunde lang dem Kollegen Maciejek bittere Vorwürfe. Er nahm sie demütig entgegen. Danach schwiegen wir beide. Rundum herrschte Stille, in der Ferne dröhnte nur von Zeit zu Zeit ein Zug. Vor Sonnenuntergang erschien auf der steilen Kellertreppe ein großer, sauberer, wie aus dem Ei gepellter Offizier mit viereckiger Mütze, Koppel, Schulterriemen und Kartentasche. Er führte uns zu einem Militär-Jeep. Am Steuer saß ein Soldat im Range eines Feldwebels, in ebenso frischer, gebügelter, eleganter Uniform. Verglichen mit dem Pockennarbigen und seinem Kameraden, wirkten sie wie dem neuesten Heft eines Journals für Militärmode entnommen. Mit diesem Jeep fuhren wir nach Warschau. Unterwegs fiel kein einziges Wort. Warschau versank langsam in der segensreichen Dämmerung. Fern im Westen glühte noch der Himmel, ich hatte den seltsamen Eindruck einer Reise in die Zeit, als glitte ich zwei Jahre zurück, in jenen August, der unsere Vernichtung einleitete. Der Jeep kletterte träge den Powiśle-Steilhang des Warschauer Ufers hinauf. Vor dem fahlen, verqualmten Himmel zeichneten sich die schwarzen Linien der ausgebrannten Häuser ab. Die Stadt keuchte vor Hitze. Damals zog mir der schreckliche, schmähliche Gedanke durch den Kopf, mir sei zwar gelungen, das Einst zu überstehen, jetzt aber hätten sie mich erwischt... Ich musterte das Profil des Offiziers, der sich gerade dem Fahrer zuwandte. Es war ein gewöhnliches Männerprofil, wie es Millionen auf der Welt gibt. Unter der viereckigen Mütze nisteten Gedanken, Pläne, Anschauungen, Meinungen, von denen ich keine Ahnung hatte. Dieser Mann hatte mich in seiner Gewalt, genauso vollständig und unbegrenzt wie andere Männer in anderen Uniformen, in Militärmützen von anderer, modernerer Form, die mich in dieser Stadt Ende September des Jahres 1944 ergriffen hatten, die mir zunächst die Zähne ausgeschlagen und dann mit Nagelstiefeln in meinen Bauch getreten hatten. An ihre Gesichter erinnerte ich mich gut. Es waren gewöhnliche menschliche Gesichter, wie es Millionen auf der Welt gibt.

Der Offizier trug an der Mütze einen kleinen Adler, aber das war nicht mein Adler. Sie hatten ihm die Krone genommen, und das bedeutete für mich, sie hatten ihn guillotiniert. Der kleine Adler war verstümmelt, so wie mein Vaterland verstümmelt war.

Damals in dem Auto, das durch die Warschauer Straßen fuhr, durch den Brand der untergehenden Sonne, spürte ich zum ersten Mal seit Kriegsende in meiner Kehle die kalte, würgende Angst des Krieges.

In jener Nacht sprach ein beleibter, graumelierter Kerl in Zivil, der links ein wenig hinkte, mit mir bis zum Morgengrauen. Eigentlich kann man das kaum ein Gespräch nennen. Ich saß auf einem harten Hocker vor seinem Schreibtisch, das scharfe Licht einer Lampe blendete meine Augen, ich sah nichts außer diesem weißen, verhaßten Lichtkreis, er aber stellte mir mit gespenstischer Einförmigkeit immer dieselben Fragen. In einem bestimmten Moment sagte ich, ich sei müde und könne mich nicht mehr konzentrieren. Er antwortete ziemlich sanft, dagegen könne er nichts tun.

Mein Schicksal liege in meiner Hand, ich solle den Organen der öffentlichen Ordnung helfen und die Fragen beantworten, die zur Aufdeckung der Wahrheit dienten. Da verstand ich, daß dieser Mensch meine Erklärung verwarf, ihnen keinen Glauben schenkte und auf die Enthüllung von Fakten wartete, deren er mich verdächtigte. Vielleicht war er sogar guten Willens, aber nicht imstande zu begreifen, daß ich ganz einfach in eine Kneipe gegangen war, dort zwei Ausländer kennengelernt und ihre Einladung angenommen hatte. Er war nicht imstande, das zu begreifen, weil er selbst nie in einer solchen Kneipe gewesen war, wo ein Sänger auf Englisch im Rhythmus des Schlagzeugs und des schluchzenden Saxophons Schlager singt, wo Kerle in seinem Alter schöne Mädchen verführen, wo die Leute Brötchen mit Tatar essen und Wodka mit Tomatensaft trinken, sich amüsieren, tanzen und nicht an die Bedrohung von seiten der Weltbourgeoisie denken. Ich will gar nicht behaupten, er müsse abstinent gewesen sein. Sicher trank er, und zwar nicht wenig, aber ganz anders, in anderer Gesellschaft, unter anderen Umständen, in anderer Stimmung. Hinter sich hatte er das Trinken in den Wäldern, in den Biwaks, in der Froststille des russischen Winters, wo er den Fusel aus dem Kochgeschirr schlürfte und ein Stück Brot dazu aß, eine Stunde später aber Abschied nahm von einem Kumpan, der gerade mit durchschossener Lunge dahinstarb. Hinter sich hatte er das Trinken in den Transportzügen, die sich zwischen den Wänden des Frühlingsregens nach Westen schleppten, von wo das Dröhnen der Kanonen und der Geruch brennender Städte zu ihm drang. Hinter sich hatte er das irrwitzige, wilde, grenzenlose Trinken, nachdem er das ganze Magazin seiner Maschinenpistole in den bewölkten Maihimmel geschossen hatte, und dann eine endlose Reihe von Trinksprüchen auf den errungenen Sieg und den Todesstoß gegen das germanische Gewürm in seiner Berliner Höhle ausbrachte. Hinter sich hatte er das feierliche und düstere Trinken in verräucherten Komitee- und Kommandoräumen, wo er zwischen zwei Gläsern mit Untergebenen oder Vorgesetzten die weitere Strategie der Revolution absprach. Hinter sich hatte er ein ganz anderes, ein melancholisches und fremdes Steppen-Trinken, voll leidenschaftlicher Konzentration, aber ohne heitere Gelöstheit. Mit wildem Starrsinn ordnete er im Schlaf wie im Wachsein die Welt nach den unabänderlichen Maßstäben seiner scheinbaren Dialektik, die alles verwirrten, um am Ende seinen Geist in den Bereich blendend heller Vereinfachungen zu führen. Er eliminierte alle Schattierungen des Lebens, er filterte alle Inhalte des Lebens aus, um am Ende zu erreichen, was er begehrte und was seine Überzeugung bestätigte: Die Welt ist nur schwarz und nur weiß, das Leben ist das Gebiet unablässigen Kampfes zwischen seiner Vision und der Vision seiner Todfeinde, die Menschen aber, die nicht für ihn sind, sind gegen ihn, man muß sie also rücksichtslos vernichten.

Die Dauergäste der Kneipe nahe dem Mokotów-Feld hoben sich in seiner Vorstellung bestimmt als niederträchtige Reptilien und Schakale oder als stinkende Geschwüre vom alabasterweißen Leib jener unwirklichen Wirklichkeit ab, die er liebgewonnen hatte. Er sollte die nächsten Jahre in diesem schlecht gelüfteten Zimmer sitzen und mit glühenden Eisen die Geschwüre ausbrennen, ohne zu wissen, daß er eine schreckliche Operation ausführte, das lebendige Gewebe der Welt zerstörte und das amputierte, was in Polen das Beste war.

Ich behaupte gar nicht, die mit Moneten gespickten Kerle

aus den Warschauer Kneipen von damals seien die Blüte unserer Nation gewesen. Sie waren nur Statisten, der Hintergrund des sich abspielenden Dramas. Ich war es, der damals eine Hauptrolle spielte. Ein Zwanzigjähriger, dem man das Vaterland gestohlen, dem man erst die Illusion genommen hatte, um ihn dann zum Abwarten, Vegetieren, Nachgeben zu verurteilen, und wenn er sich sträubte und auf die Kandare biß, nicht einmal gegen die Geschichte, sondern aufgrund der jugendlichen Auflehnung, die jedem gegeben ist, dann hieß man ihn auf einem harten Hocker sitzen und direkt in eine zweihundert Watt starke Glühbirne schauen.

Aber dieser beleibte, müde, hinkende Kerl war kein Ungeheuer. Heute weiß ich, hätte ich damals auf der anderen Seite des Schreibtisches gesessen, wäre ich nicht anders gewesen. Man sagt, der Mensch wählt... Richtig, doch nicht ganz, nicht immer und nicht überall. Manchmal wählt die Situation für den Menschen. Wir schaffen die Situationen nicht, schon eher schaffen sie uns. Dieser Kerl war dreißig Jahre vor mir in einer ostpolnischen Kleinstadt geboren, in einer dunklen Kellerstube oder in einer stickigen Mansarde. Seine ganze Jugend verbrachte er bei Hunger und Kälte, immer stärker erfüllt von einem rachsüchtigen Haß gegen die Welt, die den einen das Stück Brot versagte und den anderen Wohlstand und Dolcefarniente anbot. Dasselbe Polen, das für mich mein geliebtes Vaterland war, dessen ich in märchenhaften Farben gedachte, zeigte ihm das böse Gesicht der Stiefmutter. Er war zutiefst überzeugt, daß Leute wie ich während des Krieges für das Wiederauferstehen des im September getöteten Polen kämpften, und er hatte wohl ziemlich recht damit. Ich habe mich während des Krieges stets nur an das süße, bunte und ein wenig märchenhafte Polen erinnert. Von einem anderen hatte ich keine Ahnung. Jahre vergingen, und erst dann verstand ich, daß auf meiner Seite nicht alles bis ins Letzte richtig und bis ins Letzte gerecht war. In diesem Sinne konnten wir Partner sein. Das Unglück bestand darin, daß ich damals noch nicht reif war zur Partnerschaft und er bereits auf sie verzichtet hatte. Vielleicht hat er auch nie an Partnerschaft gedacht. Vielleicht hielt er jede Partnerschaft für Schwäche und Treulosigkeit. Genug, wir gingen in verschiedene Richtungen und trafen uns nicht an einem Punkt. Denn er wußte selbst nicht, daß er nicht auf Polen zuging.

Wohin ging er dann mit seinem graumelierten, von Dialektik, Verdacht, Angst und Rachsucht völlig angefüllten Kopf? Wohin ging er hinkend und auf seinem Rücken die fünfzig Jahre der Bitterkeit, der Enttäuschung und unerfüllten Hoffnungen tragend? Damals dachte ich darüber nach und konnte keine Antwort geben. Aber heute weiß ich es. Er hatte ganz einfach keine Ahnung, wohin er ging, und dachte nicht einmal daran, er floh vor dieser Überlegung. Er ging, und das war gut, das war ein Ziel an sich. Er ging auf eine längst gestorbene Hoffnung zu, redete sich aber jeden Tag ein, daß er weiter und weiter gehen mußte, denn nur auf diesem Marsch, den Blick in die Finsternis der Zukunft gerichtet, konnte er das letzte Bruchstück des Glaubens bewahren, daß doch irgendwo ein Ende komme, daß doch irgendwo ein Ziel sei! Und er konnte nicht mehr anhalten, denn dann hätte er seinen Irrweg zugeben müssen. Darum hielt er jeden, der ihn am Ärmel faßte und ihn zum Ausruhen, Aufatmen, Nachdenken verleitete, für einen auf seinen Sturz lauernden Feind.

Es waren verstümmelte Leute. Und vielleicht sogar sehr unglückliche. Doch werde ich mich ihrer nicht erbarmen. Denn sie erwiesen mir kein Erbarmen. Damals im Sommer sprachen sie nächtelang mit mir beim scharfen Licht der direkt auf meine Augen gerichteten Lampe. Manchmal stellten sie Fragen, ansonsten mußte ich meinen Lebenslauf schreiben. Ich will die Einzelheiten nicht erzählen. Jeder Mensch in meinem Alter weiß etwas davon. Wesentlich war nur, daß schon nach wenigen Tagen die unselige Flasche Whiskey völlig verschwand, verwehte wie ein Faden Altweibersommer.

Im November, als man mich in eine Sammelzelle verlegte und die Leidensgenossen mich nach dem Grund meiner Verhaftung fragten, erinnerte ich mich nicht mehr an die Flasche. Ich erinnerte mich nicht mehr an das Bad in der ovalen Wanne, ich erinnerte mich nicht mehr an die Gesichter der beiden Sheriffs, ich erinnerte mich nicht mehr an die Kneipe, den Sänger und die Bardame, nicht einmal an den Kollegen Maciejek erinnerte ich mich noch. Im Verlauf von zwei Monaten vollzog sich in mir eine große Veränderung, und ich erkannte meine eigene Biographie. In dieser Einsicht genügte ich den Erwartungen des beleibten graumelierten Kerls, der links hinkte. Er wollte in mir einen von der Geschichte betrogenen Soldaten des Warschauer Aufstands sehen – und ich war ein von der Geschichte betrogener Soldat des Warschauer Aufstands. Das leichte, schlichte und etwas unverantwortliche Leben, das ich nach dem Kriege zwischen dem Eisenbett in Praga und den Ruinen am linken Ufer geführt hatte, wurde restlos aus meinem Gedächtnis getilgt. Dieser Kerl, der mir mit der Lampe in die Augen leuchtete und unglaubliche Fragen stellte, machte aus mir wieder einen Soldaten der Warschauer Barrikaden. Ich weiß nicht, ob er das wollte, aber später war ich ihm ein bißchen dankbar. Schließlich hatte ich in den vorausgehenden Monaten, wenn ich um sechs Uhr früh aus meinem Eisenbett kroch und über die Brücke auf das andere Flußufer marschierte, nicht mit Sicherheit gewußt, wer ich war, wer ich gewesen und wer ich sein würde. Ich wußte, mit Polen und mit mir war etwas Schreckliches geschehen, ich hatte etwas verloren und begehrte etwas. Doch waren das nebulose, flüchtige Gedanken in einer nebulosen und flüchtigen Welt. Nach zwei Monaten nächtlicher Gespräche im Licht der zweihundert Watt starken Glühbirne wußte ich bereits sehr viel über mich, über diesen Kerl und auch über Polen. Um die Wahrheit zu sagen, damals gewann ich mein Vaterland wieder. Oder vielleicht die Vision eines Vaterlandes, wie ich es begehrte. Und für diesen Menschen war darin kein Platz.

Es dauerte zwei Jahre minus achtzehn Tage. Als ich frei wurde, war wieder September.

Jetzt verstehen Sie wohl, daß ich ein ablehnendes, ja sogar feindliches Verhältnis zum Whiskey habe. Aber vielleicht sollte ich ihn segnen? Ohne jene unselige Flasche wäre ich doch ein anderer Mensch.

III

Er beendete seine Geschichte, als der Autobus sich Zakopane näherte. Die Wintersonne hing wie eine abgegriffene, matte Münze über der Stadt.

»Glauben Sie«, fragte ich, »daß Sie ohne diese Erfahrungen ein anderer Mensch wären?«

»Bestimmt«, antwortete er.

»Was für einer?«

»Keine Ahnung«, sagte er. »Vielleicht wäre ich schlechter und vielleicht besser. Vielleicht hätte ich nicht studiert, wäre nicht zu einem gewissen Wohlstand gekommen, hätte keine ordentliche Familie gegründet ... Gott allein weiß, was mit mir geschehen wäre in dieser verrückten, verlogenen Welt.«

Er verstummte und blickte durch das Fenster auf die schneebedeckten Dächer der Häuser in Zakopane. Der Motor des Autobusses röchelte, Schlamm spritzte unter den Reifen hervor.

»Ich wäre ein anderer«, sagte er langsam. »Das ist unvermeidlich. Vielleicht wäre ich ein besserer, ein vollständigerer Mensch. Aber vielleicht wäre ich nicht so über alles, so schmerzhaft und hoffnunglos ein Pole!«

Zakopane begrüßte uns mit dem faden Geruch der Abgase, dem Dröhnen der Motoren und dem gleichmäßigen Stampfen Tausender von Füßen auf den verschmutzten Gehwegen.

1978

Die Engel der Vorsehung

Die Umrisse des Aschenbechers, des Löschers, des Briefbeschwerers spiegelten sich auf dem Schreibtisch wie auf der Oberfläche eines Sees. Das kleine Segel des Briefes erhob sich leicht, nur festgehalten von der verzierten Streichholzschachtel. Und der ausladende Schnurrbart des Mannes sah aus wie Wasserpflanzen am Ufer. Sein Gesicht spiegelte sich nicht in der Glasplatte des Schreibtisches, weil er ein wenig zurückgelehnt saß und das Sonnenlicht unter einem ziemlich spitzen Winkel einfiel. Im übrigen war das ganze Arbeitszimmer lichtüberflutet. Durch das halboffene Fenster drang ein Strom trockener, heißer Luft herein.

Ich stand vor dem Schreibtisch, und der Mann blickte mich unter gesenkten Lidern an. Ich sah seine sehr blauen und kühlen Augen. Als ich ihn zwanzig Jahre später im Presse- und Buchclub wiedertraf, war er ein alter, gebeugter, völlig abgewirtschafteter Mann, aber er hatte immer noch kühle Augen.

Ich beugte mich vor, jetzt spiegelte sich sein Gesicht im Glas des Schreibtisches wie der Mond in einer wolkenlosen Sommernacht, er sagte:

»Also Ihr fahrt nach Wąwolin zu diesem Kurs ...«

»Warum gerade ich?« fragte ich.

Er schwieg eine Weile, dann forderte er mich zum Sitzen auf. Folglich setzte ich mich. Er zog eine zerdrückte Packung Zigaretten aus der Jackentasche und klaubte eine

Zigarette heraus. Der schlechte Tabak rieselte ihm über die Finger. Nie konnte ich begreifen, warum er die billigsten Zigaretten rauchte und in dreckbespritzten Schuhen herumlief, sogar bei schönem Wetter. Ich konnte nicht begreifen, daß seine Hosenbeine ausgefranst waren und daß er ein altes Rasiermesser benützte, dessen Spuren sich stets auf seinen Backen zeigten.

Er kam im Auto zur Arbeit, die Wachmänner standen diensteifrig vor ihm stramm, er wohnte in einem großen, eleganten Gebäude, zu dem nicht jeder Zutritt hatte, gleichzeitig aber schienen bestimmte Kleinigkeiten zu bezeugen, daß er das Leben eines armen Schluckers führte. Als ich ihn zwanzig Jahre später danach fragte, antwortete er mit einer gewissen Verlegenheit, so seien die Kommunisten eben gewesen. Jetzt trug er einen ordentlichen Anzug und geputzte Schuhe und rauchte anständige Zigaretten. Vielleicht war er kein Kommunist mehr, doch das wollte ich nicht näher erforschen.

Er forderte mich zum Sitzen auf, folglich setzte ich mich, und er sagte, der Kurs in Wąwolnica sei eine Auszeichnung.

»Ihr habt Talent«, sagte er. »Wir brauchen Leute mit Talent.«

Ich war nicht nur talentiert, sondern auch etwas über zwanzig Jahre alt. In diesem Alter hört jeder gern Schmeicheleien. Später natürlich auch. Deshalb setzte ich mich bequemer im Sessel zurecht. Der Sessel war in einem Stil gehalten, der mich damals befangen machte. Leicht gebogene Rückenlehne, gerade Armstützen, die Beine geschmückt mit goldenen Beschlägen, die Sitzfläche mit rot und weiß gestreiftem Stoff bespannt und die Holzteile mit rotglänzendem Lack überzogen. Das abgeschmackteste Möbelstück, das ich je gesehen habe, doch galt es zu jener Zeit als

Symbol diskreter Eleganz. Das ganze Arbeitszimmer war so eingerichtet. An der Wand stand ein verglaster Bücherschrank, man sah die Buchrücken, auf denen die Sonnenstrahlen glänzten. In der Zimmerecke, die ein wenig im Schatten lag, standen ein rundes Tischchen, ein Sofa und zwei Sessel. Nie habe ich auf diesem Sofa gesessen. Dort durften nur die Leute von außerhalb sitzen. Seine Untergebenen wurden am Schreibtisch empfangen. Der Teppich im Arbeitszimmer machte einen ziemlich wertlosen Eindruck. Gewöhnliches Flechtwerk aus grober Schnur, angeordnet in gelben und dunkelblauen Quadraten. Neben dem Schreibtisch stand ein rechteckiges Tischchen von ganz anderer Sorte, nämlich ohne Zierat und Politur, ein gewöhnlicher Bürotisch für die Sekretärin, auf dem vier Telefone prangten. Der eine war der Hausapparat, der zweite diente für Stadtgespräche, die übrigen spielten eine höchst charakteristische Rolle. Es waren Spezialtelefone, ausschließlich für den vertraulichen Gebrauch. Wenn eines dieser Telefone leise summte, wußten seine Mitarbeiter, daß sie unverzüglich das Arbeitszimmer verlassen mußten. Nach vielen Jahren erfuhr ich, daß es sich um Regierungstelefone handelte. Die Zeiten hatten sich geändert, und meine Bekannten sprachen mit ihren Bekannten über diese Telefone, ohne sich durch meine Anwesenheit im geringsten stören zu lassen. Gewöhnlich klatschten sie über Bekannte oder erzählten sich Witze, manchmal besprachen sie Dinge, die ich für so unwesentlich hielt, daß man sie getrost vom Telefonhäuschen oder von der Telefonzelle auf der Post aus diskutieren konnte. Doch sie alle schätzten diese Apparate sehr.

Er aber gehörte zu einer anderen Sorte Mensch, und die Zeiten forderten vielleicht mehr Zurückhaltung, genug, er behandelte diese Telefone mit einer gewissen Achtung und einem bißchen Zurückhaltung. Was mich, ehrlich gesagt, nicht verwunderte.

Er sagte mir damals also, ich hätte Talent, und Leute mit Talent würden gebraucht. Er sagte das in einem Ton, als würden sie gerade damals gebraucht. Weder früher noch später. Ausschließlich damals. Ich teilte nicht einmal zu jener Zeit seine Meinung, war aber vernünftig genug, das für mich zu behalten.

»Wir befördern Euch«, sagte er. »Nach Beendigung des Kurses vertrauen wir Euch eine verantwortungsvolle Stellung an. Mehr noch! Das wird eine Arbeit an der Front.«

So redeten sie damals. Sie benutzten mit Vorliebe die militärische Terminologie, weil sie einen Krieg zu führen glaubten. Während des echten Krieges hatte es von ihnen ziemlich wenige gegeben, aber diejenigen, die kämpften, zeichneten sich durch Tapferkeit aus und blieben in guter Erinnerung. Doch erst später, einige Jahre nach dem Kriege machten sie den Kampf zum Inhalt ihres Daseins. Die spürten die Faschisten auf. Plötzlich nämlich stellte sich heraus, daß Polen voller Faschisten war. Eigentlich hatte Adolf Hitler im Grabe einen Sieg errungen. Als er während der Okkupation die Polen töten oder ihnen die Knochen brechen ließ, hatte er bestimmt keine Ahnung gehabt, daß er treue Bundesgenossen niedermetzelte. Allerdings stellte man ein Dutzend Jahre später fest, daß es doch ganz anders gewesen war. Die Polen nämlich hatten sich alle, ohne jede Ausnahme, als heroische Antifaschisten erwiesen, keiner von ihnen hatte kollaboriert, alle hatten auf die Nazis geschossen, mit Kanonen oder wenigstens mit Zwillen, und jeder war bereit gewesen, sein Leben zur Verteidigung der verfolgten Juden einzusetzten, die sich als schrecklich undankbar entpuppten. Doch an dem Tag, als ich von dem Kurs in Wąwolin erfuhr, waren die Polen noch nicht so gut, im Gegenteil, sie waren zum großen Teil Faschisten oder Leute, die infolge ihrer inneren Schwäche faschistischen Einflüsterungen erlagen. Die Juden hingegen waren damals sehr gut. Gewiß teilten sie nicht alle diese Meinung und fühlten sich etwas unwohl; der Beweis war die Hartnäckigkeit, mit der sie auf ihren falschen, slawisch klingenden Namen beharrten.

Nebenbei gesagt, mein Vorgesetzter, dessen Gesicht sich im Glas des Schreibtisches spiegelte wie der Mond im Seewasser, war auch Jude. Damals jedoch wußte ich das nicht. Auch er selbst wußte es nicht, oder vielmehr, er erinnerte sich nicht. Nach Jahren fanden sich Leute, die ihn daran erinnerten. Er war ein sehr intelligenter, einfallsreicher und kluger Mensch. Ja sogar achtenswert. Mit der Achtung hatte ich allerdings meine Schwierigkeiten, weil ich wußte, daß er manchmal ungerecht und ordinär zu sein pflegte, vielen Menschen mit bedrohlicher Abneigung begegnete und vielen anderen direkt Unrecht tat. Ich gehörte zwar nicht zu ihnen, aber wenn man etwas über zwanzig Jahre alt ist, läßt man sich bei der Einschätzung seiner Nächsten oft von Egoismus leiten.

Ich mochte diesen schnurrbärtigen, runden Mann nicht, der so viele Jahre älter war, sehr andere Lebenserfahrungen hinter sich hatte und öffentlich verkündete, ich sei talentiert. Mir mißfiel auch seine Ausdrucksweise. Diese militärische Terminologie paßte mir überhaupt nicht. Schließlich hatte ich im Kriege geschossen und war darüber nicht begeistert. Ich hatte mehr als einmal Angst gehabt, ich wußte bereits, was es bedeutet, im Maschinengewehrfeuer zu liegen, und wie sich ein Mensch fühlt, den feindliche, bis an die Zähne bewaffnete Soldaten abführen, während er die Arme über den Kopf hält und nicht weiß, ob nicht einer auf ihn schießt. Ich war im Kriege gewesen und hatte für den Rest des Lebens genug davon. Als er sagte, auf mich warte eine Stellung an der Front, nahm ich das nicht mit Begeisterung auf. Besonders weil ich genau wußte, was das bedeutete. Sie wollten, daß ich irgend jemanden hetzte, ängstigte und demütigte. Weil sie selbst einmal gehetzt, geängstigt und gedemütigt worden waren, glaubten sie, jeder, der ähnliche Erfahrungen gemacht hatte, eigne sich vortrefflich für die Rolle eines Aufsehers. So einfach war das aber nicht.

Ich sagte, meine Frau erwarte ein Kind. Wir rechneten in einigen Wochen mit der Entbindung. Das rührte ihn nicht besonders. Er versicherte mir, ich könne ganz ruhig sein.

»Wir nehmen sie in unsere Obhut« sagte er. »Im übrigen dauert der Kurs nur zwei Wochen.«

Heute weiß ich, hätte ich damals abgelehnt, wäre nichts Besonderes passiert. Höchstens hätte er aufgehört zu sagen, ich habe Talent. Damals aber glaubte ich, eine Ablehnung könne schlimme Konsequenzen nach sich ziehen. Darauf beruhte zu jener Zeit die Regierungskunst. Darauf beruhte zu jener Zeit das ganze Leben. Das dauerte ein paar Jahre. Der Frühling kam und der Herbst, und dennoch haftete in meiner Erinnerung ein einziges, unveränderliches und unbewegliches Bild. Das Bild eines bewölkten Regentages. Auch wenn die Sonne schien, kam die Welt mir düster vor. Es widerfuhr mir damals kein besonderes Unrecht außer dem allgemeinen Unrecht des Mangels, aber ich trug Traurigkeit im Herzen, mich plagte Unruhe. Ich war jung, trotzdem gab es in meinem Leben keine freudigen Augenblicke, im Gegenteil, ich lebte ständig in Spannung, ständig suchten mich Ängste heim. Nur in den Armen meiner jungen, hübschen Frau gewann ich die Ruhe und den Glauben an die Zukunft wieder. Doch wie lange kann man sich den Zärtlichkeiten der Liebe widmen, wenn die gesamte Nation die Grundlagen einer neuen Wirklichkeit errichtet?

Ich fuhr also nach Wąwolin. Das war damals ein Sommerkurort fern aller viel benutzten Strecken. Von der Bahnstation aus mußte man noch eine Viertelstunde mit dem Bus auf einem Waldweg fahren. Heute führt eine Betonchaussee nach Wąwolin, und die Sommerfrische ist zum eleganten Kurort geworden. In der Sommersaison finden sich hier ausgewählte Musikensembles ein und ein begütertes Publikum. Durch die mit wilden Akazien- und Rosensträuchern bewachsenen Schluchten spazieren Rentner, und schöne Mädchen tanzen auf den Parkettflächen unter freiem Himmel.

Damals war Wąwolin eine schläfrige, vernachlässigte Ortschaft. Vor dem Kriege hatte hier ein jüdisches Publikum seine Ferien verbracht. Diese Leute waren tot, geblieben waren ihre alten, verlassenen Holzhäuser mit den Vorlauben, mit Scheiben aus buntem Glas, mit ausgetretenen Stufen, wo einst jüdische Jungen Indianer und jüdische Mädchen Kaufmannsfrauen gespielt hatten, mit Brunnen, die ein dicker, stinkender Pflanzenpelz überzog, und grasbewachsenen Pfaden, die von verrosteten Gartenpforten zu vernagelten Eingangstüren führten.

In dieser abgestorbenen Welt hatte man nach dem Kriege das Haus errichtet, in dem sich das Schulungszentrum befand. Stille, Konzentration und Isolierung. Das glaubten mindestens diejenigen, die Wąwolin ausgewählt hatten, um dort ihre talentierten Untergebenen zu schulen und auf die Arbeit an der Front vorzubereiten. Das Zentrum war vorzüglich ausgestattet. Kleine und saubere Zimmer, Speisesaal, Gemeinschaftsraum, ein Kiosk mit Zigaretten und Zeitungen. Die Kursteilnehmer erhielten volle Verpflegung, man wechselte ihnen die Bettwäsche, allerlei Unterrichtshilfen standen zur Verfügung, aber auch zwei Pingpong-Tische und ein Sportplatz für Netzball. Das Ganze war etwas zwischen Kloster, Pfadfinderlager und Erholungsheim. In ihrer arbeitsfreien Zeit konnten sich die Kursteilnehmer in dem ausgestorbenen Wąwolin herumtreiben, wo es nicht mehr als hundert ständige Bewohner gab, überwiegend Mitarbeiter der nahen Zuckerfabrik. Der Autobus zur Bahnstation verkehrte zweimal täglich.

Das Zentrum lag in einem schönen Kiefernwald. Dreißig Teilnehmer waren zu dem Kurs angereist, junge Leute, darunter mehrere Frauen. Wir sollten hier, fast völlig von der Welt abgeschnitten, zwei Wochen verbringen und so erregende Probleme studieren wie den Bauernkrieg in Deutschland, den *Kurzen Leitfaden der KPdSU (B)*, die Verschwörung der Imperialisten gegen das koreanische Volk und das Aufblühen des ersten Vaterlandes der Arbeiter und Bauern.

Es war mitten im Sommer, die Kiefernnadeln verloren langsam ihre dunkelgrüne Farbe, vergilbten, vertrockneten und fielen hier und da ins Gras.

Am ersten Abend ging ich nach dem Essen spazieren. Reglos, riesig und kupferrot stand der Mond zwischen den Baumwipfeln. Irgendwo schrie eine Eule. Über die Stufen der Sommerhäuschen huschten die Geister jüdischer Kaufleute. Sehr fern, tief in der Nacht ratterte ein Güterzug mit unendlich vielen Waggons. Damals lernte ich Olga Baum kennen. Sie trat aus dem Schatten der Kiefern auf die in Mondlicht gebadete Allee. Nicht groß, sondern untersetzt, bewegte sie sich leise auf dem Gras. Als ihr das Licht ins Gesicht schien, erblickte ich ihre großen, seltsam schauenden Augen, die kleine Nase, die wohlgeformten, schmalen Lippen, das etwas zu lange Kinn und das dichte, lockere Haar, das ihr offen bis auf die Schultern fiel. Im Mondschein wirkte diese Frau silbern, hell- und dunkelblau, und ich dachte, sie sei eine Hexe. Aber es war ja ein marxistisches Zentrum par excellence, deshalb sagte sie:

»Guten Abend, Genosse«, und reichte mir die Hand.

Sie hatte eine kleine, trockene Rechte. Ihre Stimme klang sehr sicher. Auf dem Pfad stehend, das Gesicht im silbernen Mondlicht, die Füße in den bitter duftenden Kräutern, klein, luftig und geheimnisvoll, stellte sie mir ihre Fragen mit einer gewissen Heftigkeit und Unfreundlichkeit, als wäre sie über diese späte Begegnung nicht froh.

»Woher kommt Ihr, Genosse? Wie heißt Ihr? Wieviel Jahre an der Arbeit? Welches Dienstalter?«

Ich antwortete verlegen, weil ich im Grunde keine Ahnung hatte, wie man mit ihr reden mußte, wer sie war und warum sie mich so barsch ausfragte. Schließlich sagte sie:

»Ich heiße Olga Baum. Ich werde Euren Kurs leiten. Ich erwarte Fleiß und Mitarbeit.«

Sie reichte mir wieder die Hand und ging dann fort. Am nächsten Morgen bemerkte ich sie beim Frühstück. Sie war etwa dreißig Jahre alt, sehr semitisch im Typ, sie sah gut aus, aber der Ausdruck ihrer Augen kam mir unsympathisch vor. Sie blickte kühl drein, ein wenig mißtrauisch. Sie saß an einem Tischchen weiter hinten im Saal, in Gesellschaft eines kleinen, kraushaarigen Mannes namens Filipowicz, Direktor des Zentrums. Filipowicz war dafür berühmt, daß er den *Kurzen Leitfaden* auswendig konnte. Außerdem gehörte er zum Kreis der hervorragenden Theoretiker, verfügte aber wohl auch über praktische Begabung, sonst hätte man ihn nicht in dieser Stellung belassen.

Ich frühstückte zusammen mit einem Burschen, der Zenon Sarniak hieß. Er stammte aus der Gegend von Rzeszów, aus einem Dorf hinter dem Mond, war ein paar Jahre jünger als ich, hatte helles, fast weißes Haar, blaue Augen, eine große, unförmige Nase, dicke Lippen und goldenen Flaum auf den Backen. Es war ein kräftiger Bursche, häßlich, schüchtern und ein wenig durchtrieben. In der Jugendorganisation spielte er eine wichtige Rolle, es hieß von ihm, er sei außerordentlich eifrig, selbstlos und der Sache ergeben. Ich kannte ihn flüchtig, wir waren uns selten begegnet, bei ziemlich unwichtigen Anlässen. Er machte auf mich den Eindruck eines etwas verlassenen Kerls, aber wer war damals nicht verlassen?

Sarniak war wortkarg, weil er Schwierigkeiten mit der Aussprache hatte, aber wohl auch, weil er langsam dachte und nicht viel zu sagen wußte. Mit einem Wort, ein durchschnittlicher Bursche, der infolge der neuen Verhältnisse vorangekommen und der Volksmacht dankbar war für die ihm eingeräumte große Chance. Ich hörte, er sei direkt von der Viehweide in die Jugendorganisation gegangen. Unablässig fuhr er zu verschiedenen Kursen und stieg auf.

Leute von dieser Art konnte ich damals nicht leiden, obgleich sie doch Sympathie verdienten. Sie mußten über viel Begeisterung, Fleiß und guten Willen verfügen, wenn sie so ausdauernd lernten, und das trotz der offensichtlichen Lücken, die sie daran hinderten, die elementarsten Dinge zu verstehen. Aber ich konnte diese Leute nicht leiden, weil sie, angetrieben von ihrer Bauernschläue, ihre eigenen Schwächen auszunützen verstanden und aus ihrer geistigen Armut einen Schild wider alle Komplikationen des Lebens machten. Ich konnte sie nicht leiden, weil sie allzu oft jammerten, sich auf die Ungerechtigkeiten von früher beriefen und das ihnen angetane Unrecht zur Schau stellten, als wäre es ein Tapferkeitsorden.

Sarniak gehörte zu diesen Leuten. Er pflegte von sich zu sagen, er sei ein schlichter Dörfler, ein Hirtenjunge, dessen Kindheit unter dem Zeichen von Ausbeutung und Unwissenheit gestanden habe. Dem konnte man kaum widersprechen, man mußte mit ihm fühlen und ihm helfen, doch konnte ich mich des Gedankens nicht erwehren, daß sich dahinter Bluff und Berechnung verbarg. Es kann aber sein, daß ich ihn einfach um seine Vergangenheit beneidete. Letzten Endes konnte er sie bei jeder Gelegenheit laut verkünden, während meine Vergangenheit begraben war, und auf ihrem Grab lag die schwere Platte des Vergessens. Sarniak hatte sein Dorf bei Rzeszów, seine Familie, seine Freunde und vertrauten Winkel, die er aufsuchte, wo er träge auf dem Feldrain unter den Apfelbäumen spazierengehen konnte, natürlich wenn ihn die Lust ankam hinzufahren. Er tat das jedoch nicht. Vermutlich trug er in der Tiefe seines Herzens die schmerzenden Dornen des Verrats. Er hatte ja sein kleines Dorf verlassen, die vertrauten Weiden, die Windungen des kleinen Flusses, der schäumend von den Beskidenhügeln zu Tal floß – um in die Stadt zu gehen und sich dort mit der neuen Welt zu verbinden, die nicht die Welt seiner dörflichen Freunde war. Was machte es aber, daß er die alte Heimat nicht aufsuchte, wenn er es doch jeden Augenblick tun konnte, während ich nichts Eigenes mehr auf dieser Erde besaß. Meine ganze Welt lag unter den Trümmern Warschaus, und meine ganze Vergangenheit war verflucht. Ich verheimlichte meine Vergangenheit nicht, aber ich mußte sie selbstkritisch bewerten, und man forderte von mir, sie zu verurteilen. Ich sollte meine Schule verurteilen und meine nicht mehr lebenden Kameraden, all diese hübschen Jungen in dunkelblauen Schuluniformen und Pfadfinderkluft, an die ich mich aus früheren Zeiten erinnerte. Ich sollte die hübschen Mädchen verurteilen, deren sorgsam geflochtene Zöpfe auf hagere Schultern fielen, diese Mädchen in Mützen mit Pompons, in Faltenröckchen und weißen Blüschen, dieselben Mädchen, die wenige Jahre später schlanke junge Frauen wurden und klaglos in den stinkenden Kanälen des Aufstands starben, unter den Trümmern einstürzender Häuser umkamen oder als lebendige Fackeln im Kampf gegen Panzer verbrannten. Ich sollte auch mein Kinderzimmer verurteilen, meinen Teddybär und meine Bleisoldaten, die bunten kleinen Bücher, die Engel am Weihnachtsbaum, die klebrigen Datteln, das sonntägliche Ponyreiten, die Mahlzeiten im dämmrigen Eßzimmer meiner Großmutter, wo wir zu zweit saßen, die alte, weise Frau und der kleine, neugierige Junge, aber auch die Obstschalen, Teppiche, Kronleuchter, meine scheue, nervöse Mutter, meinen strengen, schwerfälligen Vater, die lispelnde Amme aus der frühen Kindheit und die Gouvernante mit den scharfen, dicken Brillengläsern, die mir mit deutscher Gründlichkeit Ordnung, Pünktlichkeit und Achtung vor den Älteren beibrachte und Johann Wolfgang Goethes Gedichte.

Ich sollte das alles verurteilen und aus meinem Gedächtnis streichen, weil ich nur dann damit rechnen konnte, ein neuer, besserer Mensch zu werden. Vermutlich konnte ich auch deshalb Zenon Sarniak nicht leiden.

Er dagegen konnte mich aus einem anderen Grund nicht leiden. Er konnte nämlich niemanden leiden. Er fühlte sich ganz einfach unwohl, wenn er mit seiner eigenen Einfalt wucherte, um dafür Privilegien und Profite einzuheimsen. Er war vernünftig genug zu wissen, daß es nicht sein Verdienst war, in der Stube neben dem Schweinestall geboren zu sein. Er war vernünftig genug, den darin verborgenen Schwindel zu bemerken. Wenn nämlich alle Menschen gleich sind und der Umsturz geschehen ist, um die früheren Ungleichheiten von der Erdoberfläche zu tilgen, dann gibt es keinen Grund, warum sein Schweinestall besser sein sollte als mein Mietshaus im Jugendstil. Er hatte in der Kindheit infolge seiner Benachteiligung viel gelitten und hielt das für sehr ungerecht. Wenn er jetzt aus denselben Fakten Nutzen zog, waren sie ein wenig zweideutig. Dieser innere Bruch war sicherlich die Ursache des ganzen Skandals.

Nach einer Woche wußten alle im Zentrum, daß dieser grob zugehauene Bursche mit der Genossin Baum schlief. Selbstverständlich klingt eine solche Bezeichnung anachronistisch. So redete man damals nicht. In Klammern füge ich hinzu, daß ich mich nicht erinnern kann, wie man das damals nannte, was Frau und Mann im Bett zusammen tun. Einer der Kursteilnehmer jedoch bezeichnete das Verhältnis Olga Baums und Zenon Sarniaks als »dialektisches Ficken«, und dabei ist es dann geblieben.

Das war damals kein banales Problem. Wąwolin unterlag, ähnlich wie das ganze Land, ziemlich strengen sittlichen Regeln, und den Leuten wäre es nicht im Traume eingefallen, daß die körperliche Liebe wenige Jahre später in Polen etwas Natürliches und nichts Aufsehenerregendes sein würde. Das Leben damals war komplizierter, sogar nach Sonnenuntergang. Die beiden machten das gerade nach Sonnenuntergang. Olga Baum wohnte im Parterre, in dem durch Speisesaal, Gemeinschaftsraum und Bibliothek abgetrennten Seitenflügel des Gebäudes. Für Zenon Sarniak kam es nicht in Frage, dort im Schutz der Nacht einzudringen, eine derartige Tat hätte eine Verletzung der Hausordnung bedeutet. Sie trafen sich deshalb nach dem Abendessen und gingen im Wald spazieren. Sie benutzten ein nahe stehendes, verlassenes Haus. Und dort wurden sie eines Nachts entdeckt.

Später einmal betrat ich jenes Haus. Es stand zwischen ineinander verschlungenen Akaziensträuchern und war von verrostetem Maschendraht umgeben. Der Terrassenboden bestand aus morschen Brettern, ich mußte mich sehr vorsichtig bewegen, um nicht einzubrechen. Die mit einem Pflock verschlossene Eingangstür quietschte beim Öffnen, daß die Ohren schmerzten. Das Zimmer war dunkel, nur durch die halb geöffnete Tür fiel etwas Mondlicht herein. Alle Fenster waren seit Jahren mit Brettern vernagelt, Möbel gab es nicht, in einer dumpfen Ecke lag ein Haufen alter Säcke, die vor langer Zeit jemand liegengelassen hatte. Das war ihr Liebeslager gewesen. Aber vermutlich hatten sie sich nicht einmal bequem hingelegt. Sie taten alles schnell, heftig, voller Unruhe und Angst. Der Mond schien hellblau, ein Streifen Licht lag auf den Fußbodenbrettern. Irgendwo in der Ferne schrie ein aufgewachter Vogel, irgendwo dröhnte ein Zug, das Haus wiegte sich im Grillengezirp. Eine Treppe höher hantierte in schwarzem Rock eine alte Jüdin, Olga Baum hörte deutlich ihre Schritte. Auf der Terrasse rannten jüdische Kinder lautlos hin und her, ein kleines Mädchen mit dunklen Haaren und schwarzen, glänzenden Augen saß auf den Stufen und zeichnete mit einem Erlenstöckchen Kreise, Quadrate und Dreiecke in den Sand. In dem Zimmer, wo Olga Baum mit heftigen Bewegungen Bluse und Büstenhalter auszog, ging ein beleibter, dunkler Mann in Drillichhosen, weißem Hemd, sorgsam zugeknöpfter Weste und schwarzem Hut auf und ab. Sie vernahm seinen nahen Atem und preßte sich dann mit unaussprechlicher Verzweiflung im Herzen an diesen wilden, starken, fremden Barbaren, der ihr die Illusion der Gemeinsamkeit schenkte. Alles in ihrem Leben – bis hin zu jenen Nächten – war der Versuch, aus dem Zauberkreis der Fremdheit auszubrechen. Mit sieben Jahren hatte sie gehört, wie ihre Lehrerin zum Schulleiter sagte, die kleine Jüdin Baum sei ganz helle. Ihre Welt war schwarz, stickig und verschlossen gewesen. Außerhalb ihrer Grenzen hatte sie sich nie sicher gefühlt. Das schwarze Kind, das schwarze Mädchen, die schwarze Frau. Manche bezeigten ihr Sympathie und Solidarität, aber ganz sicher bemerkte sie darin ein erzwungenes Mitgefühl. Und nur die Revolution, die all die großen Losungen der Gleichheit und des Internationalismus verkündete, gab ihr eine Chance. Sie war nie im Ghetto gewesen. Das Ghetto war stets in ihr. Sie hatte inwendig eingemauert gelebt, und erst irgendwo in den Steppen hinter dem Ural war es ihr gelungen, diese Mauer zu sprengen. Schon damals hatte sie kühle, mißtrauische Augen und das Herz voller Zweifel. Sie war intelligent, begabt mit dieser jüdischen, tragischen Intelligenz, die erfüllt ist vom Unglauben an die Menschen und wachsam gegenüber einer auf dem Fundament von Demütigung und Unrecht erbauten, mit dem dunklen Pessimismus des von Gott auserwählten Volkes durchdrungenen Welt. Aus dem Osten hierher zurückgekehrt, schien es ihr, als hätte die Welt sich geändert. In der lärmenden Bewegung der ersten Nachkriegsjahre, in den scheinbaren Umgestaltungen, beim Tanz rund um den Götzen der Geschichte fand sie den neuen Sinn ihrer Existenz. Doch dauerte das nicht lange.

Der quietschende Wagen des Polentums kehrte zurück in die ausgefahrenen Geleise. In den Augen der Menschen gewahrte sie Angst, Verachtung, Mißtrauen, vor allem aber ihr eigenes, in fremder Iris gespiegeltes winziges Abbild. Eine untersetzte, schwarze Frau aus fernen Landen. Jetzt spürte sie diese Fremdheit auf doppelte Weise. Hinter dem Ural hatte ihr Akzent eine gewisse Weichheit angenommen, während ihre Gesten kantig geworden waren. Gewiß hatte sie flüchtige Liebhaber gehabt, irgendwo in Erdhütten an der Front oder in den verrauchten Stuben von Bauernkaten. Von ihrer eigenen Unabhängigkeit begeistert, hatte sie ihnen nach wenigen Tagen den Abschied gegeben.

Später wurde erzählt, sie sei noch zwei Jahre nach dem Kriege mit Lederjacke, dunkelblauer Mütze, über die Schulter gehängter Kartentasche und einer Pistole im Futteral herumgelaufen. In den kleinen Ortschaften hinterm Mond tauchte sie in Begleitung zweier uniformierter Kerle auf und schuf revolutionäre Ordnung. Selbst wenn sie keinen Zorn in sich trug, mußte sie sich das unablässig wiederholen, mußte sie sich selbst überzeugen, daß sie alles im Namen der selbstlosen Geschichtsmechanismen tat, unpersönlich und außerhalb ihres eigenen Schicksals, ihrer Wünsche und Träume. Sie war so unmenschlich, weil sie keinen Haß empfand, weil sie versuchte, diesen Haß und die Erinnerung an einst erlittenes Unrecht abzudrängen an den Rand ihres Lebens. Bestimmt weinte sie bei Nacht! Gewiß sah sie im Traum einen ordentlichen blonden Mann, einen redlichen Christen und Polen, keinen Revolutionär, sondern einfach einen Handwerker, dem sie Kinder gebären würde, schwarze und blonde, glückliche Kinder einer beispielhaften, bescheidenen Familie. Und weil das unmöglich war, unmöglicher als je in der Vergangenheit, entfernte sie sich mit jeder Geste und jedem Blick mehr von ihren Träumen.

Dennoch trug sie ihre eigene Bestimmung im Herzen. Und Gott bewies ihr gegenüber Nachsicht. Sie mußte freilich den Fluß des Leidens durchqueren.

Ein paar Tage vor Ende des Kurses ging Filipowicz, der nicht nur den *Kurzen Leitfaden* auswendig konnte, sondern auch ein banaler Schubiack war, mit einer Taschenlampe bewaffnet nachts hinaus, um Olga Baum zu suchen. Er fand sie mühelos. Der blaue Lichtkreis holte aus dem Dunkel des verlassenen Hauses eine nackte, üppige Brust und die daran gepreßte Backe des Burschen. Dann bewegte Filipowicz die Lampe und beleuchtete Olga Baums Gesicht, ihre dichten, dunklen Haare, offenen Lippen und entsetzt aufgerissenen Augen. Vielleicht lachte Filipowicz auf. Vielleicht haßte er diese Frau und fürchtete sie, erlebte darum nun eine unaussprechliche Wonne, als hätte er selbst und nicht dieser verschüchterte Bursche sie auf dem Haufen ausrangierter Säcke in Besitz genommen.

Zenon Sarniak erhob sich und fummelte unbeholfen an seiner Hose, was für Olga Baum besonders schmerzlich und demütigend sein mußte. Aber Filipowicz befand sich nicht auf der Jagd nach dem Burschen.

In dem hellblauen Lichtkegel, in dem kleine, vom Fußboden aufgewirbelte Stäubchen tanzten, in der Stille der Mondnacht, zwischen Geistern, Grillen und kraspelnden, aufgescheuchten Mäusen, unter der dichten Glasglocke unserer verdammten Geschichte standen dort schweigend drei Menschen. Der kleine, dunkle, breitschultrige Schubiack mit dem spöttischen Lächeln um die Lippen, die untersetzte, unansehnliche Frau, die ihre nackten Brüste mit dem Saum ihrer Bluse verdeckte, und der törichte Bursche, der bereits ein wenig auf seine eigene, durchtriebene Version des Ereignisses zusteuerte, der mit seiner Kartoffelnase schon schnupperte, wo er in diesem Dickicht von Unglück und Verzweiflung den Fluchtweg in eine bessere Zukunft finden könnte.

»Na, na«, sagte Filipowicz und knipste die Lampe aus. Er hatte vor dem Krieg Philosophie studiert und trug in sich unermeßliche Schichten von Zartgefühl und Takt.

»Genosse Direktor«, sagte Sarniak. »Ich bin nicht schuld...«

»Klar«, entgegnete Filipowicz. »Knöpft Euch die Hose zu!«

Sarniak knöpfte sich die Hose zu. Selbstverständlich war er nicht schuld. Immerhin hatte er seine Kindheit in der Stube neben dem Schweinestall verbracht, und die flache ptolemäische, seit Generationen von unaufgeklärten Dorfbewohnern ausgetretene Welt hatte ihn umgeben. Dieser Viehhirt mit dem Schopf flachsblonder Haare über der Stirn war manchmal in die nächste Stadt mit ihren Wundern und Seltsamkeiten gewandert. Er sah dort die riesenhafte steinerne Kirche, in der der Gesang der Gläubigen ertönte, und wenn er während des sonntäglichen Hochamts auf den Marmorstufen stand, flog seine schlichte Hirtenseele auf zum Himmel, der weiter hinten über dem Hauptaltar auf dem hellblau-goldenen Bild zu sehen war, auch wenn der Schleier der bebenden Luft, Kerzenduft, Weihrauch und die Atemzüge der Menge es leicht vernebelten. In der Stadt sah er auf dem Karussell die weißen Rösser mit den karminroten Nüstern, er sah die Schießbuden mit den raschelnden Papierblumen, die Hampelmänner und Kolombinen, aber auch das aus bunter Pappe hergerichtete Labyrinth, wo er ungeduldig, immer stärker schwitzend und entsetzt, nach einem Ausweg suchte. Er sah die Städter vor ihren Läden und Werkstätten sitzen, im Geruch gegerbter Felle, im Lärmen und Dröhnen abgeklopfter Fässer, im Pferdegewieher vor der Schmiede, im Duft wohlschmeckender, geheimnisvoller Speisen, der sich durch geöffnete Fenster verflüchtigte. Er sah auch die jüdischen Mädchen in hübschen Kleidern und Schuhen, mit kleinen Hüten auf den dunklen Köpfen, wie sie sich vor der Kasse des örtlichen Kinos drängten, begleitet von jüdischen Ladengehilfen in engen Jacketts, gelben Gamslederschuhen und weichen Mützen auf den glänzenden, pomadisierten Haaren.

Das war seine große, rätselhafte Welt voller Bedrohlichkeit, Heiligkeit und Schande. Kehrte er von solchen Unternehmungen in seine Stube neben dem Schweinestall zurück, so träumte er von einer Zukunft, die ihm im Wachsein nicht widerfahren konnte.

Und doch widerfuhr sie ihm. Jene ganze Welt wurde umgebracht, übrig blieben nur Schutt und Asche, rauchgeschwärzte Wände, Haufen zerschlagener Ziegel, Glassplitter auf dem Bürgersteig, der Geruch von Ruß und Fäulnis. Die Läden mit den Süßigkeiten gab es nicht mehr, ebensowenig die jüdischen Böttcher, Sattler und Schuster. Nur die Kirche war geblieben und darin die brennenden Kerzen vor dem Hauptaltar und der klagende Gesang der alten Weiber. Durch die Straßen der Kleinstadt fuhren verschmutzte Autos, blonde Männer in grünlichen Uniformen regelten den Verkehr, über die Fußwege schleppte sich der Zug der Armseligen mit Bündeln auf den Schultern. Inmitten der Felder tauchten Leute mit Meßinstrumenten auf, sie verteilten den Boden unter die Bauern. Im Gutshof, wo einst die Jagdhunde gebellt und wo vor dem Rasen gewöhnlich das aschgraue Auto des Gutsherrn gestanden hatte, residierten jetzt bewaffnete Milizionäre. Der Frühlingsregen fiel, dann kamen die trockenen Tage des Sommers, der Herbst, der Winter und wieder der nächste Frühling. Da verließ Zenon Sarniak sein Heimatdorf und ging in die Revolution. Er lernte die großen Städte kennen, verräucherte Konferenzzimmer, klapprige Autos und zu abgelegenen Ortschaften führende Nebenwege, wo solche Hirtenjungen wie er warteten und nach Veränderungen in ihrem Leben und nach guten Nachrichten dürsteten.

Er trat mit seiner dümmlichen, ein wenig durchtriebenen Visage ein in die neue Welt – und wünschte, sie wäre wirklich seine eigene Welt.

Selbstverständlich war er nicht schuld. Er sah in diesem »dialektischen Ficken« ein Lächeln des Schicksals, schließlich gehörte Olga Baum zur Elite von damals, sie hätte ihm den Weg bereiten können, auf dem er emporstieg zu den noch umnebelten, aber immer deutlicheren Umrissen eines Gipfels. Er stand in dem stickigen, dunklen Zimmer und machte einen Schritt auf die Ausgangstür zu. Der Fußboden knarrte, im Mondschein wirbelten wieder silberne Staubwölkchen. Er warf keinen Blick mehr auf Olga Baum. Ihr Gesicht, heller vor dem dunklen Hintergrund, war ein Mißverständnis in seinem braven Leben.

»Verschwindet, Sarniak!« sagte Filipowicz leise. »Wir reden später...«

Erst dann vernahmen sie Olga Baums Stimme.

»Lächerlich«, sagte sie ruhig in ihrem matten, dunklen Tonfall, der jetzt wie Samt wirkte. »Ihr habt mit ihm nichts zu bereden...«

»Das wird sich noch herausstellen«, sagte Filipowicz und knipste wieder seine Lampe an.

Sarniak lief aus dem Zimmer. Auf der Schwelle stolperte

er und verlor einen Schuh. Aber er kehrte nicht um. Sie hörten seine Schritte auf den Stufen der Veranda und dann das Rascheln des hohen, trockenen Grases, als er zur Gartenpforte ging. Der Lichtkegel glitt über die Wände, den Fensterrahmen, die Eingangstür. Auf der Schwelle lag der Schuh. Filipowicz lachte auf. Olga Baum sagte ruhig:

»Wie ekelhaft das ist...«

Doch von diesem Augenblick an verließen sie die Engel der Vorsehung nie wieder.

Zwanzig Jahre später im Buch- und Presseclub fragte ich den alten Mann, der mich auf den Kurs in Wąwolin geschickt hatte, nach dem weiteren Schicksal der beiden.

»Wissen Sie«, sagte er, »daß sie ihm damals den Schuh nicht zurückgegeben haben?! Er bildete etwas wie ein Beweisstück. Lächerlich! Denn sie bestritt es ja gar nicht. Sie war sogar ein wenig stolz auf die ganze Geschichte. Ich nahm an dem Kollektiv teil, das den Fall untersuchte. So etwas passierte selbst zu jener Zeit nicht sehr häufig, deshalb interessierten sich allerlei Leute dafür. Protokolle, Gespräche und so weiter... Man schloß sie aus der Partei aus. Wegen unwürdigen Verhaltens oder so ähnlich. Sie zog in die Provinz in eine Kleinstadt. Wie es scheint, mußte sie anfangs zahlreiche Demütigungen hinnehmen.

Doch dann änderten sich die Zeiten. Sie hatte vor dem Krieg einen Buchhalterkurs absolviert und im Holzhandel gearbeitet, so besaß sie Fachkenntnisse und kam ganz gut durch. Später heiratete sie. Ich lernte ihren Mann kennen. Ein Ingenieur. Kein Adler, man konnte ihn ruhig am offenen Fenster sitzen lassen, wegfliegen würde er nicht. Jetzt haben sie zwei erwachsene Töchter. Beide studieren. Sie war eine sehr gute Mutter. Und wohl glücklich... So kann man im Leben nichts voraussehen, meinen Sie nicht auch?«

»Und dieser Bursche?« fragte ich. »Dieser Zenon Sarniak?«

»Was denn!« rief der alte Mann. »Haben Sie denn nicht von ihm gehört? Er hat doch eine verdammte Karriere gemacht.«

»Warum sollte ich von ihm gehört haben«, sagte ich etwas unangenehm berührt. Dieser Alte glaubte ständig, ich hätte nichts anderes zu tun, als nur an die Leute von damals zu denken.

»Nun ja«, nahm er den Faden wieder auf. »Er hat Karriere gemacht. Nichts dagegen zu sagen, ein guter Fachmann. Ein wenig nachgiebig, aber ein guter Fachmann.«

»Hat er geheiratet?« erkundigte ich mich nachlässig.

»O ja. Und sich dann sogar scheiden lassen. Und ein bißchen zu viel getrunken. Jetzt sehe ich ihn manchmal mit einer sehr alten Frau. Er fährt sie im Auto auf den Markt zum Einkaufen. Es heißt, sie ist seine Mutter. Denn er hat sich als guter Sohn entpuppt, wissen Sie ... Und auf Urlaub fährt er in sein Dorf. Er setzt sich an den Bach und angelt. Aber lange wird das nicht mehr dauern. Man hat dort in der Nähe ein Zementwerk gebaut.«

1980

Der reservierte Tisch

Er schaltete zurück und sagte:

»In fünf Minuten sind wir am Ziel.«

»Großartig«, antwortete ich.

Der Motor arbeitete auf höheren Touren, wir fuhren jetzt die sanften Kehren einer Serpentine hinauf. Der Ausblick war herrlich. Dunkler Buchenwald wuchs an den Berghängen. Die Sonne sprang über die Baumwipfel, sie stolperte hin und wieder, dann fielen langgestreckte, flüchtige Schatten über die Chaussee. Auf den Bergkuppen lag Schnee, hier und da hatte das Tauwetter schwarze Löcher hineingefressen, Rasen und feuchte Felsen schauten heraus. Neben der Straße rauschte ein Bach, das Wasser prallte hartnäckig gegen riesige Felsblöcke. Auf der anderen Bachseite, an den sanften, gerodeten Hängen erschienen Häuser. Sauber gehalten, cremefarben oder rosa gestrichen, mit roten Dachziegeln und Türmchen, auf deren Spitzen sich blecherne Hähne drehten.

»Soll ich das Fenster schließen?« fragte er. »Es wird kühl.«

Tatsächlich, je höher das Auto gelangte, desto stärker spürte ich eine durchdringende Kälte. Sie war jedoch angenehm, deshalb entgegnete ich, ich liebte die frische Bergluft.

»Wenn Sie erst in meinem Alter sind, werden Sie mehr auf sich achtgeben«, sagte er.

Mit seinen fast siebzig Jahren hielt er sich vorzüglich. Gut gebaut, nicht groß, ein bißchen zu dick. Der kahle Kopf saß auf einem kräftigen roten Nacken. Seine Hände, die locker das Lenkrad umfaßten, waren breit, dunkel und behaart.

Er hieß Oskar Georg Baaf, Musikkritiker von Beruf. Er hatte eine sehr nette, kleine, ungemein elegante Frau, in deren Gesicht man noch die Spuren früherer Schönheit erkannte. Frau Baaf saß hinter meinem Rücken, wie ein kleines Mädchen in die Ecke des Polstersitzes gepreßt, und betrachtete das Wasser des Baches. Plötzlich lachte sie auf und berührte meine Schulter.

»Schauen Sie mal!«

Wir kamen an einem Warnschild vorbei. Auf einem gelben Dreieck sah man die Silhouette eines Adlers.

»Sinnlos«, sagte Frau Baaf. »Bedroht er uns, oder bedrohen wir ihn?«

»Natürlich wir ihn«, warf Oskar Georg Baaf ein.

Frau Baaf stammte aus Frankreich, ihr Geist hatte sich trotz der langen Jahre des Zusammenlebens mit Oskar Georg Baaf noch nicht aus den romanischen Gewohnheiten gelöst. Oskar Georg Baaf, ein Deutscher aus Baden, aber hin und wieder auch Jude, seine Pariser Frau hin und wieder gleichfalls Jüdin, doch hatten beide geschafft, es zu vergessen.

»Sehen Sie«, rief Oskar Georg Baaf, »da sind wir!«

Das Auto umfuhr eine Böschung, die Straße führte nun geradewegs auf eine weite Lichtung zu, die sich sanft zwischen den Wänden des Waldes hinstreckte. Der Bach war verschwunden. Vor uns sahen wir eine rote Mauer und dahinter den Klotz eines modernen Hotels. Der *Europäische Hof*, in dem wir Zimmer reserviert hatten und einen Tisch im Restaurant, dicht neben der verglasten Stirnwand, von wo aus sich der Blick auf das Tal des Flüßchens Oos öffnete, und weiter bis zur Stadt Kehl. Bei schönem Wetter konnte man am Horizont die Rheinbrücke sehen, die roten Dächer von Kehl, das Band des Flusses, auf seiner Oberfläche die Flecken der Kähne, ja sogar – aber das nur sehr selten – die Kirchtürme von Straßburg, bereits im Gebiet der *douce France.*

»Wir sind am Ziel«, sagte Oskar Georg Baaf und hielt auf dem Parkplatz nahe der Terrasse.

Die Luft war frisch, kühl und merkwürdig unangenehm. Ein starker, bitterer Duft wehte ringsum. Aber ich sagte nichts. Ich war Gast im *Europäischen Hof*, meine Gastgeber bewiesen mir Herzlichkeit, ich hatte ihnen schon viel verziehen, so konnte ich es auch jetzt tun.

Mein Zimmer sonnig und gemütlich, Couch, Fernseher, Schreibtischchen, nebenan das Badezimmer mit Dusche und blitzenden Spiegeln. In der grün eingebundenen Mappe auf dem Schreibtisch fand ich Briefpapier und Umschläge mit Firmeneindruck sowie die bunte Speisekarte des Restaurants, alles sehr vornehm.

Vom Zimmerfenster aus sah man einen bewaldeten Hang mit einem Weg zwischen den Bäumen. Überall herrschte Stille, und auch das machte auf mich einen vornehmen Eindruck. Ich duschte, zog mich um und ging hinunter ins Restaurant. Das Ehepaar Baaf erwartete mich bereits.

»Wie gefällt Ihnen Ihr Zimmer?« erkundigte sich Frau Baaf. Ihr welkes Gesicht legte sich in unregelmäßige Falten, die schweren Lider, unter denen sie all ihr Leid verbarg, wurden von einem Netz feiner, in der Sonne ausgeblichener Runzeln eingefaßt.

Ich antwortete, das Zimmer sei bequem, und beschrieb den Blick aus dem Fenster. Das Ehepaar Baaf beschrieb den Blick aus seinem Fenster, dann bestellte Oskar Georg Baaf den Aperitif.

Es war ein Uhr mittags, ein Dienstag, Anfang September. Vom Krieg trennten uns dreißig Jahre. Irgendwo hinter diesen mit Buchenwald bestandenen Hängen verlief die Straße nordwärts. Nach Verlassen der Schwarzwaldkehren führte sie pfeilgerade in die Ebene, durch grüne Weinberge, vorbei an Heidelberg, wo ich im Hotel *Zur goldenen Rose* einst eine hübsche und einfallsreiche Blondine kennengelernt hatte, sie umging das dröhnende, verräucherte Mannheim, das duftende, musikalische Darmstadt, ließ die in der Herbstsonne schläfrigen, mit den Ruinen mittelalterlicher Burgen geschmückten Hügel des Odenwaldes rechts liegen und überquerte den Main, um in die Straßen Frankfurts einzumünden.

Dort fand gerade der Prozeß gegen einen Mann statt, der sich mir gegenüber als schlechter Christ erwiesen hatte. Ich selbst weiß nicht, ob ich ein guter Christ war, immerhin hatte er mehr gesündigt. Ich dachte daran, während ich den kühlen, herben Aperitif trank, und wandte mich an Oskar Georg Baaf mit der höflichen Frage, ob es in Ordnung sei, daß Johann Wentzel auf freiem Fuße vor Gericht aussagte. Er antwortete ruhig, das sei nicht in Ordnung, doch trage seine Meinung womöglich die Kennzeichen einer gewissen Parteilichkeit, die er gern vermeiden würde – und er rief den Kellner, um für uns alle blaue Forellen aus der Oos zu bestellen.

Das Flüßchen Oos ist berühmt wegen seiner blauen Forellen. Als ich seinerzeit in der Ortschaft Baden-Oos auf der Brücke stand, sah ich dort stattliche Forellen, die fast reglos und erstaunlich diszipliniert in einer Reihe standen, dicht unter der glasklaren Wasseroberfläche, alle in der gleichen Stellung, gegen die Strömung gerichtet, fast abgestorben in Erwartung. Die Leute standen auf der Brücke, stützten die Ellbogen auf das hölzerne Geländer und schauten zu den Forellen hinunter. Ich stand dort lange, hartnäckig, voller Hoffnung, ich würde länger aushalten als die dummen Fische, sie würden schließlich davonschwimmen. Doch die Sonne ging langsam unter, die Menschen spazierten über die Brücke, sie lösten sich am Geländer ab, kehrten zurück zu ihren geparkten Autos, fuhren fort und kamen an, auf der Spitze der Fiat-Montagehalle wurden die Neonlichter eingeschaltet, in der Ferne ließ sich eine Kirchenglocke vernehmen, doch die Forellen standen reglos und bar aller Wünsche an der Wasserschwelle. Ich ging wieder in das Hotel, in dem ich damals wohnte. Es war kein besonders feines, aber ein bequemes Hotel. Nachts hörte ich die Treppen knarren, durch das halb geöffnete Oberlicht drang ein Windhauch herein und blähte die Gardine, auf dem Fußboden stand wie eine silberne Pfütze der Mondschein, und irgendwo unten lachte eine Frau. Genau da schlief ich ein und träumte von Forellen, die auf einem Sandweg zum Dorf gingen. Auf dem Rücken trugen sie Davidsterne.

Ich fragte Oskar Georg Baaf, wo er den Krieg verbracht hätte, und er antwortete, er sei im Jahr 1934 in die Schweiz gegangen und habe dort als Korrektor bei einer Musikzeitschrift gearbeitet, später aber, schon nach Ausbruch des Krieges, sei er in die USA emigriert. Frau Baaf hatte ihn auf diesen Irrfahrten treulich begleitet. Nachdem er das gesagt hatte, küßte Oskar Georg Baaf seiner Frau die Hand, sie aber warf mir einen irgendwie schmerzlichen Blick zu, musterte dann das cremefarbene, goldgestreifte Tischtuch und begann, von Kalifornien zu erzählen, wo sie beide einige Jahre verbracht hatten.

Sie befand sich gerade zwischen San Diego und der Mohavewüste, als die Forellen gereicht wurden. Neben uns stand ein leerer Tisch und darauf ein Schild »Reserviert«. Mechanisch glättete der Kellner das Tuch auf diesem Tisch und rückte das Besteck zurecht.

»Warum setzen Sie mich dem aus?« fragte ich Oskar Georg Baaf.

Er beugte sich über seinen Teller. Die braune Butter war leicht geronnen und bildete auf dem bläulichen Forellenrücken einen goldenen Schmelz.

»Sie sieht vortrefflich aus«, murmelte Oskar Georg Baaf.

»Er kann zum Essen hierherkommen«, sagte ich. »Das kann sein Tisch sein.«

»Wer?« fragte Oskar Georg Baaf.

»Johann Wentzel.«

»Sie scherzen«, sagte Oskar Georg Baaf.

»Ist das ausgeschlossen?«

Er runzelte die Stirn. Eine Weile schwieg er. Ein alter, braver deutscher Jude, der das vergessen hat.

»Unsinn«, sagte er. Aber seine Stimme verriet ein Zögern. Frau Baaf schaute sich im Saal um. Nur wenige Leute waren anwesend, alle mit ihrem Lunch beschäftigt. Gut gekleidete Frauen und würdig aussehende Männer. Eine sehr gediegene Gesellschaft. Auf dem Parkplatz standen ihre Autos, in den Hotelzimmern ihre mit Rähmchen für die Visitenkarten versehenen Lederkoffer. Draußen vor den Fenstern erstreckte sich ein finsterer Buchenwald voller Gespenster.

»Ich denke immer seltener daran«, sagte Frau Baaf.

Diese Meinung teilte ich. Auch ich dachte immer seltener daran. Ich könnte nicht leben, wenn ich daran dächte. Allerlei Leute bei mir daheim riefen unablässig, man dürfe nicht vergessen, doch war das nicht die Wahrheit. Alle vergaßen. Und das war gut so.

Oskar Georg Baaf aß seinen Fisch auf und sagte, es wäre kein schlechter Gedanke, Rinderbraten mit badischen Klößen zu bestellen. Frau Baaf teilte die Begeisterung ihres Mannes für Klöße nicht und fügte hinzu, sie wünsche nur noch eine Tasse Kaffee. Doch Oskar Georg Baaf rief den Kellner und besprach mit ihm das Problem der Klöße. Er hatte dabei ein verborgenes Ziel.

»Wissen Sie was«, sagte er zu mir, als der Kellner gegangen war, »wir Badener sind eigentlich keine Deutschen. Überlegen Sie doch bitte. Einen Steinwurf entfernt ist der Rhein und jenseits des Rheins französischer Boden. Wir gehören zur romanischen Welt. Wir lieben schöne, geistreiche Frauen, Bergspaziergänge, Reitpferde und herben Weißwein. Hier trinkt niemand Bier. Das Bier importieren wir aus Lothringen. Glauben Sie mir, die Badener sind ganz einfach Badener.«

»Ich glaube Ihnen«, entgegnete ich, »aber mich treibt ein gewisses Problem um. Vor einem Jahr war ich in Hamburg. Eine sehr schöne Stadt. Viel Wasser, viel Grün, nette und kultivierte Menschen. Ich habe dort einen Bekannten, er heißt Reinhardt. Er lud mich zum Lunch im Yachtclub ein. Ein hübsches Gebäude mit Terrasse, von der aus man einen weiten Blick über den Hafen hat. Wirklich, das sieht alles imponierend aus, besonders in der Frühlingssonne. Reinhardt trug ein Tweedjackett, dunkelblaue Hosen und eine weiße Schirmmütze. Ein gut aussehender Herr – ohne Frage... Und ausgerechnet bei diesem Lunch sagte er etwas Ähnliches. Die Hamburger seien eigentlich keine Deutschen! Eher Skandinavier. Hanseatische Tradition und so weiter. Er rauchte Pfeife, er trank Whisky. Sogar der

Tonfall seines Deutsch war ein bißchen englisch. Ich habe ihm geglaubt. Ihnen glaube ich auch. Aber sagen Sie mir, wo sind dann die Deutschen?«

»Fahren Sie in die DDR«, sagte Oskar Georg Baaf und lachte auf.

»Wir verstehen uns nicht, Herr Baaf«, sprach ich mit einem gewissen Nachdruck. »Es handelt sich um ein tiefes und in seinen Folgen fatales Mißverständnis. Die Schuld liegt bei Ihnen und bei mir. Irgendwo in der Mitte. Es gibt für Sie keinen Grund, Ihr Deutschtum zu fürchten oder sich seiner zu schämen. Ich hege keinen Groll gegen die Deutschen.«

Oskar Georg Baaf blickte mich mit den Augen einer Forelle an. Mit gedankenloser und dennoch schmerzlicher Stumpfheit.

»Wissen Sie«, sagte ich, »daß ich während des Krieges für Rilke und Heine begeistert war? Ich hätte Heine hassen und Rilke verachten sollen, und trotzdem waren sie mir teuer. Ich verfügte damals nicht über die politische Einsicht, die mir heute zu konstatieren erlaubt, daß beide zur deutschen, vom Nazismus zertretenen Tradition gehörten. Während also Hitler Heine zur Vergessenheit verurteilt hat, liebte ich ihn. Das klänge wahnsinnig elegant, wäre aber gelogen. Damals hatte ich keine Ahnung, daß Heine verdammt war, daß Rilke verdammt war, aber auch Thomas Mann oder Zweig. Hauptmann dagegen war gern gesehen. Ich liebte sie alle, weil ich das Bedürfnis empfand, bestimmte Schriftsteller zu lieben, und das Wissen darum, daß Heine vom Dritten Reich verdammt war, hätte meine Liebe nicht eifriger gemacht, ebenso wenig wie das Wissen, daß Hauptmann ein Opportunist war, mir sein Buch aus der Hand gerissen hätte.«

»Das sind rein künstlerische Fragen«, sagte Oskar Georg Baaf, und Frau Baaf nickte dazu. Der Kellner brachte die Klöße und den Rinderbraten und danach eine Flasche Rotwein. Ich trank einen Schluck und sagte:

»Nie habe ich gegen die Deutschen Haß empfunden.«

»Ich danke Ihnen«, sprach Oskar Georg Baaf, und ich dachte, das hätte er nicht sagen sollen.

»Noch vor dem Kriege hat jemand geschrieben, der Nazismus sei ein Nationalismus ohne Nation. Sehr klug! Deshalb müssen Sie mir nicht danken. Der Nazismus hatte nicht nur deutschen Charakter. Sie sprachen deutsch und traten in Eurem Namen auf, aber im Grunde waren sie nicht nur Deutsche. Sie waren die Konsequenz der verstümmelten Menschennatur, des amputierten Europa. Sie waren, wenn man so sagen darf, die Essenz der Unmenschlichkeit, und Unmenschlichkeit bedeutet mehr als Deutschtum.«

»Aber ja«, rief Frau Baaf und legte ihre zarte Hand auf mein Handgelenk. »Mein Gott, wie viele Jahre habe ich darauf gewartet, das zu hören.«

»Sie haben ein Recht, so zu sprechen«, sagte Oskar Georg Baaf. »Ich habe dieses Recht nicht!«

»Warum nicht? Wieso denn Ihre Solidarität mit den Kerlen, die jene Öfen angeheizt haben? Was verbindet Sie mit ihnen außer der gemeinsamen Sprache, der gemeinsamen Landschaft, der gemeinsamen Geschichte? Irgendwo hier in der Nähe ist Hoeß geboren, der Kommandant von Auschwitz. Auch er war Badener. Schöne Frauen, Wein, Reitpferde ... Darum geht es doch nicht, Herr Baaf.«

Er nickte. Er war sehr jüdisch in seiner bekümmerten, bitteren Versunkenheit. Aber statt des Mitgefühls packte mich die Angst.

»Ich fürchte«, sagte ich, »Sie werden erst dann erleichtert

aufatmen, wenn andere etwas noch Schlimmeres tun! Das wird der Beweis sein, daß die Sache ganz einfach menschlich ist, nicht nur deutsch. Das ist nicht gut, Herr Baaf. Aber ich kann Sie trösten. Die anderen haben das Ihre schon getan! Es genügt, Zeitungen zu lesen ... Indessen, wenn ich ehrlich sein soll, dann empfinde ich Verbitterung und Unruhe. Ich habe den Eindruck, wenn Sie von all diesem Entsetzlichen in der weiten Welt lesen, widerfährt Ihnen eine Stärkung. Das stellt Ihren Glauben an die deutsche Nation wieder her. Denn die anderen sind keineswegs besser.«

»Was Ihnen aber auch einfällt«, sagte Oskar Georg Baaf sanft.

»Reden wir nicht davon«, sagte ich, weil ich den Faden verloren hatte. »Sprechen wir lieber vom heutigen Tag. Ich wiederhole Ihnen noch einmal, daß ich nie Haß gegen die deutsche Nation empfunden habe. Doch jetzt treibt mich die Sache mit dem Tisch dort um. Ich bin Ihr Gast, und Sie tun alles, um mir Unannehmlichkeiten und Enttäuschungen zu ersparen. Inzwischen aber könnte er kommen. Und was dann?«

Oskar Georg Baaf schwieg. Frau Baaf schwieg ebenfalls. Ich aber dachte, ich würde mit solch einer Situation einfach nicht fertig werden. Zwar waren dreißig Jahre vergangen. Damals war ich schlank, dunkelhaarig, sehr lebhaft und glaubte, die ganze Welt verändern zu können. Später wurde ich dicker und kahlköpfig, die Welt aber blieb, wie sie war, und ich hegte ihr gegenüber keine Illusionen. Es gab keinen Zweifel, daß auch Johann Wentzel sich verändert hatte. Vor einer Woche hatte ich seine Fotografie in der *Frankfurter Rundschau* gesehen und ihn nicht erkannt. Es war ein völlig fremdes Gesicht. Ein hagerer, alter Mann mit dicker Hornbrille, über die buschige Brauen hinwegschauten. Damals hatte er keine Brille getragen, seine Augen waren scharf, er sah alles, was er sehen wollte. Er war ein untersetzter, dicklicher Kerl, unerhört energisch und beweglich. Die Leute nannten ihn *Bällchen*, weil an ihm allerlei Rundungen waren und er häufig hochsprang, und wenn er schnell über die Lagerstraße ging, schien er auf dem Fußweg zu rollen. Der Kerl, dessen Fotografie ich gesehen hatte, erinnerte keineswegs an ein Bällchen. Eher an einen Holzspan. Oder einen Pflock.

Ich hatte gelesen, er habe die letzten zwanzig Jahre lang ein kleines Transportunternehmen in Hessen geleitet. Er hatte fünf Lastwagen, gelb gestrichen, an den Seiten die blaue Aufschrift *J. Wentzel – Möbeltransport*. Zwanzig Jahre lang setzte er sich täglich in ein verglastes Büro, kontrollierte Rechnungen, Bestellungen, Überweisungen. Er führte Telefongespräche mit seinen Kunden und versicherte ihnen, die Firma Wentzel werde den Möbeltransport sorgfältig, pünktlich und billig durchführen. Er stritt sich mit den Fahrern über die Termine und den Brennstoffverbrauch, diktierte der Sekretärin Briefe und fuhr gegen Abend in seinem Opel wieder nach Hause, in die kleine Villa mit Garten, zu seinem Hund, seinen Blumen, seiner alternden Frau, zu seiner Tochter, die einen vielversprechenden Versicherungsvertreter geheiratet hatte, und den Enkeln, die er sehr liebte. Er mochte Dias, und während seiner Urlaubsreisen nach Spanien oder auf die Azoren machte er viele Aufnahmen; im Winter betrachtete er sie im abgedunkelten Zimmer, er setzte sich bequem im Sessel zurecht, die Hand auf dem Knopf, mit dem er die Dias wechselte. Der Hund lag zu seinen Füßen auf dem Teppich und träumte von langen Spaziergängen über die Spessarthügel. Er aber, Johann Wentzel, dachte sicher an den Tag, da er sich aus dem Unternehmen zurückziehen könnte, da er sich nicht mehr mit Fahrern und Kunden würde zanken müssen, da er ausschlafen würde, alte Dias anschauen und mit dem Fotoapparat über der Schulter durch sonnige, warme Länder reisen.

Die ganzen mehr als zwanzig Jahre hindurch hatte er kein einziges Mal an mich gedacht. Und auch ich hatte kein einziges Mal an ihn gedacht. Wir waren andere Menschen. Menschen ohne Vergangenheit. Als vor einem halben Jahr in seinem Haus zivile Funktionäre der Kriminalpolizei auftauchten, war es ein Frühlingsabend, die Sonne stand noch ziemlich hoch am Himmel und beleuchtete mit sanftem Schein die Spessarthänge. Johann Wentzels Frau kam in das abgedunkelte Zimmer und sagte, Herren von der Polizei seien da. Er war zutiefst überzeugt, es gehe um den Verkehrsunfall eines seiner Fahrzeuge oder um den Streit mit einem Kunden, dem ein Teil seiner Möbel verlorengegangen war. Es konnte ihm gar nicht einfallen, daß diese Männer in den grauen, gut geschnittenen Mänteln und eleganten italienischen Halbschuhen, mit den elektronischen Uhren der Firma Seiko an den Handgelenken, aus einer längst verstorbenen Vergangenheit traten. Als sie ihm sagten, er sei wegen mehrerer Morde angeklagt, die er sich als Untersturmführer in einer ss-Einheit hatte zuschulden kommen lassen, glaubte er, sie scherzten. Er erinnerte sich gar nicht mehr, daß er je Untersturmführer bei der ss gewesen war. Er erinnerte sich an nichts mehr aus jenen Zeiten. Später wiederholte er das vielfach, aber weder die Polizei noch der Staatsanwalt beim Landgericht noch die Presse schenkten seinen Versicherungen Glauben. Die Zeitungen schrieben, er sei ein Schwindler gewesen und geblieben. Dabei sagte er doch die banale Wahrheit. Selbstverständlich erinnerte er sich an nichts mehr! Hätte er sich erinnert, so hätte er nicht über zwanzig Jahre lang das Unternehmen leiten, die Rechnungen prüfen, mit den Kunden feilschen, Briefe diktieren, die Altertümer von Sevilla und Córdoba fotografieren, mit seinem Hund spazierengehen können. Selbstverständlich erinnerte er sich an nichts mehr, so wie ich mich an nichts mehr erinnerte. Wir hätten beide mit dieser Erinnerung nicht leben können. Wir hatten sie totgeschlagen, um uns selbst zu retten. Vielleicht war sie nur manchmal in den Träumen zurückgekehrt, verstümmelt, amputiert, ohne Anfang und Ende wie ein Landschaftsfragment, das man aus dem Fenster eines rasenden Zuges erblickt.

Das Gericht in Frankfurt wollte die ganze Wahrheit erfahren, denn es war ja ein gerechtes und redliches Gericht. Wentzels Prozeß zog sich wochenlang hin, und die Wahrheit lag immer noch nicht offen. Die Zeugen konnten sich, ähnlich dem Angeklagten, an nichts mehr erinnern. Die Richter fragten:

»Behauptet der Zeuge, der Angeklagte Wentzel sei damals dort gewesen?«

Der Zeuge aber zögerte, wich aus, arbeitete sich durch das Dunkel von dreißig Jahren, um schließlich zu antworten:

»Vermutlich ja, Hohes Gericht. Er war wohl da, aber ich kann das nicht mit absoluter Sicherheit bezeugen ...«

Es gab auch Zeugen, die ihre Gefühle nicht zügeln konnten, sie attackierten voller Bitterkeit das Gericht wegen seiner Pedanterie, wegen seiner deutschen Genauigkeit, weil es die Wahrheit immerhin doch eindeutiger Tatsachen erkunden wollte, denn es unterlag doch keinem Zweifel, daß Johann Wentzel Untersturmführer der ss gewesen war und festgelegte Funktionen im Lager erfüllt hatte, folglich bedurfte es nicht des Beweises, daß er im gegebenen Augenblick an einem bestimmten Tag zu einer bestimmten Stunde an dem bezeichneten Ort war und getan hatte, was er viele Male zu verschiedenen Zeiten am Morgen und am Abend, im Frühling und im Herbst getan hatte. Sie waren aber nicht imstande, eine konkrete Frage zu beantworten, die sie im übrigen tief kränkte und verletzte, weil sie zu den Opfern gehörten und über Detailkenntnisse aus dem Bereich der neuesten Geschichte verfügten. Und sie konnten sich mit der Tatsache nicht abfinden, daß dieses Gericht dem Angeklagten einen Mord nachweisen mußte, das heißt die eigenhändige Tötung eines anderen Menschen, und daß die Zugehörigkeit des Angeklagten im Range eines Untersturmführers zu einer ss-Einheit noch nichts bezeugte und noch nichts entschied. Der Staatsanwalt stellte geduldig seine Fragen, er wollte die für ihn so notwendigen Einzelheiten erkunden – die Zeugen aber konnten ihm dabei nicht helfen, weil sie sich nicht mehr erinnerten, weil sie ihre Erinnerung totgeschlagen hatten, um sich selbst zu retten.

Diese Zeit über saß Johann Wentzel auf der Anklagebank und hörte sich die Geschichten von dem fremden Menschen an, der einst ein Mörder aus den Reihen der ss gewesen war. Er wußte, man redete von ihm, doch er erinnerte sich an bestimmte Dinge ähnlich, wie sich die Zeugen erinnerten, daß heißt auf der allgemeinen, historischen Ebene, und vielleicht bemühte er sich sogar, sie in moralischen, ideologischen, politischen Kategorien zu bewerten, doch erinnerte er sich nicht an solche Einzelheiten wie die, wo er gewesen war, was er getan, mit wem er gesprochen, aber auch nicht, wen er geschlagen und wen er totgeschlagen hatte. Gewiß wußte er, daß er verschiedene Leute totgeschlagen hatte, doch konnte er dessen nur in dem Falle sicher sein, wenn er die Schußwaffe gebraucht hatte, und die Schußwaffe hatte er nur auf ausdrücklichen Befehl seiner Vorgesetzten gebraucht, deshalb konnte er das nicht als Mord ansehen, sondern als Ausführung eines Befehls, was stets die erste Pflicht des Soldaten im Kriege ist. Der Gebrauch der Schußwaffe, wenn das überhaupt je vorkam, beanspruchte seine Erinnerung nicht. Er versuchte, sich an andere Fälle zu erinnern, wenn er nämlich einen Menschen mit der Peitsche oder mit den Fäusten geschlagen, mit seinen Nagelstiefeln getreten oder am Hals gepackt und gewürgt hatte. Er versuchte, sich an solche Tatsachen zu erinnern, doch fiel ihm das äußerst schwer, weil es sich um Augenblicke in seinem Leben handelte, die er mit letzter Pedanterie aus seiner Erinnerung getilgt, deren geringste Bruchstücke er vor Jahren weggeräumt hatte, ganz einfach um wie ein gewöhnlicher, normaler Mensch zu leben. Und wenn irgend etwas in seinem Kopf übriggeblieben war, dann Gesten, Blicke, Geräusche, die anzunehmen erlaubten, daß diese geschlagenen, getretenen, malträtierten Menschen noch lebten, als er auf der Lagerallee zu anderen Dienstpflichten davonging. Falls er sich überhaupt an etwas erinnerte, dann mehr an die Bruchstücke von Beweisen dafür, daß er damals niemanden totgeschlagen, und wenn er jemanden geschlagen hatte, dann tue ihm das jetzt außerordentlich leid, und er bedauere es sehr.

Niemand im Gerichtssaal log, und niemand sagte auch die Wahrheit, weil die dort versammelten Menschen ihre Vergangenheit nicht kannten. Sie kannten die Vergangenheit Europas, Deutschlands, Polens oder Hollands, aber ihre eigene Vergangenheit, die totgeschlagen worden war, damit sie sich nie wiederholen konnte, kannten sie nicht.

Johann Wentzel kehrte nach jedem Sitzungstag des Landgerichts in sein Haus zurück und ging abends mit seinem Hund spazieren. Vermutlich schaute er sich keine Dias an, denn er war total erschüttert. Sein Leben als Transportunternehmer war vernichtet. Er war ein alter, hagerer Mann mit Brille, Vater einer erwachsenen, hübschen Frau, Schwiegervater eines energischen Versicherungsvertreters, Großvater zweier netter Jungen, die ihm schreckliche Fragen stellten und Dolche ins Herz stießen.

Johann Wentzels Frau, beleibt und herzkrank, konnte nachts nicht schlafen, sie weinte krampfhaft in die Kissen und beschwor ihren Mann, nach Beendigung des Prozesses, der ja mit einem Freispruch enden mußte, die Firma aufzulösen, das Haus zu verkaufen und ans andere Ende der Welt zu ziehen.

Über das alles berichteten die örtlichen Zeitungen. Sie veröffentlichten auch Fotos von Johann Wentzel, seiner Frau, seinen Enkeln und seinem Hund. Nur der Hund sah heiter aus.

»Ich mache niemandem Vorwürfe«, sagte ich zu Oskar Georg Baaf, »aber ich fühle mich ein bißchen unwohl. Denn er könnte doch hierherkommen.«

»Ich bin so müde«, sagte Frau Baaf. »Und ich habe diese Welt so satt.«

»Die Welt!« sagte Oskar Georg Baaf etwas zu heftig. »Die Welt ist nicht daran schuld.«

»Also Gott«, meinte Frau Baaf versöhnlich.

»Ich bin nicht starrköpfig«, sagte ich, »aber wenn er hierherkäme, befände ich mich in einer ganz außergewöhnlichen Situation. Wir sind zivilisierte Menschen. Früher einmal hat er mich heftig geschlagen. Ich hab's überlebt. Ich habe mich nicht mehr daran erinnert. Erst jetzt, im Zusammenhang mit diesem Prozeß erinnere ich mich wieder. Natürlich ohne Einzelheiten. Mehr an die Kontur des Geschehens. Ich könnte nicht sagen, wann das passiert ist und unter welchen Umständen. Es war Winter, ein Frosttag, stark bewölkt. Im Lager brannten die Lampen. Es kann am frühen Morgen geschehen sein oder in der Abenddämmerung. Er muß sich daran nicht erinnern. Ich habe jetzt den Eindruck, als hätte er, als er mich schlug, laut etwas geschrien. Aber vielleicht habe ich geschrien. Als ich zu Boden fiel, ging er fort. Damit endete es. Bitte glauben Sie mir, das quält mich gar nicht mehr. Wenn ich Unruhe empfinde, dann nur bei dem Gedanken, wie ich mich ihm gegenüber verhalten soll, falls er jetzt hier einträte.«

»Als ob es ihn überhaupt nicht gäbe«, sagte Frau Baaf.

1979

Einschiffung zu den Inseln der Seligen

Als er eintrat, saß ich am Fenster und blickte hinaus auf die Grünanlage. Dort wachsen verwilderte Sträucher und dazwischen dunkle, fast dunkelblaue Thujen. Das Ganze sieht aus wie ein kleiner, verlassener Friedhof mitten in der Stadt.

Er trat ein und sagte zu der Sekretärin, er sei angemeldet. Sie schaute in den Terminkalender für Besucher und nickte. Dann sagte sie zu mir, ich würde wohl warten müssen, dieser Herr sei tatsächlich seit langem angemeldet. »Einverstanden«, antwortete ich. Erstens hatte ich Zeit, sogar allzuviel Zeit, und zweitens wußte ich, daß ich mich hier in einer besonderen Situation befand, warum also vorgreifen, ehe sich die Tür zum Arbeitszimmer auftat. Der Mann war klein, dick, kahlköpfig und verschwitzt. Er setzte sich schwer auf einen Stuhl und wischte sich die feuchte Stirn. Dann warf er einen Blick zum Fenster hinüber und starrte von nun an auf die verwilderten Sträucher und Thujen. Sein Gesicht zeigte einen Ausdruck von Melancholie und Gedankenlosigkeit wie bei jemandem, der aus einem unangenehmen Traum erwacht ist.

Ich zündete mir eine Zigarette an, betrachtete sorgfältig meine Schuhspitzen, betrachtete das Teppichmuster, betrachtete das Bild an der Wand, das eine bukolische Landschaft darstellte, betrachtete den Kronleuchter. Ich drückte die Zigarette aus. Die Sekretärin sah Papiere durch. Sie war dick, trug ein himbeerrotes Tuch mit Fransen um die Schultern und dachte bestimmt die ganze Zeit über, daß sie bald in Rente gehen würde. Ich kannte sie seit einigen Jahren. Sie hatte mir manchmal von ihrem Enkel erzählt, der sich in ihren Geschichten veränderte und heranwuchs, zunächst kroch er auf allen Vieren, dann ging er aufrecht, schließlich sprach er eigenartige, sinnlose Wörter, die diese Frau in Euphorie versetzten, am Ende begann er, Sätze zu bilden. Bis zu diesem Punkt waren wir beide gelangt, die Sekretärin und ich, als jener Mann eintrat. Wir hatten drei, vielleicht sogar vier Jahre auf ihn gewartet. Jetzt war er da. Er saß und starrte auf das Rechteck des Fensters, immer noch wie gerade aufgewacht.

Wieder zündete ich mir eine Zigarette an. Ich hatte viel Zeit. Ich war groß, dunkel, schwer, ich wog hundert Kilo und schnaufte leicht beim Treppensteigen, ich trug Anzüge mit Westen, als wäre ich zwanzig Jahre älter, ich rauchte viel, trank viel, fickte viele Dirnen und hatte viel Zeit. Ich zündete mir eine Zigarette an und dachte, für mich sei alles vorbei. Alles, was ich je begonnen hatte, war bereits auf gründliche und zufriedenstellende Weise beendet. Ich hatte keinen Grund zu klagen. Ich hatte mich zurechtgefunden. Gut und gründlich zurechtgefunden. Jetzt hatte ich Zeit, ich konnte hier sitzen, Zigaretten rauchen und denken, daß ich alles Erreichbare erreicht hätte.

Ich hob die Augen und begegnete dem Blick jenes Kerls. Er machte nicht den Eindruck eines Menschen, der bereits alles erreicht hat. Er blickte zu mir herüber durch eine ölige Emulsion von Müdigkeit, Resignation und Leiden, doch irgendwo in der Tiefe seiner dunklen, ein wenig vorstehenden Augen bemerkte ich ein winziges Fünkchen. Aber es war nicht das Fünkchen der Hoffnung.

Er gefiel mir nicht. Er war dick, kahlköpfig und verschwitzt. Seine Füße wirkten knabenhaft klein, die Hände mollig. Aus Ohren und Nase schauten Haarbüschel. Am linken Handgelenk prangte eine wertvolle, goldene Uhr. Sein brauner Anzug war vorzüglich geschnitten, er trug ein weißes Oberhemd und eine gemusterte Krawatte, alles elegant und vertrauenerweckend. Doch er selbst war nicht elegant und weckte kein Vertrauen.

Ich drückte die Zigarette aus. Die schöne Danziger Wanduhr tickte über unseren Köpfen. Stille herrschte, nur die Sekretärin raschelte mit Papieren. Ihr Enkel sagte schon seit einiger Zeit deutlich: »Oma, ich muß Pipi.« Das war wirklich ermutigend. Die Menschen reiften heran. Ein bewußter Staatsbürger mehr!

Die bukolische Landschaft im dunklen Rahmen stellte eine Mühle am Bach dar, eine Kuh und einen Hirten mit breitem Hut. Der Himmel auf dem kleinen Bild war bewölkt, im Hintergrund sah man auf einem Hügel ein Türmchen. Dort befand sich das Schloß, in dem der Besitzer der Mühle, des Bachs, der Kuh und des Hirten wohnte.

Ich dachte: ich bin über vierzig, ich sollte abnehmen, ich habe viel erreicht im Leben, ich spüre weder Erschöpfung noch Befriedigung, Freude, Traurigkeit, Unruhe oder Linderung. Ich dachte: überhaupt spüre ich wenig, doch Hitze empfinde ich, manchmal auch ein unangenehmes Ziehen in der Magengegend, aber dann stecke ich mir etwas in den Mund, und das vergeht, oder ich dusche zum Beispiel kalt. Ich dachte: man kann mir nichts wegnehmen. Und geben auch nicht viel. Stellt man mir das Wasser ab, muß ich höchstens im Fluß baden. Den Fluß wird man nicht trocken legen, so weit reicht ihre Bosheit nicht.

Ich blickte zum Fenster hinüber und sah, daß ein leichter Wind die Spitzen der Thujen bewegte. Zuvor hatte es keinen Wind gegeben, nur trockene und heiße Luft, überall stank es nach erhitztem Asphalt, Autoabgasen und angebranntem Bratfett. Jetzt kam ein leichter Wind auf, die Thujen bogen sich elastisch, ein Zeitungsfetzen erhob sich vom Fußweg und sank lautlos zu Boden. Da hatte man diese Nacht etwas gedruckt, gestern hatte jemand mit Gefühl geschrieben, wir sollten solidarisch und wachsam sein, oder etwas Ähnliches, heute las das jemand, warf es dann auf den Fußweg, und jetzt spielte der Wind damit.

Eigentlich nichts Neues, dachte ich, eigentlich geschieht das immer so. Kein Grund zur Panik, weder zur Verzweiflung noch zur Hoffnung. So schlecht ist das Leben nicht, man kann Überraschungen voraussehen, man muß sich nur entsprechend einstellen.

Ich zündete mir eine Zigarette an. Die Zeit verging. In der Zeit war ich nicht gut. Gut war ich beim Essen, im Bett, im Gespräch, aber in der Zeit weniger. Sie machte mich ein bißchen verlegen, ich kam mit ihr nicht zurecht. Immer kam ich zu früh oder ein paar Jahre zu spät. Das war nicht gut. Und das tat mir im Grunde weh, weil ich das Gefühl nicht los wurde, ich sei eigentlich mißraten, verpfuscht wie ein Buckliger oder Schieler. Alles an mir war gut, ich hätte fast gesagt vorzüglich. Nur war ich nicht in der Zeit, wie sich's gehört.

Wieder blickte ich auf das Bild, und mir schoß der Gedanke durch den Kopf, dort passe ich besser hin. Mühle, Bach, Hirte – und im Hintergrund ein guter Herr. Dort passe ich besser hin, weil es eine andere Zeit wäre. Es kam mir vor, als hätte die Zeit den Menschen früher nicht weh getan. Sie änderten sich schneller als die Zeit, und deshalb empfanden sie diese Änderungen nicht. Es war ein Dauern. Das ganze Leben war ein Dauern in derselben Zeit, die sich nicht änderte. Mir aber ging es anders, weil ich nämlich an der Geschichte teilnahm. Welche Sünde hatte ich auf mich geladen, daß Gott mich mit dieser Geschichte strafte? Die anderen hatten auch irgendwann einmal gesündigt, und sie waren doch neben ihr, außerhalb von ihr, sie wußten nichts von ihrer Existenz – und so war es besser. Später hatte diese Hure sich unter die Menschen geschlichen, und alles war kaputtgegangen.

Die Tür zum Arbeitszimmer öffnete sich, und Franio stand auf der Schwelle. Quadratisch, krummbeinig, mit dem schönen Gesicht eines römischen Senators. Er war wirklich eine Laune der Natur. Auf den Beinen eines Jokkeys hatte sie den Rumpf eines Pferdeknechts befestigt und auf diesen Rumpf einen römischen Kopf gesetzt. Ein schön gedrechselter Kopf, völlig kahl und golden, was die Farbe anging. Der herrliche Kopf eines Kaisers.

Franio hielt eine Zigarette zwischen seinen schmalen Lippen, und seine Augen betrachteten uns mit freundschaftlicher Sanftmut. Ich stand auf, der andere auch. Franio sagte:

»Servus!«

Der andere verbeugte sich, ich nicht. Das hatte ich schon hinter mir. Franio sagte warmherzig:

»Kommt, Jungens . . .«

In seiner Jugend war er einst Boxer gewesen in einer mäßigen Riege, die nie irgendeine Trophäe gewann, aber für den Rest des Lebens seine Liebe eroberte. In dieser Riege hatte er den Ganovenslang gelernt und bediente sich seiner jetzt gelegentlich, denn das bezeugte Kontakt mit dem Volke; zudem fühlte er sich dann für ein Weilchen so frei wie mit achtzehn Jahren.

Als er mit einer einladenden Geste sagte, wir sollten eintreten, erschrak der andere ein wenig. Ich wußte, es würde so kommen, weil ich keinen Augenblick lang glaubte, Franio würde mich warten lassen. Ich war Franios kranke Liebe, seine kranke Sehnsucht. Was Franio auch immer mit der Vergangenheit verband, hatte er in mir angesiedelt wie in dem lebendigen Symbol des besseren Teils seiner eigenen Biographie. In Wahrheit kannten wir uns kaum ein paar Jahre, doch nahm er diese Wahrheit nicht zur Kenntnis. Manchmal machte er den Eindruck eines Menschen, der Erinnerung und Wirklichkeitsgefühl verloren hat. Ganze Abende lang sprach er mit mir über Leute und Angelegenheiten, die ich nicht kannte und kennen konnte, weil diese Leute zu seiner Jugend gehörten, als ich noch gar nicht auf der Welt war, und diese Angelegenheiten zu einer Zeit, an einem Ort und in fremden, weit zurückliegenden und für mich gänzlich unrealen Situationen spielten. Aber er sprach von alledem ganz natürlich, er berief sich auf Personen, die seiner Vorstellung nach unsere gemeinsamen Freunde sein sollten, oder er erwähnte Ereignisse, an denen wir angeblich beide teilgenommen hatten. Selbstverständlich wußte er, daß es Phantasie war, denn er gehörte zu den bewußtesten Leuten, denen ich im Leben begegnet bin. Doch sein Wunsch nach meiner Mitwirkung und meinem Zeugnis war stärker als die Wirklichkeit. Es gab niemanden mehr, der bestimmte Tatsachen und Ansichten bestätigen konnte. Das heißt nicht, die Zeugen seien gestorben. Das heißt nur, sie hatten auf alle Fälle vergessen, er aber wollte auf alle Fälle ihr Zeugnis nicht anrufen. Vielleicht gerade darum, weil ich zwanzig Jahre jünger war, weil ich nichts hatte vergessen können, denn ich erinnerte mich an nichts, war ich der geeignetste Zeuge, der wahrhaftigste Zeuge, der unerschütterlichste Zeuge. Ich kannte wie viele andere Franios Legende, aber ich kannte seine Biographie überhaupt nicht. Diese Legende war schön und rein wie alle Legenden. Sie konnte nicht aus der Luft gegriffen sein. Es mußte in seiner Vergangenheit etwas geben, womit er sie verdient hatte. Doch die Zeiten hatten sich geändert, er hatte sich geändert, und nach all den Jahren war nichts geblieben, was ihn mit der Vergangenheit verbinden konnte. Und Franio befand sich nun in einem dunklen Raum, in dem er tastend nach Streichhölzern suchte.

Gerade damals begegneten wir uns zufällig, wie das Leben so spielt. Meine fernste Vergangenheit, meine Kindheit und Jugend verbrachte ich zu Zeiten, in denen er redlich für seine Legende wirkte. Als kleiner Junge hörte ich zwei- oder dreimal seinen mit Anerkennung und Hochachtung von Erwachsenen ausgesprochenen Namen. Die Leute änderten später ihre Ansicht zu diesem Thema. Jetzt aber war ich erwachsen, und sie waren Greise. Sie wollten nicht mit ihm reden, während ich nichts dagegen hatte. Ich habe immer mit jedem gesprochen, der mir über den Weg lief, ein Gespräch ist noch keine Übereinstimmung. Als Franio jung, edel und heroisch war, kannte ich ihn nicht. Als er zum Schurken wurde, kannte ich ihn auch nicht. Der Zufall brachte mich mit ihm in einer Zeit zusammen, zu der er bereits ein komplettes Schwein war, ich aber noch nicht. Er mindestens hegte diese Hoffnung. Er machte aus mir einen Steg, um in eine bessere Welt zu gelangen, die auf dem von allen verlassenen und vergessenen Ufer lag. Ich war noch nicht so morsch, daß ich unter seinem Gewicht eingebrochen wäre. Er kroch auf dem anderen Ufer herum, rief mir etwas zu, ich sah ihn damals undeutlich, diesen kahlen, goldenen Kopf auf dem Rumpf eines Pferdeknechts mit Jockeybeinen, ich sah, wie er sich entfernte und näherte, wie er Reden hielt und versunken schwieg, wie er mit den Geistern der Menschen sprach, die er verraten, und mit den Gespenstern der Ideen, die er zur Vernichtung bestimmt hatte. Dann aber war er mitten unter ihnen und versuchte sich einzureden, er habe niemanden verraten und nichts verleugnet. Und wenn er zurückkam auf dieses reale, lärmerfüllte Ufer voller Geschrei und Geflüster, fand er in mir einen Zeugen, der – falls er wollte – bestätigen konnte, daß Franios Seele rein sei. Nie habe ich das bestätigt, aber er hat mich auch nie darum gebeten. Ihm genügte meine Anwesenheit. Im Grunde gewann er mich gerade dadurch für seine Launen. Er verlangte gar kein Zeugnis. Ich hatte das Recht zu schweigen. Doch meine Anwesenheit allein war für ihn von Bedeutung. Etwas wie ein Fallschirm oder das Sicherheitsnetz der Akrobaten am Trapez. Im Grunde war er ein ordentlicher Mensch. Er wollte weder Gemeinheiten noch Niederträchtigkeiten. In meiner Gegenwart spürte er die Nähe des besseren, abgestorbenen Teils seiner eigenen Existenz. Und das mäßigte ihn. Es genügte, daß ich in der Nähe war, und schon verlor er seine Aggressivität, Rücksichtslosigkeit und Grobheit. Er sprach bedächtiger, er versüßte seine Entscheidungen mit einem gewissen persönlichen Charme, ja er konnte sogar auf sie verzichten, wenn sie allzu ungerecht waren. Allmählich wurde ich sein Schutzengel, in meinen Augen suchte er Billigung für jeden Schritt und jedes Wort. Ich war für ihn unentbehrlich und wußte das. Mußte ich ihn denn nicht lieben? Aber weil ich ihn liebgewonnen hatte, mit dieser Prise Abscheu, Demütigung und Überdruß, wie sie gewöhnlich ein Gefühl begleiten, das wir lediglich zu erwidern bemüht sind – war ich weder zu grausam noch zu anspruchsvoll. Im Grunde flehte er mich immer an um Erbarmen, Rechtfertigung und Segen.

Seine Schwäche erfüllte mich mit Mitgefühl. Ich übernahm die Pflicht der Rechtfertigung und erteilte ihm den Segen angesichts von Angelegenheiten, die ich für unwürdig hielt. Auf diese Weise wurde ich zum Gefährten seiner Gemeinheiten. Doch waren es nicht meine Gemeinheiten, also haftete ich jeden Tag stärker und enger an seiner Person, denn das gab mir die Gewähr meiner eigenen Unschuld. Ich war so rein und ordentlich, daß mir die Tugend zum Hals herauskam und ich kotzte wie nach einer Trinkerei.

Wir betraten sein Arbeitszimmer. Voran ging der dicke Kahlkopf, hinter ihm Franio, am Schluß Franios vollgekotztes Gewissen. Das Arbeitszimmer versank in Sonne. Die Fenster waren halb geöffnet, ein warmer Windhauch blähte die Gardinen und wehte Stäubchen von den Büchern in dem Regal, das eine ganze Wandlänge einnahm.

Wie alle seine Kumpane liebte Franio den Prunk. Sein Arbeitszimmer war deshalb riesengroß, kirschrot und golden, voller Beschläge, Politur und Bronzeleuchter, deren Kerzen nie entzündet wurden. Franio glaubte, der Raum sei würdig und vertrauenerweckend wie eine viktorianische Bank. Ich korrigierte seinen Fehler nicht. Auf mich machte dieses Arbeitszimmer stets einen recht seltsamen Eindruck, als hätte sich hier die Erfindungsgabe eines gerissenen Gastwirts verkörpert, der auf diese Weise begüterte Kunden und teure Huren anlockt. Den Charakter einer luxuriösen Kneipe unterstrichen die Flaschen zwischen den Büchern im Regal. Franio hatte westlichen Schick, er verachtete den Schnaps und trank von frühmorgens an Gin-Tonic oder Whisky. Man muß schon zugeben, er bewirtete auch seine Gäste und liebte es sogar sehr, wenn sie ihn in angeheiterter Stimmung verließen.

Der dicke Kahlkopf hieß Fiszel und war Direktor eines

Unternehmens, das Franios Aufsicht unterstand. Jetzt war Fiszel am Ende, seine Zeit abgelaufen, er war direkt vom Direktorensessel auf ein jüdisches Golgatha hinuntergefallen. Und er hatte gewisse Anpassungsschwierigkeiten – vorsichtig gesagt.

Zu seinen Gunsten muß man aber hinzufügen, daß er die ganze Zeit über schlichte Worte gebraucht, die Fakten beim Namen genannt und abstrakte Begriffe vermieden hatte. Ein unbeteiligter Beobachter hätte ihn für einen Einfaltspinsel halten können, und gewiß war dieser Fiszel ein Einfaltspinsel, in einer besonderen Situation jedoch stieg er zu höheren Ebenen auf. Dieser Grobian durchlebte immerhin eine Tragödie, ein anderer an seiner Stelle hätte uns mit großen Worten irregeführt, aber er hielt sich an das Konkrete, was wiederum Franio ein wenig ratlos machte, weil er mit den Glasperlen seiner Ideen und Weltanschauungen nicht glitzern konnte.

So saß in diesem Arbeitszimmer ein alter, gehetzter Jude – und man konnte nichts dagegen tun. Kein Dajan konnte Franio retten, keine Golda Meir streckte ihre befreienden imperialistischen Krallen vor, um ihn herauszuholen. Fiszel legte seine Papiere auf den Tisch und fuhr mit dickem, kurzem Finger von Posten zu Posten.

»Also, sie beanstanden zum Beispiel zwei Schreibmaschinen«, sagte er und stotterte leicht. »Sie haben gesagt, eine genügt. Ich habe Rechnungen für beide Maschinen, es sind meine Maschinen, ich habe mein Geld ehrlich verdient, darf man denn nicht zwei Schreibmaschinen kaufen?«

»Das ist kein Argument«, unterbrach ihn Franio. »Es gibt Vorschriften.«

»Was für Vorschriften! Gibt es Vorschriften darüber,

wieviel Gegenstände des persönlichen Bedarfs ein alter Kommunist jüdischer Herkunft ausführen darf?«

»Was hat das damit zu tun?« fragte Franio und warf einen Blick auf die Thujaspitzen.

»Es hat etwas damit zu tun«, sagte Fiszel. »Nicht sehr viel, aber etwas doch.«

Da nickte ich. Eigentlich ohne spezielle Absicht, mehr um zu betonen, daß dieser Fiszel keineswegs ein dummer Jude sei. Nicht daß er im allgemeinen recht hatte, in diesem Einzelfall aber wohl doch, immerhin hatte er mehrere Jahre lang in den Gefängnissen der Sanacja gesessen. Er war in Abteilen dritter Klasse bis in entlegene Winkel gefahren, vollgestopft mit illegalen Flugblättern wie ein gefüllter jüdischer Fisch, das Leben hatte ihn gut durchgerüttelt auf den Irrwegen der Freiheit, Gleichheit, Brüderlichkeit, und nun wühlten sie zum Schluß in seinen Unterhosen und Socken, damit er das Golderz seiner Erfahrungen nicht aus Polen exportierte. Er hatte ein besseres Los verdient, zum Beispiel einen kleinen Galanteriewarenladen mit einem abgewetzten Sessel an der Kasse, mit der Viertelstunde ungestörter Stille direkt vor Sonnenuntergang, wenn der Mensch die tagsüber eingenommenen Kupfergroschen zählt, sich vor dem Laden auf ein Stühlchen setzt, den pinkelnden Hund auf der anderen Straßenseite betrachtet, die Dirne, die im Halbdunkel des Torwegs ihr Strumpfband richtet, die Hökerin, die ihren Korb Obst hochhebt und zum Schlagbaum strebt, um noch vor der Nacht ihre Kate zu erreichen – in dieser ungestörten Stille, unter der Glocke des langsam dunkelnden Himmels, satt an Welt, Menschen und Gegenständen, die eigene Erschöpfung genießt. Vielleicht hatte er sogar etwas mehr verdient, bestimmt aber nicht das, was ihm gegeben wurde in all den Jahren, da er mit eiserner Hand das Unternehmen führte, die Menschen wie Streichhölzer zerbrach, zum elenden Schuft wurde, um am Ende ratlos vor einem ausgeweideten Koffer zu stehen und vor den Kerlen, die in der Rolle von Zollfunktionären auftraten, nicht begangene Sünden zu beichten.

»Ihr kennt mich«, sagte Fiszel zu Franio. »Ich beschwere mich ja nicht, ich sage einfach nur, daß mir das nicht gefällt...«

»Gefällt es denn mir?« fragte Franio und trank einen Schluck aus dem schlanken Gläschen. »Das ist alles gar nicht heiter. Laßt mich in Ruhe, Jungens...«

Fiszel wußte nicht, was er davon halten sollte. Immerhin ging es ihm um eine Schreibmaschine, eine Waschmaschine, ein zusammenlegbares Fahrrad und andere beanstandete Gegenstände, die diese Kerle wegen der Bestimmungen über Umsiedlerhabe nicht abfertigen wollten.

»Das ist doch Umsiedlerhabe«, sagte Fiszel. »Vom Himmel ist das nicht gefallen. Ich habe für alles Rechnungen, nie habe ich eine Rechnung weggeworfen, ich hatte im Schreibtisch eine extra Schublade für alle Kassenzettel und Belege, jeden Knopf kann ich dokumentieren. Wenn ein Mensch früher mal arm war, hat er gelernt zu rechnen. Ich habe meine Ausgaben immer aufgeschrieben, bei mir herrscht Ordnung.«

»Die sprichwörtliche Ordnung«, warf Franio ein. »Bei Euch hat alles funktioniert. Nur konnten die Leute es mit Euch nicht aushalten. Ich habe hier eine ganze Mappe über Euch. O Gott, o Gott, was für ein Lesestoff!«

»Davon weiß ich nichts«, sagte Fiszel.

»Ihr müßt auch nichts davon wissen«, sagte Franio. »Das hat mit der Sache überhaupt nichts zu tun.«

Stimmt. Das hatte mit der Sache überhaupt nichts zu tun.

Fiszels gesamte Vergangenheit hatte mit der Sache nichts zu tun, außer mit dem Problem seiner Empfängnis irgendwo in einer Kleinstadt Galiziens oder des Königreichs Polen, unter dem Zepter des Kaisers oder des Zaren, in einer dunklen Stube hinter dem kleinen Laden, im Geruch von Speiseöl, Zwiebeln, Hühnermist und Rost – natürlich falls sein Vater sich mit dem Eisenwaren- oder Geflügelhandel befaßte –, in der Stille einer kalten oder heißen Nacht, als die Sterne matt am Himmel schimmerten und irgendwo in fernen Gehöften das Vieh, vom Pfiff einer Lokomotive aufgescheucht, laut brüllte.

So ist es. Fiszels gesamte Vergangenheit hatte mit der Sache nichts zu tun, außer dem einen Augenblick freudiger Erregung, der zwei Menschen vereint hatte, einen bärtigen, schwarzäugigen Grossisten oder Ladenbesitzer, Vieh- oder Holzhändler und eine Frau namens Sara, damals vielleicht noch schlank wie eine Zeder, zitternd wie ein Mimosenstrauch, duftend wie eine Narzisse, aber vielleicht auch schon ziemlich erschöpft von den Begierden ihres Mannes, schläfrig aufblickend zur Zimmerdecke, wo sich flüchtige Schatten bewegten.

Es hatte nichts mit der Sache zu tun, daß Fiszel ein gemeiner Vorgesetzter war, der sich auf seinem Direktorensessel vorbeugte wie der Stier bei der Corrida, die Stirn in Falten, das Auge blutunterlaufen und in der Kehle ein dröhnendes Gebrüll. Sicher hatte er den Menschen Flüche entgegengeschleudert, die saftigsten der arischen Flüche, deren er sich zu bedienen beliebte und die er im Mund hin- und herdrehte wie eine exotische Frucht, ehe er sie dem entsetzten Menschen direkt ins Gesicht spuckte. Es hatte nichts mit der Sache zu tun, daß Fiszel über die Angewohnheit verfügte, fast auf allen vieren in die Arbeitszimmer seiner Vorgesetzten zu kriechen, daß er sich in den Ministerien nur mit einer Pobacke auf die Stühle setzte und stets wie ein aufgescheuchter Vogel wirkte, den mitten in der Nacht eine Lampe anstrahlt. Fiszels kahler, schwerer Kopf bewegte sich dann gleichmäßig und zustimmend. Und seine dikken, molligen Hände, die reglos auf seinen dicken, von den Hosenbeinen eng umspannten Schenkeln lagen, schwitzten leicht, was Fiszels Herz sicherlich mit Wonne erfüllte, denn er liebte die eigene Demütigung, weil er daraus die Kraft schöpfte, andere zu demütigen.

Und es hatte nichts mit der Sache zu tun, daß Fiszel einst für Ideen litt, die in seinem jungen Herzen entbrannt waren. Er lebte in einer Welt der Demütigung, Häßlichkeit und Armut, aber er kämpfte für eine bessere, gerechtere und schönere Welt, in der alle glücklich sein würden, zwar nach einer einzigen Schablone und notfalls unter Zwang, aber doch allem zum Trotz glücklich, denn er und andere, gleich ihm enteignete, verfolgte und arme Menschen würden eine große Anstrengung unternehmen, und aus dieser Anstrengung würde wie die Venus aus dem Meeresschaum eine neue Epoche emportauchen.

Nichts davon hatte mit der Sache zu tun, und darum hatte Franio recht. Fiszel starb, Fiszel wurde geboren. Die Denunziationen seiner Mitarbeiter lagen jetzt in Franios Schublade wie in einem Sarg. Der Zusammenhang, der sie mit Fiszels Biographie verband, war endgültig unterbrochen, weil es keine Biographie Fiszels mehr gab.

»Ich rufe an«, sagte Franio, »ich habe dich immer gemocht, Fiszel. Ich rufe an, hol's der Teufel... Es ist mir verdammt unangenehm. Aber was hilft's?«

Mit seinen Augen von der Farbe des Maihimmels blickte er Fiszel ins Gesicht. Er hatte märchenhafte Augenbrauen wie ein echter Staatsmann. Seine dunklen, breiten Hände lagen auf der Glasplatte des Schreibtisches. Das kleine Segel der Gardine blähte sich leicht, und ich spürte, wie wir drei uns zu den Inseln der Seligen einschifften. Doch Fiszel spürte das nicht, denn er klopfte wieder mit dem Finger auf die Zollerklärung und sagte etwas von einem dreitürigen Schrank mit Spiegel. Er war schon ein hartnäckiger Itzig. Franio nickte. Er erklärte entschieden, er würde seinen Einfluß nutzen, auch im Fall des Schranks. Überhaupt, Fiszel soll guten Mutes sein. Wir leben in einem Rechtsstaat, wir sind tolerant, unsere Einsicht ist die Konsequenz des historischen Rechts.

Was er weiter sagte, weiß ich nicht mehr, ich hörte nicht mehr zu. Auch Fiszel hörte nicht mehr zu. Sein praktischer Verstand war mit der Zukunft beschäftigt. Sein Gesicht wurde sanft, vielleicht nahm sogar ein Anflug von Vergeistigung darauf Platz. Er sah sich jetzt irgendwo in Uppsala oder Düsseldorf in einem weißen, gestärkten Kittel, unter einer vom Wind leicht geblähten gelben Markise mit geschickten Händen warme Hamburger oder Hot dogs zubereiten, Brötchen in Pergamin wickeln, eine Wurst mit etwas Ketchup dekorieren und sie dann lächelnd einem türkischen Gastarbeiter reichen. Und das auf einer viel begangenen Straße, bei schönem Wetter und unter einem Himmel, an dem reglos weiße Wölkchen hängen. Genau dort, in einem solchen geschäftigen Augenblick, wenn Fiszels Hände sich unablässig bewegen, sein Geist aber weit entfernt von allen Hinterhalten der Geschichte ausruht, wird sein jüdisches Herz den Bund mit seiner Bestimmung schließen.

Franio verstummte plötzlich und beschäftigte sich mit dem Alkohol. Im Grunde war er ein mutiger Mensch, und seine Seele bewies die Verwegenheit des Empörers. Immerhin trank er mit Fiszel Whisky in seinem Arbeitszimmer, ohne auf die Gefahr zu achten, die über ihm schwebte. Die verwilderten Sträucher der Grünanlage waren nicht fern, die Fenster halb geöffnet, die Fensterbretter ziemlich niedrig. Und dennoch sagte Franio:

»Hol's der Teufel, auf Eure Gesundheit, Fiszel!«

Fiszel redete sich nicht heraus, er trank einen Schluck Whisky, hüstelte und wischte sich die Lippen mit dem Handrücken wie ein Kutscher zu Zeiten seiner galizischen Kindheit. Dann erhob sich Franio aus seinem Sessel, ging auf Fiszel zu, faßte ihn bei den Schultern und drückte ihn an die Brust.

»Ach, Fiszel!« murmelte Franio. »Daß wir das erleben...«

Er war gerührt. Fiszel nicht. Sein Herz war schon lange eingetrocknet wie ein Holzspan. Er hatte viele Niederlagen, Bitterkeiten und Demütigungen erfahren. Und er hatte keine eigene Legende außer der vierzigjährigen Wanderung durch die Wüste und Moses' Plauderei mit dem Herrgott. Darum erwiderte er zwar die Umarmung und sagte, er habe Franio immer geschätzt, doch seine Augen waren wieder schläfrig wie zuvor im Sekretariat.

Als er hinausgegangen war, ließ sich Franio schwer hinter seinen Schreibtisch nieder. Wir schwiegen lange. Er trank den Whisky aus und goß sein Glas wieder halbvoll. Der leichte Wind streifte die Thujaspitzen und drang dann, den Geruch des Straßenstaubs mit sich bringend, sanft in das Arbeitszimmer. Irgendwo sehr weit weg ertönte das Geheul eines Rettungswagens. Im Arbeitszimmer aber gluckerte wieder der Whisky in Franios Glas.

»Wen rufst du in dieser Sache an?« fragte ich leise.

Er warf mir einen ehrlich verwunderten Blick zu.

»Ich werde niemanden anrufen«, sagte er und hob die Schultern. Ich war davon nicht begeistert, und Franio wandte heftig den Kopf zum Fenster.

»Du hättest es nicht versprechen sollen«, sagte ich.

»Warum nicht?« entgegnete Franio. »Fiszel hat es ohnehin nicht geglaubt. Er kennt diese Mechanismen gut. Und ich und er und du, wir hier wissen alle, daß man ihm nicht helfen kann. Er muß da hindurch.«

»Du hättest es nicht versprechen sollen«, wiederholte ich träge.

»O Gott!« sagte Franio etwas ungeduldig. »Verstehst du wirklich die einfachsten Dinge nicht? Das waren Wörter. Die leben für sich. Und haben ihre Bedeutung. Sie ändern die Tatsachen nicht, ändern aber die Atmosphäre. Fiszel weiß, daß ich niemanden anrufen werde, ja selbst wenn ich anriefe, doch nichts ändern könnte. Aber er hat auf diese Wörter gewartet. Er ist gekommen, um sie zu hören. Er war ein ordentlicher Kerl. Solchen Leuten darf man nicht absagen ... Klar?«

»Klar«, entgegnete ich und zündete mir eine Zigarette an.

1976

Der Kaiser

I

Über sein Leben weiß ich wenig. Als wäre er, von einem entlegenen Planeten kommend, plötzlich neben mir aufgetaucht und nach Jahren wieder dorthin zurückgekehrt. Seine Anwesenheit schuf rund um mich einen hellen, erstaunlich ausdrucksvollen Lichtstreifen, aber nur einen Streifen. Er selbst blieb bis zum Schluß unerkannt.

Wenn ich jetzt auf unsere gemeinsamen Anfänge zurückgreife und mich bemühe, unsere Beziehungen zu ordnen, finde ich deutliche Spuren, starke Fäden, Schnittpunkte, vermag aber nicht, sein ganzes Leben zu erfassen.

Alles, was ich von ihm weiß, stellt sich als Annäherung, Vergrößerung, Momentaufnahme heraus, die einen Augenblick festhält, den gesamten Rest aber um so mehr verdunkelt, rätselhaft und unbegreiflich macht. Ich weiß nicht, wann ich ihn zum ersten Mal erblickt habe. Er war's, der mich damals erblickt hat, sicher wurde sein Herz von einer so tiefen Rührung und Glückseligkeit überschwemmt, wie sie meinem Herzen bei seinem Anblick nie widerfuhr. Was mich betrifft, erinnere ich mich an seinen Schaukelstuhl, ein damals beliebtes Herrenzimmer-Möbelstück, in das er sich vor dem Hintergrund der schmalen, verzierten, von aprikosenfarbenen Portieren umrahmten Fenster zu setzen pflegte. Auf dem dunklen Korridor stehend, hörte ich mit unruhig und ängstlich schlagendem

Herzen durch die Tür das zarte Knirschen des Schaukelstuhls. Ich klopfte leise an, dann gebot mir seine Stimme, das Arbeitszimmer zu betreten.

Damals war er ein großer, starker Mann. Er trug dunkle Anzüge mit Westen, dezente Krawatten und elegante Halbschuhe. Auch trug er eine goldene Uhr mit Kette und daran winzige Schlüssel und Berlocken, die ich für magische Gegenstände hielt. Später änderte sich das natürlich! Er setzte sich gewöhnlich auf diesen Stuhl und schaukelte gleichmäßig, vor und zurück, den Kopf ein wenig nach hinten geneigt, die Ellbogen auf die Lehnen gestützt, ein Bein über das andere geschlagen. Mir kam er dann sehr schön und sehr mächtig vor. Und gewiß war er das wirklich.

Wir sprachen nicht viel miteinander. Von seinen eigenen Dingen beansprucht, widmete er mir wenig Zeit. Er führte ein sehr tätiges Leben. Ich sah ihn recht selten. Andere hatten in dieser Hinsicht mehr Glück...

Ich weiß nicht, wo er geboren ist, ich weiß nur, es war ein abgelegenes, gottverlassenes Dorf irgendwo im Gouvernement Petrikau. Sein Vater war ein Mann von zartem Körperbau, dürr wie ein Scheit Holz, emsig und überaus fröhlich. Es nimmt schon Wunder, daß solchen anämischen Lenden ein Riese entsprossen ist. Erstaunlich, daß dieser muntere, liebenswürdige, stets zur Unterhaltung und zu Späßen aufgelegte, wie ein Frühlingsmorgen heitere alte Mensch – einen schweren, ernsthaften Mann gezeugt hatte, der seine Wörter sorgsam abwog, sich durch Nachdenklichkeit auszeichnete und in seinen Augen gewöhnlich ein Wölkchen böser Vorahnungen trug.

Sein Vater hatte viel Zeit für mich. Im Winter unternahmen wir lange Spaziergänge. Ich in Pumphosen und warmen Schuhen, Pelzmütze und Ohrenklappen, er im schwarzen Mantel mit Seehundskragen, Galoschen und dunklem Hut. Er trug einen grauen Schnurrbart, der unter der Nase vom Tabak leicht gelb gefärbt und an den Enden zu zwei scharfen Spitzen hochgezwirbelt war. Ich faßte diese Spitzen mit den Fingern, dann knurrte er gutmütig und schnappte leicht mit den Zähnen wie ein junger Hund. Ich liebte ihn sehr.

Damals wußte ich noch nicht, daß ich den Riesen noch mehr liebte. Er kam mir vor wie ein ferner Mensch, unzugänglich wie ein Kaiser. Und er war wirklich mein Kaiser.

Er tat in seinem Leben alles, damit ich seine Niederlagen nicht sah und nicht begriff. Für mich sollte er ein Mann aus Erz bleiben, aus einem Block gegossen. Dadurch wurde er manchmal unmenschlich, so fern und so unempfindlich gegen die Widrigkeiten des Schicksals war er.

Und doch bewirkte gerade die Liebe, daß er mir in Erinnerung blieb, und zwar in Augenblicken, die sich ganz unverhofft einstellten. Er blieb zerbrechlich und weich, wehrlos und voller Wärme, mithin so, wie er nicht sein wollte.

Ist das Verrat von meiner Seite?

II

An jenem Abend saß er nicht in seinem Arbeitszimmer auf seinem geliebten Schaukelstuhl, sondern im Eßzimmer, auf einem gewöhnlichen Stuhl im Maria-Theresien-Stil. Vor einer Viertelstunde hatte sein Freund, der im selben Haus wohnende Notar, uns verlassen. Draußen vor den Fenstern stand eine schwarze Novembernacht, der Wind peitschte die entlaubten Baumkronen, und der Regen prasselte gegen die Scheiben. Im Eßzimmer brannte der Kronleuchter. Es war kühl. Der kleine, heitere Greis lehnte sich mit dem Rücken an den verzierten Kachelofen und biß auf seinen Schnurrbart. Sein riesenhafter, heller, schöner Sohn aber, in dunklem Anzug mit Weste, distinguierter Krawatte und Oberhemd mit gestärkten Manschetten, in denen goldene Knöpfe steckten, machte mit langsamen Bewegungen seiner rechten Hand die Uhrkette ab, an der die magischen Berlocken klingelten. Er legte die Uhr sorgfältig auf ein Blatt Papier, hielt für einen Augenblick die Kette in seinen Fingern und gab sie dann frei; sie fiel mit leisem, unheilverkündendem Klirren wie eine goldene Schlange.

Ich saß an der anderen Tischseite und schwieg. Ich weiß noch, er hatte mich gleich nach dem Fortgang des Notars mit einer Handbewegung ins Eßzimmer gerufen. Jetzt waren wir hier zu dritt. Sein Vater, er selbst und ich. Die drei Männer dieses Hauses. Der Greis, der Kaiser und der Schuljunge.

»Morgen um acht Uhr dreißig«, sagte er ruhig, »gehe ich zur Gestapo, ihrer Aufforderung entsprechend. Herr Doliński hat nach meinem Diktat das Testament aufgesetzt. Hier ist es.«

Er legte seine breite, helle Hand auf die Papiere. Der Ringfinger berührte den goldenen Deckel der Uhr.

»Ich hoffe, du verstehst, was das bedeutet«, sagte er.

Ich nickte.

»Wenn ich bis zwölf Uhr nicht zurück bin, machst du dich an die Auflösung des Haushalts ...«

»Wieso?« sagte ich leise.

»Ganz einfach. Das Leben geht weiter. Man darf nicht zulassen, daß dies alles ihrer wahnwitzigen Zerstörungswut zum Opfer fällt. Man muß retten, was zu retten ist. Habe ich recht?«

Während er das sagte, wandte er sein Gesicht dem Ofen zu. Der muntere Greis sagte:

»Wir kommen zurecht, du kannst ganz ruhig sein.«

Sie sprachen ruhig, leise, ohne jegliche Emotion. Sie kamen mir damals beide unmenschlich vor, schrecklich, ich fürchtete mich vor ihnen. Dabei stimmte es. Ein Mensch, der weiß, was er will, kommt immer zurecht. Das wußte ich damals noch nicht. Die beiden hatten ein Stück Leben erlebt. Der Greis erinnerte sich an das Jahr 1905, an Säbel und Nagaikas, Fußketten und Handschellen, Etappenstationen und Flugblätter. Der Kaiser hatte zwei Kriege hinter sich, jetzt brach der dritte in sein Haus ein. Gewiß, er war der grausamste, und die Grausamkeit überraschte ihn, doch hatte er den Tod schon gestreift und wußte, daß es Wichtigeres gab als ihn.

Trotzdem kamen die beiden mir damals unnatürlich vor, als spielten sie aufgezwungene und künstliche Rollen. Aber so war es ja. Sie hatten diese Rollen nicht gewählt.

»Ich muß dir wohl nicht sagen«, sprach der Kaiser, »daß neue Pflichten auf dir lasten. Jetzt trägst du die ganze Verantwortung.«

Das brauchte er tatsächlich nicht zu sagen. Ich begriff, daß mein persönliches Leben plötzlich Bedeutung gewann. Und in meinem Schuljungenkopf tauchte neben dem Andrang unruhiger Gedanken, Ängste, Schmerzen auch der Stolz auf, auch die verhängnisvolle Dankbarkeit dafür, daß die Umstände mich so gewaltsam zum Erwachsenen machten.

Mit ruhiger Stimme und heiterem Gesichtsausdruck gab er mir damals Anordnungen zu den verschiedenen Problemen der Hausangelegenheiten. Ich lauschte gespannt. Nach einer Viertelstunde hatte sich mein Stolz verflüchtigt, geblieben war nur die Angst, das alles könne wirklich eintreten, er würde morgen früh das Haus verlassen und nie wieder heimkehren. Er muß diese Veränderung bemerkt haben, denn er unterbrach plötzlich seine monotone und trockene Darlegung der Einzelheiten. Wieder berührte seine rechte Hand die Uhrkette.

»Hier sind die Schlüssel zum Schreibtisch«, sprach er, »und die Gedenkmedaille der Stadtverwaltung. Von diesem Augenblick an wirst du das bei dir tragen.«

Mit leichter, kaum merklicher Bewegung schob er die Uhr zu mir hin. Von diesem Augenblick an war ich der Herr des Hauses. Nie wieder im Laufe meines ganzen Lebens habe ich ein derartiges Gefühl kalter, spürbarer Vereinsamung erlebt.

Der Kaiser stand auf, sagte »Gute Nacht!« und ging wie jeden Abend in sein Zimmer. Kein weiteres Wort fiel. Er berührte mich nicht. Er warf mir keinen Blick zu. Das Licht des Kronleuchters glänzte auf dem goldenen Uhrdeckel. Der Greis verließ den Ofen, trat leise zu mir und sagte:

»Zeit, schlafen zu gehen.«

»Einen Augenblick noch«, entgegnete ich.

»Also gute Nacht«, sagte der Greis.

Er hatte kein Recht mehr, mir Anordnungen zu geben. Er ging und schloß leise die Tür. Ich saß noch lange und lauschte dem Schlag meines Herzens.

Nach einer seltsamen und quälenden, von Stille und Gedankenlärm erfüllten Nacht stand ich morgens auf und zog mich tastend im Dunklen an. Am anderen Ende der Wohnung vernahm ich Laute. Der Kaiser rüstete sich zum Fortgehen. Unser Abschied fand banal, fast wortlos statt. Elegant, aber ohne jede Übertreibung angezogen, verhielt er sich wie üblich. Ruhig frühstückte er, rauchte eine Zigarette und erhob sich dann in jahrelanger Gewohnheit, um die Uhr aufzuziehen. Da sagte er zu mir:

»Ich hoffe, du weißt, wie man das macht.«

»Ich weiß es«, antwortete ich.

»Gut.«

Alle Hausgenossen schwiegen, als er im Vorraum den warmen Wintermantel anzog und Stock und Hut zur Hand nahm.

»Auf Wiedersehen also«, sagte er auf der Schwelle. »Schließt hinter mir die Tür zu, ich nehme keine Schlüssel mit.«

Als er gegangen war, warf ich mir schnell den Mantel über. Niemand widersprach. Ich war der Herr des Hauses und konnte tun, was ich für angemessen hielt.

Als ich die Treppe hinablief, hörte ich unten noch seine Schritte. Gleichmäßige, ruhige Schritte. Später ging er unbekümmert die Straße entlang. Ein kalter, feuchter Wind blies heftig. Zwischen den Häusern hing Nebel. Nicht weit entfernt an der Straßenkreuzung befand sich eine Rikscha-Haltestelle. Ich dachte, er ginge dorthin. Plötzlich aber blieb er am Bordstein stehen, blickte sich um und überquerte die Fahrbahn. In einer Hauseinfahrt versteckt, sah ich, wie er langsam die Kirchentreppe emporstieg. Ich folgte ihm.

Im Seitenschiff war es dunkel, nur vor dem kleinen Altar brannten Kerzen. Die Kirche war beinahe leer, einige alte Frauen beugten sich in den Bänken.

Zunächst stand er aufgerichtet und betrachtete den Altar wie jemand, der sich der Abbilder Gottes nicht erinnert. Und so war es in der Tat. Im schwachen Kerzenschein fuhr Christus zwischen schneeweißen Wolken gen Himmel. Seine Füße berührten die Gipfel der baumbestandenen Hügel, seine Augen aber blickten nach oben, wo bereits, vorgebeugt in Sorge und Liebe, ein mächtiger Vater wartete, der völlig in die Purpurgewänder der aufgehenden Sonne gehüllt war.

Der Kaiser stand aufrecht und schaute. Dann aber beugte sich die große, kräftige Gestalt vor, der Kopf sank zwischen die Schultern, die Beine knickten in den Knien ein. Er kniete vor dem Altar nieder. Sein Stock stieß leicht gegen den Steinboden. Er benutzte ihn nicht als Stütze, sondern legte ihn leicht neben sich, den Hut hielt er in der Linken, mit der Rechten machte er das Kreuzeszeichen.

Ich stand hinter einer Säule und betete gleichfalls inbrünstig. Und das war eine Gotteslästerung, denn ich betete zu *ihm*, ich rief *ihn* herbei und bat *ihn* um Erbarmen mit mir. Nach einigen Minuten erhob er sich von den Knien und verließ die Kirche. Sein Gesicht war ruhig. Er ging mit gleichmäßigen Schritten, und als er auf dem Bürgersteig gegenüber eine bekannte Dame erblickte, zog er den Hut.

Nach einigen Minuten machte ich kehrt. Ich wußte, daß er von mir die Erfüllung aller Anordnungen erwartete.

An diesem Abend kehrte er zurück. Ich gab ihm Rechenschaft über mein Tun.

»In Ordnung. Du hast dich verhalten, wie sich's gehört.«

Über sein Gespräch in der Schuch-Allee sagte er nichts. Er stand nur lange reglos im Eßzimmer und blickte in die schwarze Nacht vor den Fenstern.

Am nächsten Morgen zog ich nach dem Frühstück eine Schachtel Zigaretten aus der Tasche. Zu jenem Zeitpunkt rauchte ich schon ziemlich lange. Doch das wußte er nicht. Als ich nach den Streichhölzern griff, warf er mir einen leicht neugierigen Blick zu und sagte ohne Zorn, ganz wie gewöhnlich:

»Bitte tu so etwas nicht in meiner Gegenwart.«

»Aber ich...«, versuchte ich einzuwerfen und fingerte an den Streichhölzern.

»Bitte rauch nicht«, unterbrach er mich ruhig.

»Jawohl«, sagte ich und steckte die Zigarette weg.

Er war ein echter Kaiser. Er gewährte seinen Marschällen nur in seiner Abwesenheit Selbständigkeit.

III

Welche Schlüsse ich daraus gezogen habe? Keine. Das ist keine Frage der Schlüsse. Dieses Bruchstück des Lebens ist mir ganz einfach im Gedächtnis haften geblieben. Eine Nahaufnahme seiner Gestalt. Gewiß auch eine Vergrößerung, was sich auf die Schärfe der Konturen auswirkt, die sich verwischen, in den Hintergrund einschmelzen. Auf dem Bild, das wiederzugeben ich mich bemüht habe, sehe ich heute nur wenige Elemente. Sein Gesicht am Tisch, der Glanz des Lichts auf dem goldenen Uhrdeckel, auch die geheimnisvolle Berlocke, die sich als Gedenkmedaille entpuppte, ganz ohne magische Kraft. Noch vor etlichen Jahren hegte ich einigen Groll gegen die Welt, weil sie mich damals der Illusionen beraubt hatte. Von jenem Tage an wußte ich, daß es ganz einfach eine Medaille war, verziert mit einem Abbild der Warschauer Sirene. Gegen Ende des Krieges ist sie mir in den Ruinen des zerstörten Hauses abhanden gekommen, und nach dem Krieg haben sie die Warschauer Bulldozer, die das Gelände für die Neubauten einebneten, auf Jahrhunderte in die Erde gewühlt. Irgendwann wird sie den Archäologen als Spur einer toten Zivilisation dienen. Und vielleicht wieder magische Kraft annehmen.

Ich sehe also in dieser Vergrößerung nur wenige Einzelheiten. Meinen Vater zum Beispiel sehe ich nicht. Ich weiß, er war da, aber er ist irgendwie abwesend. Sein Gesicht, sein Umriß, seine Worte kommen aus anderen Situationen, ich entleihe sie einer anderen Schicht des Gedächtnisses. Dasselbe trifft auf die Kirche vom nächsten Tage zu. Ich bin nicht sicher, ob es die mir seit Kindertagen bekannte Kirche war, oder vielleicht eine andere, die er damals auf dem Weg in die Innenstadt aufsuchte. Ich weiß den Weg nicht mehr, auf dem ich ihm folgte und mich zwischendurch in den Toreinfahrten versteckte. In dieser Vergrößerung bemerkte ich jedoch deutlich seinen Umriß vor dem Nebenaltar, zunächst aufgerichtet, als ringe er mit Stolz, Furcht, Demütigung und Geheimnis, dann kniend, in der Position der Versöhnung und Hoffnung.

Von diesen Annäherungen, diesen Vergrößerungen gibt es mehrere. Allen aber mangelt es an Farbe, die ich doch benötige, weil sonst das ganze Bild wie hinter einem Nebel liegt, von der Zeit in Rauch und Ruß gehüllt. Folglich suche ich mir Farben, aber es sind nicht die authentischen. Unser Gedächtnis ist dunkel wie manche alten flämischen Ölbilder. Viel Schwarz, ein wenig Gold – und darüber hinaus nichts. Vielleicht ist es deshalb so würdevoll. Aber es bietet wenig Hoffnung.

IV

Er beugte sich über mich, und da sah ich sein Gesicht. Es war zerstört. Die ausgetrocknete Haut spannte sich über dem Nasenrücken und dem scharf gezeichneten Kinn. Zwei tiefe, dunkle Furchen zerschnitten wie Narben von

Messerstichen seine Backen. Auf dem runden Schädel wuchsen kurze Haare, ihre schmutzige Zunge reichte fast bis zwischen die Brauen.

Er beugte sich über mich und fragte mit sehr leiser, knarrender Stimme, wie es mir gehe, ob mir auch nichts weh tue. Ich antwortete, mir gehe es gut. Das war die Wahrheit. Mein völlig erschöpfter Organismus reagierte damals schon nicht mehr auf Leiden. Ich fühlte mich wohl in dem stinkenden Bettzeug, den Kopf auf einem häckselgefüllten Säckchen, das geschwollene Bein hoch auf den Pritschenrand gelegt. Eine vor lauter Schmutz steife Decke verhüllte meine abgemagerten Glieder. Ich strahlte einen unbeschreiblichen Gestank von Tod, Hunger und Unglück aus, roch ihn aber selbst nicht mehr. Er stank auch, vielleicht ein wenig anders, vielleicht stank in ihm noch das Leben, irgendwie fade und süßlich, aber er stank sehr. Er trug einen schwarzen Herbstmantel mit Samtaufschlägen. Früher war ihm der Mantel zu eng gewesen, jetzt paßte er gut.

Im Rechteck des Fensters nebenan stand der ss-Mann – groß, blond und müde. Das alles geschah im Lager-Revier, im letzten Monat des großen Krieges. Die Fensterscheiben des Reviers bebten im Dröhnen der russischen Geschütze. Das Lager wurde evakuiert. Er ging fort, ich mußte bleiben. Ich konnte mich nicht auf den Marsch begeben, weil mein Bein schon gestorben und verfault war und jetzt wie abgehauen neben mir lag. Ich wußte, wenn ich zurückbliebe, würde ich sterben, denn die ss-Leute verhehlten nicht, daß sie vor dem Eintreffen der Russen alle Häftlinge erschießen würden. Auch er wußte, daß er sterben würde, weil er zu schwach war, um den Anstrengungen dieses fürchterlichen Marsches nach Westen gewachsen zu sein.

Es war der Augenblick des letzten Abschieds. Wir verdankten ihn dem blonden ss-Mann, der Erbarmen mit uns hatte. Er ruhe in Frieden!

»Ich habe den Herrn Scharführer gebeten, daß er mir erlaubt, dich zu besuchen. Es gab da einige Schwierigkeiten. Aber ich bin da, wie du siehst. Viel Zeit haben wir nicht. Ich mache mich gleich auf den Weg. Gut, daß ich dich noch sehe. Ich hoffe, alles wird gut.«

»Ja«, antwortete ich. »Mir tut nichts mehr weh. Und du?«

»Mir geht's vorzüglich. Ich denke, ich könnte dich unterwegs stützen. Wenn du versuchen würdest von der Pritsche aufzustehen ...«

»Unmöglich«, unterbrach ich ihn, »mir fehlt ein Bein ...«

»Du hast beide Beine«, sagte er sehr ruhig. »Steh auf und überzeuge dich selbst. Du solltest aufstehen.«

Ich wollte einschlafen. Ich wollte sterben. Ich wollte nicht mehr existieren, Hauptsache, ich mußte das rechte Bein, das neben meinem Körper lag, nicht bewegen. Aber ich konnte es ihm doch nicht abschlagen. Er war der Kaiser.

Mit einer großen Anstrengung, die meinen ausgemergelten Körper sofort in einen Ozean von bitterem, stinkendem Schweiß tauchte, bewegte ich mich auf der Pritsche. Ich ergriff mit den Händen das Bein und hob es wie ein zerbrechliches Gefäß hoch, um es von dem Bettzeug zu nehmen und auf den Bretterboden zu setzen. Ich spürte nur eine schreckliche Last, als schleppte ich einen Güterwagen. Ich schnaufte schwer und war am Ersticken, der Schweiß rann mir in die Augen.

Er stand auf, beugte sich leicht vor und reichte mir seinen Arm.

»Stütz dich ruhig auf«, sagte er. »Ich bin stark.«

Ich stützte mich auf, und da bog sich sein ganzer Körper wie ein Strauch im böigen Wind. Er stemmte die Füße auf den Fußboden, ich sah, wie seine Schläfenader anschwoll, wie sich seine Nasenflügel hoben und die Haut auf den Bakken unter den Bartstoppeln spannte und bläulich wurde.

»Stell dich auf beide Beine«, sagte er leise. »Stell dich auf beide Beine, denn du hast beide Beine.«

Er sprach, als wiederholte er eine Beschwörung. Doch die Kraft, Wunder zu tun, hatte er nicht. Mein Bein war gestorben, es war nicht da. Ich stürzte auf die Pritsche.

»Alles wird gut«, sagte ich.

»Selbstverständlich«, sagte er. »Schade, daß du nicht mit mir gehen kannst. Wir hätten es leichter.«

»Es wird Zeit«, sagte der junge ss-Mann.

Er bat den ss-Mann nicht um Aufschub. Immer noch war er der Kaiser. Er legte mir die Hand auf die Schulter.

»Wir sehen uns bald wieder«, tröstete er mich. »Du mußt das Bein trainieren. Du darfst nicht aufgeben.«

»Gut«, sagte ich.

Er ging zur Tür. Von der Schwelle aus rief er noch einmal:

»Du mußt das Bein unablässig trainieren. Auf Wiedersehen.«

Erst da warf ich einen Blick auf seine Beine. Er hatte nackte, blaugraue Füße. So sehen die Füße der Toten aus. Ich schloß die Augen und verabschiedete mich von ihm für immer. Ohne eine Träne. Ich war dem Tod zu nahe, um irgend etwas zu empfinden. Nicht einmal den Schmerz wegen des Verlustes. Ich verabschiedete ihn für immer.

Und dennoch überlebten wir beide.

V

Elf Jahre lang sah ich, sooft ich an ihn dachte, diese blaugrauen, nackten Füße. Elf Jahre konnte ich nicht mit ihm zusammenkommen. Ich wußte, daß er lebte, ich erhielt Briefe von ihm, stets ruhige, ein wenig belehrende, ernste Briefe. Mehrfach sandte er mir sogar Fotos, auf denen er gesund, jung und elegant wirkte wie einst vor dem Kriege, aber stets sah ich seine blaugrauen, nackten Füße auf der Schwelle des Reviers.

Das klingt geradezu jämmerlich, doch nach einer gewissen Zeit nahm alle Erfahrung des Krieges, seine ganze Grausamkeit in meiner Seele die Gestalt des Bildes dieser nackten Füße an. Nichts war so demütigend, und nichts eine so starke, dem Menschsein hingeworfene Herausforderung. Mein barfüßiger, wehrloser Kaiser.

Elf Trennungsjahre hindurch litt ich unaussprechliche Qualen bei dem Gedanken, daß er damals Hunderte von Kilometern barfuß ging in diesem gespenstischen Todesmarsch, mit Kolben geschlagen, mit Schreien angetrieben, hinfallend und wieder aufstehend, und jeder Schritt hinterließ auf der Erde eine blutige Spur. Und ich weiß, daß er damals nur an eines dachte. An mein gestorbenes Bein, das, wie er glaubte, mich getötet hatte.

VI

Es war an einem sonnigen Nachmittag. Ende September. Die Bäume im Jardin de Luxembourg setzten, immer noch grün, ein wenig goldene Patina an. Wir saßen auf weißen Metallstühlen. Damals kostete das zwanzig Centimes. Die

Epoche vor der Inflation. Vom Boulevard St-Michel drang monotones Rauschen herüber. Es waren gerade zehn Tage vergangen, seit ich ihn zum ersten Mal nach Jahren wiedergesehen hatte. Noch hatte ich mich nicht gewöhnt an sein Gesicht, seinen Umriß, seine Art zu leben. Noch empfanden wir Fremdheit oder vielmehr Unsicherheit, Angst vor einer Überraschung. Seine Züge waren unverändert, er war nicht einmal allzu sichtbar gealtert. Ich dagegen war anders geworden. Er hatte mich vor elf Jahren verabschiedet und verlassen, in einer Aura des Leidens und der endgültigen Urteile des Schicksals. Er war fortgegangen und hatte das reglose Skelett des Jungen mit dem abgehackten Bein hinter sich zurückgelassen. Jetzt saß neben ihm ein korpulenter Mann, geformt von einer Welt geheimnisvoller Erfahrungen, selbstsicher und zufrieden, wie das bei Leuten über dreißig zu sein pflegt, die sich noch nicht vor dem Tod fürchten. Er studierte aufmerksam mein Gesicht, bemühte sich aber, es diskret zu tun, er vertraute darauf, daß ich seine heimlichen Blicke nicht bemerkte. Er trug einen leichten Gabardinemantel, einen weichen grauen Hut und elegante Halbschuhe. Mit der dünnen, glänzenden Spitze seines Regenschirms zeichnete er Kreise in den Sand. Damals in der starken Sonne kam er mir ausgeblichen vor, vernebelt, als spiegelte sich sein Gesicht in einer vom Wind geriffelten Wasseroberfläche.

Wir saßen lange auf den weißen Stühlen und gingen dann langsam zum Pont St-Michel und am Fluß entlang bis zum Marsfeld. Er schwieg und lauschte wachsam. Wenn ich ihn anschaute, konnte ich in dem schweren, ein wenig gedunsenen, ernsten Gesicht keinen Gedanken, kein Gefühl lesen. Der alternde Kaiser. Ich sagte, es sei höchste Zeit heimzukehren. In Polen sollte jetzt ewiger Frühling herrschen.

Alles, was schlecht war, lag schon hinter uns. Ich sagte, er werde gebraucht. Er lauschte und schwieg.

Er war über sechzig Jahre alt, und ich wollte ihn bewegen, ein neues Leben zu beginnen. Ich wollte ihn bewegen, noch einmal alles zu zerstören, was er geschaffen hatte, die Welt zu verlassen, die ihn angenommen und in der er sich eingerichtet hatte, und alles von vorn zu beginnen. Ich sagte das Wort Polen, ich sagte Polen und sagte Polen. Mir schien, ich müßte Polen sagen, während er es im Blut hatte, in jedem Gedanken, jedem Schlag seines Herzens, einkodiert in den Genen, während er darin gefangen war vom ersten Augenblick seiner Existenz an. Ich begriff damals nicht, daß ihm von Polen zu reden dasselbe bedeutete wie den Fischen vom Wasser, den Vögeln von der Luft, dem Samenkorn vom Acker. Nie hatte er davon gesprochen. Und nie daran gedacht. Er war ganz einfach ein Bestandteil Polens, wie der Finger ein Bestandteil der Hand und die Hand ein Bestandteil des Menschen ist. Denkt die Hand an den Menschen? Wird sie abgeschnitten, stirbt sie ganz einfach.

Er sprach weder von Polen noch von der Menschheit noch von der Gesellschaft noch von Gott. Letzten Endes hätte ich ein Recht zu begründeter Eifersucht gehabt. Denn er dachte damals nur an mich. Er überlegte, ob er sich von mir trennen könne, ob er die Wahl treffen müsse zwischen mir und seinem Leben bis dahin. Denn Polen war immer bei ihm, auch im nebligen London, auch auf den Spaziergängen am Strand von Brighton, auch auf den langen Wanderungen durch die Schluchten der Cheviotberge, in den verräucherten Pubs von Manchester, in den dröhnenden Nachtschnellzügen, in denen er die Inseln und den Westen des Kontinents durchmaß. Aber ich war dann nicht an seiner Seite, und das plagte ihn.

Letzten Endes hatte ich ein Recht zur Eifersucht. Nie bin ich zum Rivalen Polens geworden. Polen stand immer außerhalb jeder Wahl, während ich ausgewählt werden sollte.

Zehn Tage nach diesem langen Pariser Spaziergang stieg er auf dem Bahnsteig der Gare du Nord aus dem Londoner Schnellzug. Wieder trug er den Gabardinemantel, den weichen Hut, Regenschirm und Reisetasche. Im Lärm der Menge, den das dröhnende Echo der Bahnhofshalle steigerte, sagte er drei Wörter zu mir:

»Da bin ich!«

Erst jetzt erblickte ich hinter seinem Rücken, in der sonnenhellen Perspektive der Bahngleise, dort, wo der Schatten der Gare du Nord endete und der freie Raum der Strecke begann, die im Gewirr der Pariser Häuser nach Norden strebte – erst da erblickte ich die rauchenden Ruinen seines Lebens wie vor zwölf Jahren am Ausgang der Wolska-Straße in Warschau, als ich mich umblickte nach der brennenden Stadt mit der Sirene im Wappen.

VII

Ein Vierteljahrhundert verging, und eines Tages saß er vorgebeugt an dem Holztisch, und die Schatten der Blätter tanzten auf seinem Gesicht. Der grüne Schirm der Kastanie spannte sich über unseren Köpfen. Irgendwo unten am Seeufer zischte zornig ein Schwan.

An diesem Tage trug er einen verschossenen Pullover, Leinenhosen und aus Riemen geflochtene Sandalen. Er atmete flach und mit großer Anstrengung. Seine Augen waren matt geworden, graue Bartstoppeln bedeckten seine eingefallenen Backen. Er war nicht mehr groß, sondern gebückt und schmal in den Schultern. Tag für Tag stieg er tiefer hinunter, wie auf ausgetretenen Stufen, in den Spuren ungezählter Tausender von Füßen, die ihm auf diesem Weg vorangegangen waren.

Er saß vorgebeugt an dem Holztisch, hinter ihm erstreckte sich das Kiefernwäldchen, weiter fort ein Stück abgeerntetes Feld, der staubige Dorfweg, der einsame Birnbaum auf der Weide und die gewellten Hügel bis zum Horizont. Vor sich hatte er den Rand des vernachlässigten Gartens, die Stämme der wilden Kirschen und Pflaumen, die stacheligen, zusammengedrängten Rosensträucher und den verwachsenen Haselhain, etwas entfernt die Hauswand, die Holzbalken, auf denen im Sonnenschein die Harzspuren glänzten, die zerfallene Vorlaube, den schwarz gewordenen Zaun und schließlich die ganz in den kühlen, dämmrigen Schatten der Kastanien und Pappeln gehüllte, zum See hinabführende Schlucht.

Wäre er aufgestanden und hätte sich gereckt, so hätte er durch das Gewirr der Baumblätter hindurch die von silbrigen Lichtpünktchen gesprenkelte Seeoberfläche sehen können, aber auch das andere, sich sanft hebende Ufer, die Bauernkaten mit den Gärten dort, den Weg zwischen den Häusern und in der Ferne die dunkle Linie des Waldes mit dem zum Himmel aufstrebenden trigonometrischen Punkt.

Hätte er nach oben schauen wollen, so hätte er den hellen, warmen Himmel gesehen, über den der Wind weiße Wolkenbüschel trieb, und den grauen, immer breiteren und immer dünneren Streifen, die Spur eines unsichtbaren Düsenflugzeugs. Und unter seinen Füßen hätte er das Gras gesehen, die von der Hitze rötlich gewordenen kahlen Flecken und die braunen, gänzlich vertrockneten Schalen der Vorjahrskastanien.

Doch er schaute nicht in die Runde, er mußte nicht schauen, weil er das alles seit langem in sich trug, im tiefsten Winkel seines Herzens. Ein gutes Schicksal hatte ihm gestattet, in seiner letzten Stunde die Landschaft seiner Kindheit wieder zu betreten.

Denn den Gerechten wird alles gegeben.

1979

Auf der Bank, im Abendschein ...

Es ist schon komisch, wie sehr die Umstände meine Gedanken und Gefühle beeinflussen. Noch vor einer Viertelstunde wäre ich nicht imstande gewesen, Ihnen gegenüber zuzugeben, daß ich außerordentlich müde bin. Ist das vielleicht eine Frage des Lichts? Seit einigen Minuten sehen wir unsere Gesichter nicht mehr. Wäre da nicht Ihr Atem und der Umriß Ihrer Silhouette, könnte ich glauben, ich sei völlig allein. Vor einer halben Stunde ist die Frau mit dem Kind in Richtung auf das Haustor davongegangen. Sicher schläft das Kind jetzt schon, und sie hat sich vor den Fernseher gesetzt.

Finden Sie nicht auch, daß es kühler geworden ist? Ich meine den Wind, nicht den Sonnenuntergang. Gewiß, auf den Straßen ist es noch warm, Mauern und Bürgersteige bewahren die Hitze lange. Der Geiz der toten Dinge. Hier aber, zwischen den Bäumen, reinigt sich die Luft schnell vom Gift des Tages. Wie gut, daß es in diesem Garten keine Tore mehr gibt, die zur Nacht geschlossen werden. Während meiner Kindheit wurde dieser Garten geschlossen. Jetzt dürfen die Leute hier bis Sonnenaufgang herumsitzen. Doch, ich versichere Ihnen, es gibt solche Leute in Warschau. Nicht wegen der Wohnungsnot, das gehört schon der Vergangenheit an, jeder hat sein Plätzchen. Wir sind einbetoniert in diese modernen Sarkophage. Trotzdem gibt es Leute, die im Sommer nach Sonnenuntergang herkommen, sich auf eine Bank setzen und reglos bis zum Morgengrauen verweilen. Manchmal mit, manchmal ohne Flasche und immer mit Verzweiflung im Herzen.

Bitte glauben Sie nicht, ich gehörte zu den Unglücklichen, die keinen Ort finden können und sich auf der Suche nach dem Sinn des Lebens herumtreiben. Ich bin ein ganz normaler Mensch, ich behaupte keineswegs, ich käme nicht zurecht. Faßt man die Sache in die Kategorien unserer Wirklichkeit, falls es diese überhaupt gibt, so muß ich bekennen, daß ich keinerlei Grund habe. Stellen Sie sich vor, ich habe eine hübsche Wohnung, eine hübsche Frau, ein hübsches Auto und einen hübschen Hund. Was will man mehr? Und ich füge hinzu, das alles ist nicht nur hübsch, sondern auch fast neu. Einstmals hatte ich eine andere Frau, eine andere Bleibe und ein anderes Auto. Nur einen Hund hatte ich nicht, weil jene Frau keine Tiere mochte. Wir haben uns getrennt. Selbstverständlich nicht wegen des fehlenden Hundes. Es fehlte etwas mehr. Jetzt wohnt sie in Paris, sie hat wieder geheiratet, der Mann ist ein begüterter Unternehmer. Sie schickt mir zu den Festen Karten, manchmal auch etwas Süßes oder irgendeine Kleinigkeit.

Ich sage Ihnen, alles im Leben kommt zu spät! Vor dreißig Jahren träumte ich von einer freundlichen Seele im Westen. Dann hätte ich Pakete bekommen mit einem Paar abgenutzter Schuhe, einem zu engen Jackett oder einer Schweizer Uhr. Aber ich hatte dort niemanden. Heute erhalte ich bunte Ansichtskarten, und das genügt mir. Ich mache mir sogar Vorwürfe, wenn ich eine solche Karte, nachdem ich sie gelesen habe, mit kalter Gleichgültigkeit in den Papierkorb werfe. Es geht dabei gar nicht um meine frühere Frau. Nicht sie ist schuld daran. Es sind die Ansichtskarten, die mich ärgern. Nie habe ich mich früher so fern gefühlt von dieser Welt außerhalb Polens.

Guter Gott, die große, geheimnisvolle Welt außerhalb Polens! Ich kenne sie. Ich kenne ihre berühmten Ecken, aber auch ihre verschiedenen Schlupfwinkel, in die nur wenige unserer Landsleute gelangen. Einst kam mir diese Welt geheimnisvoll und schmerzhaft unzugänglich vor. Meine ganze Jugend hindurch fühlte ich mich wie eingesperrt, und ich war, offen gesagt, eingesperrt. Später änderten sich die Zeiten. Ich begab mich auf meine ersten Entdeckungsreisen. Wie Kolumbus. Oder eher wie ein Pilger. Oder wie der biblische Jude, den Gott aus Ägyptenland, aus dem Hause der Knechtschaft führte. Ich erinnere mich noch gut an meine erste Reise nach Wien und Paris. Die Neonlichter auf den Ringstraßen und den großen Boulevards. Ein Glas herben Weißwein im Liesinger Stadtkeller und der Striptease auf der Place Blanche. Ich war jung, ich hatte eine dunkle, üppige Mähne und einen elastischen Schritt. Ich rannte durch die Straßen der westlichen Städte wie ein Hetzhund auf der Jagd. Später kühlte ich langsam ab. Ich war nicht alt und kühlte doch ab. Ich zerbrach mir den Kopf, woher das kam, dieser Zustand innerer Kühle und Apathie, dieser Widerwille bei dem Gedanken, ich würde mich morgen oder in einer Woche wieder auf der Gare du Nord oder auf dem Flugplatz Kastrup in Kopenhagen befinden. Damals waren das schon bekannte Ecken, ich bewegte mich ganz ungezwungen in Europa und hatte dort gute Freunde.

Zum Beispiel in Westdeutschland. Meine Freunde erwarten mich immer hocherfreut auf der Schwelle. Sie kennen meine Angewohnheiten, ich habe dort meine Lieblingssessel, meine festen morgendlichen Spazierwege, sogar wohlbekannte Läden. Meine Freundin in Bonn, nebenbei gesagt eine wunderbare Person, eine schöne Frau, reif und ein bißchen bitter, weil sie ihre geliebte Tochter auf tragische Weise verloren hat, diese Freundin meint, jeder Aufenthalt von mir bei ihr sei ein Fest ohne Ende. Sie lebt allein zwischen Büchern und Kunstwerken in einem bequemen, auf den Hügeln gelegenen Haus, von dem aus man den Rhein sieht und die fernen Umrisse von Köln. Wenn ich dort eintreffe, erwarten mich ein Zimmer mit Terrasse, Regale voller Bücher, aber auch frische Mohnbrötchen. Wir frühstücken bei Mozart-Musik, und meine Freundin überlegt mit netter, leiser Stimme, welche Tischdecke sie zum Abendessen auflegen und welches Geschirr sie benutzen wird. Mir kommt der Gedanke, gerade diese Geringfügigkeiten hätten mein Interesse für den Westen abgekühlt. Früher lauschte ich ähnlichen Äußerungen voller Aufmerksamkeit, als öffnete die Farbe des Tischtuchs oder die Form der Tasse vor mir eine Tür, die in eine andere, bezaubernde Welt führte. Aber es war nur die Tür zu dem kleinen Garten, wo meine Freundin Rosen zieht. Es war kein Wundergarten, versichere ich Ihnen... Später lauschte ich mit feinem Spott ihren angenehmen Monologen. Schließlich fehlte mir die Kraft dazu.

Doch nicht das ist das Wichtigste. Letzten Endes birgt der Wohlstand in sich auch gewisse Lasten, und ich gehöre zu den Nachsichtigen. Sie hatte ein Recht, sich um ihre Tischtücher und ihr Geschirr zu sorgen oder traurig zu sein wegen eines mikroskopischen Kratzers auf der Platte mit dem f-Moll-Konzert, den ihr feinfühliges Ohr während der Mahlzeit bemerkte. Jeder hat die ihm angemessenen Sorgen, meinen Sie nicht?!

Ich kühlte also ab. Irgend etwas störte mich an dieser großen Welt außerhalb Polens. Sie glauben vielleicht, es war das Wissen um die unvermeidliche Rückkehr. Dieser aufdringliche Gedanke hätte mir die Freude genommen an den ruhigen Aufenthalten in Bonn oder Salzburg, wo die Geschichte nicht so brutal gegenwärtig ist...

Bitte sehr, ich bestreite nicht, daß es früher so gewesen sein kann. Polen quält uns alle, seine Anforderungen sind mörderisch. Nimmt man die Sache ziemlich trivial, so sind wir alle außer Atem, laufen wir alle den unablässig enteilenden Gegenständen nach. Fachleute nennen das die Krankheit einer frühen Konsumgesellschaft. Aber wir wollen nicht übertreiben...

Ginge es nur darum, hätten wir keinen Grund zu klagen. Außerdem, vielleicht empfinden bestimmte Leute dies Dilemma gerade so. Dann sind sie aber nicht unglücklich. Ich nehme an, ich habe das früher ähnlich empfunden. Ein bißchen Neid, ein bißchen Sehnsucht und ein bißchen Angst. Deutlicher gesagt, ich beneidete meine Freunde um ihren Wohlstand, um das Dickicht der Dinge, in dem sie sich so ungezwungen bewegten, während ich in Panik geriet. Ich sehnte mich nach dem Geisteszustand, den sie erreicht hatten. Die ruhige Existenz gesicherter, gut eingerichteter, nicht mit großen Angelegenheiten beschäftigter Menschen. Also Mozart, der weiche Sessel, das feierliche Geläut der Kirchenglocken bei Sonnenuntergang, der Spaziergang auf dem Pfad über die Hügelrücken, das solide Türschloß, der diskrete Duft von Kölnisch Wasser, das Gespräch über Rilke oder Hölderlin, die Unruhe beim Warten auf das Taxi, wenn einer der Freunde Grippe hat und man ihn unbedingt besuchen muß oder wenn in einer halben Stunde im Theater die Vorstellung beginnt. Mit einem Wort, ich sehnte mich nach dieser Aura der Ruhe, der Stille und des Gefühls von Sicherheit, wie sie das Leben gewisser Leute im Westen umgibt. Selbstverständlich einer ganz bestimmten

Kategorie Menschen, die bereits etwas erreicht haben und es nicht mehr verlieren können. Ich spürte auch ein bißchen Angst beim Gedanken an die unvermeidlichen Rückreisen, eben weil ich zu diesen Rückreisen verurteilt war. In unserer Situation gibt es immer etwas Zweideutiges, die Last der polnischen Lage. Wie bei Zootieren in ihrem Auslauf. Es ist ein Schein von Freiheit. In einer viertel oder halben Stunde wird der Pfleger sie wieder in den Käfig treiben. Eben darum benehmen wir uns im Ausland unnatürlich. Im Grunde sind war gar nicht so habgierig oder neugierig oder umtriebig, wie der Anschein glauben läßt. Doch wenn einer sich endlich losgerissen und in die Welt begeben hat, möchte er alles haben und alles erfahren. Die anderen betrachten uns mit etwas wie Abscheu und Mitgefühl, weil wir aussehen wie Verrückte. Im übrigen gibt es Leute, die jede Reise wie ihre einzige Chance im Leben behandeln, als Versuch, sich ein für allemal zu sanieren ... Sie verlassen ihr armseliges Hotelzimmer nicht, ernähren sich von mitgebrachten Konserven und trockenem Brot, um später daheim etwas zu haben, etwas zu erreichen, um sich mit jenem Dickicht der Dinge zu umgeben, das sie unablässig verfolgt. So oder so, sie sind alle gedemütigt und nicht authentisch.

In früheren Zeiten habe ich das bestimmt auch so empfunden. Aber ich war nie so gierig nach Kleidung, glauben Sie mir! Und ich hatte nie große Bedürfnisse. Ich möchte vor Ihnen nicht den Asketen spielen. Schließlich hat jeder seine Angewohnheiten und mag bestimmte Bequemlichkeiten. Aber eine gute Rasierklinge, ein ordentlicher Anzug, eine hübsche Krawatte – das sind doch keine Extravaganzen eines vom Wahn der Besitzgier befallenen Geistes.

Um die Wahrheit zu sagen, ich habe nicht gelitten wegen der Rückreisen. Je mehr Zeit verging, desto stärker gelangte ich zu der Überzeugung, daß die Sache tiefer liegt oder vielmehr tiefer in mir steckt.

Vor einigen Jahren begann ich – dort im Westen –, einsame Spaziergänge zu unternehmen. Meine Freunde glaubten zunächst, ich hätte irgendwelche Schwierigkeiten. Als ich ihnen sagte, alles sei in bester Ordnung, glaubten sie mir natürlich. Ich meinte damals wirklich, alles sei in Ordnung. Zu bestimmten Schlüssen kommt man schrecklich mühsam. Man weiß etwas, das man nicht zu benennen vermag. Etwas plagt einen, etwas setzt einem zu, doch selbst wenn man lange darüber nachdenkt, kann man nicht feststellen, woher diese Plage stammt.

Wie gesagt, ich unternahm lange, einsame Spaziergänge. Anfangs erklärte ich mir das mit der Abneigung gegen die inhaltsleeren Gespräche meiner Freunde dort, sehr achtbarer und netter Menschen, nur daß ihre Welt trotz allem nicht meine Welt war. Ich floh vor diesen Gesprächen, Besuchen, gemeinsamen Mahlzeiten. Zunächst trieb ich mich in den Straßen herum, betrachtete die schönen Häuser, besuchte Museen, ging auch ins Kino. Aber ich fühlte mich nicht befriedigt. Am besten taten mir Spaziergänge durch die Vorstädte, in der Stille, in der langsam herabsinkenden Dämmerung. Ich setzte mich auf Bänke und betrachtete die Gegend, in der hier und da ein Fußgänger mit Hund auftauchte.

Stellen Sie sich vor, das wurde zur Gewohnheit, und als ich nach Warschau zurückgekehrt war, trieb ich mich gleichfalls und immer häufiger herum. Manchmal nahm ich meinen Hund mit, später wurde das zum täglichen Ritual, und der Hund gab das Zeichen zum Abmarsch. Wir gingen stundenlang. Wenn ich ins Ausland verreiste, fühlte ich mich immer weniger wohl, weil mir die ausgetretenen

Pfade fehlten, ich mußte neue suchen, auf unbekannten Straßen umherirren, um in die freie Landschaft hinauszugelangen, wo ich einfach ausschreiten, meinem Herzschlag lauschen und denken konnte, immerzu denken, daß ich mich bewege...

Mein Gott! Ich sage Ihnen etwas Entsetzliches. Zum Glück ist es schon dunkel, wir können einander nicht mehr in die Augen blicken. Ich hätte davor Angst. Ich hätte Angst, in Ihren Augen den Widerschein desselben Wahnsinns zu sehen... Bitte leugnen Sie nicht. Jetzt ist es leicht zu leugnen, aber wenn wieder der Tag anbricht...

Seit einiger Zeit habe ich oft sonderbare Träume. Früher schlief ich ohne Träume, oder wenn ich welche hatte, verflogen sie, ohne eine Spur im Gedächtnis zu hinterlassen. Jetzt träume ich häufig vom Kriege. Mir träumt das Warschau der Okkupationszeit, der Aufstand, das Konzentrationslager. Und ich träume auch von den frühen Nachkriegsjahren. Als die Stadt in Trümmern lag, als die Nacht des Terrors und des Entsetzens herabsank. Daran wäre nichts Besonderes, schließlich habe ich zahlreiche schwere Augenblicke durchgemacht, das haftet tief im Menschen fürs ganze Leben, ich sage, das wäre nicht verwunderlich, wäre da nicht das Kolorit dieser Träume. Sie sind hell, licht, ich möchte sogar sagen fröhlich. Sie sind voll von überraschenden und unwahrscheinlichen Geschehnissen, an denen ich, von Neugier verzehrt, teilnehme, da ich ja die Zukunft noch nicht kenne.

Wenn ich erwache, überfällt mich der Gedanke, in all meinen Träumen sei eine Zukunft. Selbstverständlich muß sich der Mensch zu helfen wissen, folglich dachte ich zunächst, diese Träume und die Spaziergänge mit dem Hund seien eine Alterserscheinung. Doch der Hohn des Schicksals besteht gerade darin, daß ich keine Harmonie in mir finde. Bestimmte Elemente passen nicht zueinander, sie ergeben zusammengeleimt keinen ganzen Menschen. Hätte ich Herzschmerzen, Rheuma, irgend etwas ... Spürte ich im Nacken die Last der Jahre, das wäre etwas anderes! Aber Gott hat sich mir gegenüber gnädig erwiesen. Bitte sehr, ich bin knapp fünfzig, und mir geht es ausgezeichnet. Meiner jungen Frau fehlt es geradezu an Worten, ihre Begeisterung über mich auszudrücken. Ich bin stark, gesund und sprühe dem Anschein nach vor Energie. Gerade darin besteht das Unglück. Denn ich bin überhaupt nicht gealtert. Gealtert ist die Welt.

Vor Jahren haben wir noch irgend etwas erwartet. Irgend etwas stand uns noch bevor. Jeder erwartete nach seinen Maßstäben von der Welt wenn schon nicht das große Abenteuer, so doch auf jeden Fall eine Überraschung.

Denn, wissen Sie, es unterliegt ja keinem Zweifel, daß Raum, Bewegung, Zeit immer die Formen der Existenz waren. Heute ist nur der Raum übrig. Die Zeit ist stehengeblieben, die Bewegung erstorben. Wir hocken wie die Fliegen unter der Glasglocke. Wir können nur an den Innenwänden dieser Glasglocke herumkriechen und dabei glauben, wir kämen vorwärts. Aber das ist eine Täuschung. Auch die Zeit gibt es nicht mehr. Es gibt keine Vergangenheit, weil man sie beliebig für den momentanen Gebrauch auswechseln kann. Es gibt keine Zukunft, weil eine Zukunft ohne Geschichte nicht existiert. Es gibt nur die Gegenwart, doch auch sie ist ein wenig aus den Fingern gesogen, denn ohne Gestern und Morgen wird der heutige Tag zum leeren Klang.

Wir sind bestohlen und verhöhnt worden, mein Herr! Und man weiß nicht einmal, wer wen bestohlen und verhöhnt hat. Ein bißchen jeder von uns, einer den anderen ... Als der Papst zu Besuch kam, war das ein Augenblick der Hoffnung. Aus einer gewissen Distanz erlebte ich seine Anwesenheit bei uns wie ein Zwischenspiel im Theater. Bitte sehr, an die Politik denke ich gar nicht. Ich denke eher an Gott, aber auch nicht so ganz. Mehr daran, daß der Papstbesuch uns einen gewissen Mangel schmerzlich bewußt gemacht hat, diese Leere, diesen hoffnungslosen Rhythmus unserer Existenz. Es war, als hätte der Papst für einen Augenblick die Glasglocke angehoben, unter der wir herumkriechen. Und das betrifft keineswegs nur Polen. Ich habe Ihnen ja gesagt, daß ich im Westen begonnen habe, diese forcierten Spaziergänge zu unternehmen. Unter einer anderen Glasglocke, aber doch unter einer Glasglocke. Gewiß, jene Glasglocke ist größer, es gibt darin mehr Luft, der Weg dieser gedankenlosen Herumtreiberei ist länger. Aber dem Wesen nach bleibt Glasglocke eben Glasglocke.

Ich wundere mich gar nicht über all die Verrückten, die sie zerschlagen wollen. Terroristen, Drogensüchtige, Linke, dieses ganze zeitgenössische Gesindel. Für jeden kommt der Moment, da er etwas Schreckliches tun muß, da er mit der Faust auf diese entsetzliche Glasglocke einschlagen muß, weil er sonst krepieren oder durchdrehen würde... Die Menschen schieben diesen Moment der unvermeidlichen Probe oder vielmehr der Wahl hinaus. Sie schlagen Haken, weichen zurück, lügen beim Blick in den Spiegel, und mancher möchte am liebsten einschlafen. Im Westen kaufen sie Segelboote oder schnelle Autos, sie begeben sich auf Weltreisen, sammeln beschädigte Puppen oder die Flaschenaufkleber aller Bierbrauereien auf der Erdkugel. Bei uns kämpfen sie wie wilde Tiere um bunte Kacheln für ihre Badezimmer, sie fahren durch halb Polen auf der

Suche nach einem Rost für ihren Kamin, nach einer geflochtenen Matte oder einem raffinierten Kronleuchter. Sie sterben am Herzinfarkt während der Übertragung eines Hockeyspiels, sie sitzen in dunklen Kinosälen und betrachten Vergewaltigungsszenen, Brände und die Tränen und Leiden anderer Menschen. Sie fliehen, ständig fliehen sie vor dem schrecklichen Augenblick, da ihnen die Kraft fehlen wird, das alles zu tragen wie der mythische Atlas. Ewig, unabänderlich und unbeweglich. Das unablässige Warten auf etwas, das nicht eintreten wird, das unheilvolle Warten auf Godot, der nie erscheinen wird, weil er längst nicht mehr lebt. Uns bleibt nur der Tod, wissen Sie. Aber kann sich der Mensch damit ohne Protest abfinden?

Bitte verstehen Sie mich richtig ... Allem Anschein zum Trotz bin ich vom Existentialismus sehr weit entfernt. Im übrigen ist der Existentialismus auch gestorben, weil unsere Würde gestorben ist. Der Existentialismus war einst Protest gegen den Krieg, gegen das verschlafene, kleinmütige Europa, das sich den Krieg hat zuschulden kommen lassen. Heute ist das völlig anders. Heute gelangen die Menschen immer häufiger zu der Überzeugung, jene im Krieg untergegangene Welt sei eigentlich moralisch gesünder gewesen. Auf jeden Fall voller und menschlicher. Der grausame Paroxysmus unserer Natur ist zu Worte gekommen, und dabei ist etwas in uns verwandelt worden. Die große Reinigung hat begonnen. Heute ist die Gewalt verborgen, hinter jeder Straßenecke lauert ein Verbrechen wider die Menschenwürde, auf Schritt und Tritt demütigen, bespukken und desillusionieren wir uns gegenseitig. Jene Welt war schrecklich, aber Sie werden zugeben, geistig nicht so malträtiert wie die von heute. Und es fällt schwer zu klären, worauf das eigentlich beruht ... Die Leichtfertigkeit, mit der manche meiner Bekannten die Schuld auf das System, auf die Kommunisten, auf die Heuchelei des Alltags abwälzen, kommt mir bequem vor, aber auch ziemlich naiv. Im Westen ist das System anders, die Kommunisten haben nicht viel zu sagen, die Heuchelei ist ein wenig geringer, das stimmt, doch wird man kaum behaupten dürfen, es sei das eine kristalline Welt. Auch dort leiden die Menschen. Ich will noch mehr sagen ... Früher gab dieser Kommunismus, unsere Wirklichkeit, uns eine gewisse Chance, deren jene dort schon beraubt waren. Heute ist auch hier die Chance verweht, nicht einmal eine Spur von ihr ist geblieben.

Man kann nicht an nichts glauben, bitte sehr! Man kann nicht leben in einer Welt, die sich täglich als die beste aller möglichen anpreist. Die Menschen müssen etwas wollen und eine Hoffnung haben. Aber sie wollen nichts, und jede Hoffnung ist gestorben. Man kann nichts ändern, nichts wird geschehen, so wie es ist, wird es immer sein. Man wird diese schrecklichen Betonsarkophage in den Vorstädten bauen. Man wird diese krüppeligen Kleinautos bauen, damit jeder nach Zakopane oder Potczyń-Zdrój fahren und im Nationalpark hartgekochte Eier essen kann. Man wird fernsehen, ins Kino gehen und immer dümmere Bücher über die Leiche im Abteil zweiter Klasse und den intelligenten Kriminalbeamten lesen, der auf ein Konzert in der Philharmonie verzichten muß, um den Mörder zu entlarven. Haben Sie bemerkt, daß all diese Detektive symphonische Musik vergöttern? Sherlock Holmes spielte Geige, seine Nachfolger jetzt brauchen hundert Instrumente, um sich zu relaxen. Die Leser können die Echtheit dieser Information nicht überprüfen, weil sie selbst nie in der Philharmonie waren.

Und so wird es nun für immer bleiben. Eines Tages werden wir eine höhere Stufe der zivilisatorischen Entwicklung erreichen und dann, den Spuren unserer Nächsten am Rhein und an der Themse folgend, den Reiz eigener Kleingärten, der Rosenzucht und der Abendmahlzeiten an der frischen Luft entdecken, wo man Roste benützt, um Würstchen und frische Rindersteaks zu grillen, und nach dem schmackhaften Essen, nach einem Gläschen kühlen Wein, etwas Käse und Obst, die Gäste ein Bad in dem großen Swimming-pool nehmen. Unsere Autos werden größer werden, unsere Möbel solider, unsere Gegenstände haltbarer und hübscher. Darin besteht der Fortschritt! Was wählen Sie? Den Strick oder den Sprung aus dem zwanzigsten Stockwerk? Die Tochter meiner Freundin, von der ich Ihnen erzählte, hat sich für das zweite entschieden. Sie war eine hübsche junge Frau. Angeblich besaß sie großes musikalisches Talent. Sie spielte im Baden-Badener Symphonieorchester Bratsche. Stellen Sie sich das bitte vor. Sie spielte fünf Jahre lang jeden Tag um 20 Uhr im weiß-roten Konzertsaal, im Glanz der Kronleuchter, unter dekolletierten Frauen und dunkel gekleideten Männern unablässig, mühevoll, ununterbrochen, mit entsetzlicher Regelmäßigkeit Bratsche. Und sie wußte, das stand ihr in den folgenden dreißig Jahren bevor. Keine Hoffnung auf den Kontrabaß, die Flöte oder wenigstens auf den Brand des Gebäudes, das sich an russische Großfürsten und die Kaiserin Eugénie erinnern konnte.

Verankerung. Fesselung an den Ackerboden. Wie ein leibeigener Bauer aus dem Gouvernement Tambow. Der aber konnte wenigstens einen Gutsbesitzer umbringen und dann in die Zwangsarbeit nach Sibirien gehen. Wir sind nicht imstande, das zu tun. In Fesseln geschlagen von der Welt der Dinge wie der Schiffsboden von den Meeresmuscheln, tauchen wir immer tiefer unter.

Nein, wissen Sie, ich bin durchaus kein Feind der Dinge. Das habe ich bereits gesagt. Und ich habe durchaus nicht die Absicht, zu einem Kreuzzug wider die Konsumwelt aufzurufen. Außerdem wäre das eine aussichtslose Beschäftigung. Nie entäußern sich die Menschen freiwillig bestimmter Bequemlichkeiten. Dazu sind sie zu träge. Außerdem schiene es mir nicht vernünftig, wenn gerade ich zu einem derartigen Kreuzzug aufriefe. Der wird ohnehin stattfinden. Irgendwann in der Zukunft werden hungrige, rachsüchtige und haßerfüllte Menschen hierherkommen. Sie werden kommen, um diese satte, leere und gestorbene Welt zu vernichten. Auf den Leichen unserer Städte, Bücher und Urenkel werden sie das Siegesmahl der Barbaren veranstalten. In den gotischen Kathedralen werden sie die Standbilder ihrer Götzen aufrichten. In den Aulen der Universitäten werden sie fette Rinder schlachten und blutige Fleischfetzen auf einem Feuer braten, das mit den Büchern unserer Philosophen genährt wird. Sie werden unsere Frauen vergewaltigen und ihre Männer totschlagen, und die sie verschonen, werden sie zu Sklaven machen.

Ich bedaure, daß ich es nicht erleben werde. Der Gedanke an das Ende dieser Welt, die uns gegeben wurde, bildet einen gewissen Trost. Ich bin nicht grausam, wissen Sie. Ich bin nur sehr müde, enttäuscht und aller Hoffnungen beraubt. Das Schicksal hat uns in den Sattel der Geschichte gehoben. Ich meine den tiefsten Punkt der Zeitkurve, die später wieder ansteigen wird. Unsere Zeit ist eine tote Zeit. Die Epoche der Beschleunigungen ist längst vorüber, die nächste folgt mit Geschrei, mit Tamtam-Gedröhn und dem Getümmel hungriger Horden, die unsere verlassenen Gräber platt treten werden. Und wieder irren Sie, wenn Sie meinen, ich beurteile alles, als wären es die letzten Tage von Pompeji. Die Leute damals hatten doch keine Ahnung von dem bevorstehenden Vulkanausbruch, sie konnten folglich nicht in jener verzweifelten und wollüstigen Eile leben, deren man sie verdächtigt. Sie lebten im Rhythmus ihrer Zeit, mithin in unablässiger Gefahr. Wir vergessen, daß sie auf Galeeren fuhren, die flache Böden hatten, also leicht kenterten. Eine Reise von Herculaneum nach Ostia mußte ihnen riskanter erscheinen als uns heute eine Reise zum Mond. In diesem Sinn sind wir besonders benachteiligt. Mit welcher Rührung denke ich an die Menschen von früher, wie sehr beneide ich sie! Ich beneide sie um ihre Furcht vor der Dunkelheit der Nacht. Um ihre Bedrückung bei einer Fahrt durch den Wald, wo Räuber lauerten. Um ihre Verzweiflung bei der Nachricht von einer sich nähernden Seuche. Um ihre Demut angesichts des Schöpfers, der in ihren Gedanken stets gegenwärtig war, auch wenn sie ihm verschiedene Namen gaben. Jahrhundertelang lebten sie inmitten von Geheimnissen, Beschwörungen, Bedrohungen, in einer unbekannten und fremden Welt. Heimisch fühlten sie sich nur in der Nähe ihrer eigenen Wohnstatt, ihr Vaterland war ein Stück Feld, ein Wald, ein Flüßchen, mit einem Wort, was sie von ihrer eigenen Schwelle aus bis zum Horizont sahen. Weiter weg erstreckten sich fremde Reiche. Dort waren ihre Sehnsüchte, Ängste und Hoffnungen. Von dorther kam auch der Tod zu ihnen.

Wissen Sie, noch vor hundert Jahren war eine Reise nach Krakau ein Unternehmen. Die Leute packten ihre Koffer, im Haus krachten Türen, man lief über die Treppen, briet Hühnchen für unterwegs, manche schrieben sogar Abschiedsbriefe. Die Zeit der Postkutschen, mein Gott! Auf dem matschigen Weg gingen die Pferde durch, brach die Achse. Dann die Rast in der Poststation. Der Jude mit dem Scheitelkäppchen, der Geruch des Pferdegeschirrs, vor den Stubenfenstern der Regen, der Glühwein, die Erschöpfung der Frauen, die Höflichkeit der Männer, Eindrücke, fortwährend neue Eindrücke. Und wie viele Abenteuer! Die Flirts auf der Reise, im dunklen Kasten der Postkutsche oder im Eisenbahnabteil, das von einer Gasflamme schwach beleuchtet wurde, wenn der Waggon plötzlich anfuhr, die nebenan sitzende Frau erschreckt aufschrie und nach dem Arm des Mannes griff. Die Hotelzimmer in den fremden Städten, wo Sprache und Sitten, Gerichte und Gerüche fremd waren. Sogar für die Weltenbummler blieben auf der Karte noch weiße Flecken übrig, feuchte, geheimnisvolle Dschungel, wilde Tiere, Menschenfresser und heidnische Gottheiten.

Ich bitte Sie, wovon rede ich eigentlich! Das 19. Jahrhundert ist Geschichte. Ich kann doch direkt aus meinem eigenen Leben schöpfen ... Zu meiner Zeit gab es noch Zwerge, Hexen und in der Heiligen Nacht sprechende Tiere. Zu meiner Zeit gab es mitten unter den Menschen Engel in hellblauen oder rosa Gewändern, mit weißen Flügeln an den Schultern. Und es gab gehörnte Teufel. Manchmal hörte ich hinter der Tür des Kinderzimmers ihre Hufe klappern.

Ich fürchtete mich vor der Dunkelheit. Wer fürchtet sich heute vor der Dunkelheit? Ich fürchtete mich vor Gott. Wer fürchtet sich heute vor Gott? Mich freuten die Expeditionen ins Kino auf der Długa-Straße, wo eine alte Jüdin mit verrutschter Perücke an der Kasse saß, während ihr Mann, der Platzanweiser, gewöhnlich unter Geldmangel litt und uns Jungen für ein geringes Entgelt in den Raum ließ, immer in der Angst, seine Frau könne das bemerken. Ich bebte damals vor Erregung, die Kassiererin mit der rötlichen Perücke war meine Hexe aus dem Astloch der alten Weide. Wer hat heute in seinem Leben eine solche Baba Jaga? Es gab eine Zeit, da stand ich noch vor Morgengrauen auf, um durchgefroren und unausgeschlafen zu den Oktober-Frühmessen in die nahe Kirche zu laufen und dort am Hauptaltar zu dienen. Damals glaubte ich an die Erlösung. Wer glaubt heute an die Erlösung?

Auch noch vor dreißig Jahren war die Welt schwer zu erkennen, gefährlich und blendend zugleich. Es galten neue Beschwörungen, aber eben doch Beschwörungen! Die Diktatur des Proletariats, die Dialektik, der Klassenkampf. Heute reden die Menschen in der Sprache der Rundschreiben, Verordnungen und Reglements. Selbst die Dichter schreiben etwas in der Art von Eisenbahn-Fahrplänen. Nach Wieliczka 8.46 Uhr. Nach Paris 13.15 Uhr.

Vor kurzem haben sie irgendwo einen Menschen in der Retorte angefertigt. Sie haben die Retorte auf den Müll geschmissen, weil sie befürchteten, es würde ein Frankenstein herauskommen. Ihnen fehlte die Geduld oder noch mehr: der Mut, dem Geheimnis die Stirn zu bieten. Sie wollen keine Geheimnisse mehr. Die Welt soll erforscht, erklärt und bis ins letzte eingerichtet sein. Keine weißen Flecken, und was daraus folgt – keine Hoffnung, daß etwas uns überraschen wird. Keine Hoffnung, daß es doch anders wird.

Wissen Sie, wenn Gott existiert, verdienen wir keine Erlösung. Denn sogar die Erlösung ist zu einer Frage der Manipulation geworden.

Finden Sie nicht auch, daß es kühl wird? Ich habe Gewissensbisse, ich habe Ihnen soviel Zeit gestohlen. An lange Spaziergänge habe ich mich gewöhnt. Meine Frau spielt in letzter Zeit Bridge, sie hat ihre ständigen Partner, mein

Haus ist voll von Licht, menschlichen Stimmen und gedämpfter Tonbandmusik. Es sind sympathische Leute, aber wir wissen nicht, worüber wir uns unterhalten sollen. Ich spiele nicht Bridge. Einmal hörte ich, wie meine Frau nach einer abgeschlossenen Partie freudig sagte: »Zwei ist drei!« Entschuldigen Sie, aber wenn zwei drei ist, dann steckt dahinter ein Betrug. Ich gehe erst spät nach Hause, möchte Sie aber nicht festhalten. Außerdem liebe ich, auch wenn es Ihnen komisch vorkommt, das Schweigen. Falls Sie also noch Lust haben, ein wenig sitzen zu bleiben, dann bitte sehr. Wir wollen gemeinsam schweigen ...

1981

Ein dummes Weib

Bachmann stand auf der Schwelle und lächelte. Das Zimmer war sehr hell, durch die Blätter der Bäume gefiltert fiel Sonnenlicht vom Park her ein. Auf dem honiggelben Fußboden lagen Pfützen von Glanz. Bachmann sagte:

»Ein schöner Vormittag, Frau Schnabel. – Wie geht's dir, Kurt? Ich freue mich, euch bei mir zu sehen ...«

Sie nickte, und Bachmann klopfte ihrem Mann auf die Schulter. Kurt Schnabel lächelte und machte einen großen Schritt, als wollte er der Sonnenpfütze ausweichen. Er sagte:

»Wir freuen uns auch ...«

Sie dachte, ihr Mann bringe es nie fertig, etwas Originelles zu sagen. Sie dachte daran mit einem gewissen Mitgefühl, mit Rührung und Befriedigung. Er ist ein guter Mensch, sagte sie sich, besser als andere.

Sie warf einen Blick auf ihren Mann, der besser war als andere. Er hatte ein frisches, gesundes Gesicht, über der Stirn graue Haare, ehrliche, hellblaue Augen und große Hände. Er hatte auch ein Haus bei Olpe, dazu ein Stück Garten, eine Garage voller Werkzeug, das zu nichts anderem als zu seiner Freude diente, er pflegte ein paar Blumenbeete, einen Kater, einen Hund und einen Kanarienvogel. Und was hatte er noch, dieser Schnabel?

Ach so, dachte sie, er hat ja meine Liebe ...

Doch dessen war sie nicht sicher. Ein guter Mensch, besser als andere, dachte sie. Warum sind wir zu diesem Bachmann gegangen? Ein großes Haus, ein großer Park, großes Geld, der große, dumme, alte, liebe Halunke Bachmann, ein bißchen gemein, aber ein anständiger Mensch, für Kurt würde er sein Blut vergießen, ob mein guter Kurt imstande wäre, soviel Verständnis für Bachmann aufzubringen, falls sich Bachmann in einer ähnlichen Situation befände? Was soll's, wenn sich doch Bachmann nie in einer ähnlichen Situation befinden wird, er ist ein großer Schuft, und nur gute Menschen irren herum in einem Labyrinth ohne Ausweg...

Bachmann erkundigte sich, was sie trinken wolle, sie antwortete, bitte einen Martini.

Bachmann rief: »Liebe Frau Schnabel!« und ging zur Bar, wo bereits einige Herren ihre Gläser in der Hand hielten.

Träge blickte sie sich in den Salons um. Viele Leute, dachte sie. Eine sehr elegante Gesellschaft. Was habe ich hier zu suchen?

»Liebe Frau Schnabel«, rief Bachmann. »Ich bringe Ihnen einen Martini mit Kirsche.«

Sie sah sein gedunsenes, fleischiges Gesicht, die Augen eines erschöpften Ochsen und die häßlichen, negerhaft aufgeworfenen Lippen; sie erinnerten sie an ein Stück verdorbene Leber, mit dem vor langer Zeit, beinahe hinter dem Horizont ihrer Erinnerung, ihr Bruder Klaus im Röhricht bei den Mühlen von Hohenlychen Krebse gefangen hatte.

Was habe ich hier zu suchen? fragte sie sich bitter und begann wieder träge, die Gesellschaft zu mustern. Die Frauen waren braungebrannt, schlank und fröhlich, die Männer gleichfalls braungebrannt. Er ist besser als andere, dachte sie über ihren Mann, der einen Whisky trank und plump in den Park vor dem Fenster starrte. Und wieder tauchte Bachmann neben ihr auf, das Stück Leber für die Krebse hing dicht über ihrem rechten Ohr, Bachmann wieherte freudig:

»Ich freue mich sehr, Frau Schnabel.«

Sie hatte Lust, ihm zu sagen, er sei ein verdorbener Alter, manchmal sogar ein Lump, dann aber dachte sie, sie werde ohnehin die Welt nicht erlösen, Christus sei das nicht gelungen, wie denn ihr, der dummen Frau Schnabel, geborenen Vrieß, Vorname des Vaters: Otto, Otto Vrieß, Gärtnerei und Gartengeräte, Olpe, Schillerstraße, das war einmal, beinahe jenseits ihrer Erinnerung, der Schlag soll das alles treffen, einstürzen soll das alles restlos – und genau in diesem besonderen Augenblick, vielleicht hatte Gott das unter dem Eindruck ihres Zorns und ihrer Lästerung bewirkt, sagte Bachmann:

»Unser wichtigster Gast, wir sind alle sehr erfreut ...«

Er prostete einem Mann in grauem Anzug zu, der vor dem hell eingerahmten Fenster stand, draußen das Sonnenlicht und die raschelnden Buchenblätter über der Terrasse. Der Herr war grauhaarig, sein Gesicht von Furchen durchzogen, die Nase, auf der sich die Haut pellte, sprang vor, die Augen waren dunkel wie Pflaumen im Herbst, die Lippen schmal. Er hob sein Whiskyglas und sagte einige Worte, so leise, daß sie nichts verstand, doch entnahm sie der Bewegung dieser schmalen Lippen, daß er Bachmann für die freundlichen Worte dankte und seine Zufriedenheit kundtat. Dann trank er einen Schluck Whisky und lachte auf.

Mein Gott, dachte sie, er hat sich gar nicht verändert ...

Ihr Mann näherte sich dem Herrn im grauen Anzug und sprach ihn mit seiner rauhen, ungehobelten Stimme an.

Jener antwortete, sprach aber wieder leise und undeutlich, als wollte er seine Kehle schonen.

Sie spürte den Geruch der Äpfel und vernahm das Dröhnen der Tonnen, die auf einer schiefen Bretterebene in den Keller hinuntergerollt wurden. Ein schmales Sonnenband fiel in das Eßzimmer, es brach sich im Glas der Kredenz, deren holzgeschnitzte Bekrönung eine Bacchantin mit einem Korb Weintrauben am Arm darstellen sollte. Die bunten Scheiben der Kredenz reflektierten schillernd das Sonnenlicht. Auf einem Tablett lagen ein Brot, Wurstscheiben und ein geschälter Apfel. Sie betrachtete den Apfel, spürte aber den Geruch der zahlreichen Äpfel, die in den Kisten auf dem Hof lagen. Die Eßzimmerfenster zum Hof hin waren geöffnet, ein leichter Wind trug den betäubenden, scharfen Geruch herein, der sie seit ihrer Kindheit begleitet hatte ...

Sie hatte die Kredenz betrachtet und gedacht, eines Tages würde es geschehen. Im toten Glanz der Julisonne oder vielleicht im Herbst, wenn kalter Nebel über den Wiesen schwebt – dann würde es geschehen. Irgend etwas in ihrem Innern würde zerbrechen, ein Druck würde einsetzen oder ein stumpfer Schmerz. An der von Gott gewiesenen Stelle! Zunächst würde nichts geschehen, und ihres Vaters knochige Hand würde nur das Dutzend Tropfen abzählen, das in den Zucker einsickern sollte. Das Eßzimmer oder auch die Küche würde durchtränkt sein vom beunruhigenden Apothekengeruch – und das würde der Geruch des Todes sein.

Irgend etwas würde eines Tages in ihr anfangen zu verderben ... Zunächst würde nichts geschehen, nach einiger Zeit aber würde der im Innern lauernde Tod nach ihrer Kehle greifen.

Sie erhob sich vom Tisch, strich das Tischtuch glatt, streifte den Brotkrümel ab, der an einem Faden der Stickerei hing. Das Feuer knisterte im Kamin, während ihre Mutter in das Tischtuch die Worte »Segne unser täglich Brot« stickte und sie selbst, klein und durchgefroren, denn ihre Füße waren beim Laufen durch den Schnee zur Schule naß geworden, ihre blaugefrorenen kleinen Füße am Feuer wärmte. Die Mutter stickte, der Vater saß am Tisch und zählte die Rechnungen zusammen, Klaus aß eine Schnitte Brot mit Marmelade.

Irgend etwas muß im Innern zerbrechen, dachte sie damals, stand vom Tisch auf und atmete tief. Der Apfelgeruch kratzte sie in der Kehle. Ihr Vater rief auf dem Hof: »Zeno, Zeno!«

Sie blickte zum Fenster hinaus und bemerkte ihn. Er kam von der Kellertreppe herüber. Die Uhr im Eßzimmer schlug sechsmal. Die Sonne erlosch. Ihr Vater sagte: »Zeno, bring die Kisten weg«, und Zeno trat herzu, bückte sich, ergriff eine der Kisten voller Äpfel, hob sie auf die Schulter und ging zur Kellertreppe. Trotz der Kälte glänzte Schweiß auf seinem nackten Rücken.

Sie blieb am Fenster stehen und schaute zu. Ihr Vater humpelte mit seinem steifen Bein zum Wagen und zerrte an der nächsten Kiste. Die Kruppe des Pferdes dampfte.

Wenn es geschieht, dachte sie, werde ich Ruhe bewahren. Das Schlimmste ist die Erwartung. Das erste Zeichen kann im Schlaf kommen, ich kann es übersehen. Dann wird das zweite Zeichen gewiß wie ein Blitz einschlagen. Und ich werde keine Zeit haben. O lieber Gott! Erbarme dich meiner, laß mich deine Fügungen klaren Geistes erfahren ...

Sie spürte den Geruch der Äpfel, des Pferdeschweißes und des Nebels, der von den Wiesen heranzog.

Wenn alles auf Erden zerbricht, muß auch in mir etwas zerbrechen, dachte sie.

Wieder kam er aus dem Keller.

Zum ersten Mal hatte sie ihn im Winter gesehen. Er stand vor dem Fenster, und ihr Vater sah hinausgelehnt seine Papiere durch, die der Wachmann Prangl ihm aushändigte. Prangl trug hohe Filzstiefel, ein Wollschal verhüllte ihm Kinn und Unterlippe. Er sah aus wie ein toter Karpfen. Er übergab die Papiere, sagte etwas Strenges zu Zeno und ging in seinen eigenen Spuren durch den Schnee zurück zum Hoftor. Jener blieb noch eine Weile stehen und trat dann in die Küche. Auf der Schwelle hielt er an. Man sah, daß er vor Kälte zitterte. Tropfen schmutzigen Wassers rannen von seinen Schuhen. Der Vater schrie, er mache den ganzen Fußboden dreckig. Doch jener verstand nicht. Er stand nur da und betrachtete mit großen Augen ihren Vater, sie und Klaus. Der Vater hob die Faust, jener zog den Kopf zwischen die Schultern. Damals begriff sie, daß die ganze Welt noch nicht rettungslos kaputt sei. Denn der Alte wurde traurig, sein Arm fiel kraftlos herab, er murmelte etwas vor sich hin, schüttelte den Kopf, hieß sie und Klaus, sich des Burschen anzunehmen, und ging in die Wohnung.

Er war nicht schlecht, dachte sie jetzt von ihrem Vater. Alles rundum war schlecht, aber er war besser als andere ... Überhaupt hatte ich es zum Glück mit anständigen Menschen zu tun.

Sie lächelte hinüber zu Bachmann, der jenem wieder etwas erklärte.

Damals stand er auf der Küchenschwelle, und schmutziges Wasser tropfte von seinen Schuhen auf den Fußboden. Nun ja, von diesem Tag an war er an ihrer Seite!

Sie stand am Fenster und sah zu, wie er an den mit Kisten

beladenen Wagen trat, um ihrem Vater, dem kranken Hausherrn, zu helfen. Ach, dieser Vater! Beim ersten Weihnachten lauschte er, wie Zeno leise die fremden frommen Lieder sang, sie beteten gemeinsam zu dem einen Gott. »Zeno«, sagte ihr Vater, »Gott gebe dir Gesundheit, Glück und Brot dein Leben lang.« Jener aber sagte: »Gott segne Sie immer und ewig, Hausherr!« Und sie tranken Apfelwein, zu dritt mit Klaus. Ein Jahr später tranken sie nur zu zweit, denn Klaus kämpfte im Osten. Er schickte traurige Briefe nach Hause, er schrieb vom Feuer im Kamin, von den bunten Scheiben der Kredenz, von den Äpfeln, den Tonnen und von seiner Hündin, die Dina gerufen wurde und um die Zeno sich kümmern solle, wie sich's gehört. Und Zeno kümmerte sich.

Sie sah in der Dämmerung, wie er die Apfelkisten in den Keller trug. Der Vater reichte sie ihm immer langsamer zu, bis er schließlich abwinkte, ausrief: »Zeno, mach das fertig, ich schaff's nicht«, und ins Haus zurückkehrte. Im Eßzimmer setzte er sich an den Tisch, dessen Tuch sie gerade mit der Hand glattgestrichen hatte, nahm den Apfel vom Tablett, biß hinein, legte ihn fort und ließ den Kopf auf die Brust sinken. Im Hof wieherte das Pferd, und sie dachte, was in mir zerbricht, wird sich in Kürze zeigen, vielleicht schon in der kommenden Nacht, vielleicht erst morgen. Todesschweiß trat ihr auf die Stirn. Ihr Vater hob den Kopf, blickte sie an und sagte sehr leise, er sei alt und müde, mit ihm sei Schluß, Schluß in jeder Hinsicht, Gott habe kein Mitleid mehr mit Otto Vrieß. Sie fragte, mit wem Gott jetzt Mitleid habe, ihr Vater aber nickte und lächelte plötzlich wie ein kleines Kind.

»Du wirst alles überleben«, sagte er, »ich weiß bestimmt, daß du überleben wirst. Du wirst es gut haben auf der

Welt. Du wirst einen guten Mann finden, und bessere Zeiten werden kommen.« Er sagte, das sehe er wie auf der flachen Hand.

»Ich sehe das nicht«, entgegnete sie und fügte fast boshaft hinzu, sie wolle von einer Ehe nichts hören. Ihr Vater seufzte und ging hinauf in sein Zimmer. Auf dem Hof mühte sich Zeno mit den schweren Kisten ab.

Sie ging durch die Küche hinaus und kam zum Wagen. Die Luft war sauber, überall roch es nach Äpfeln, Dünger und Erde, als gäbe es keinen Krieg. »Ich helfe dir«, sagte sie und reichte ihm eine Kiste Äpfel. Er lächelte, im Halbdunkel blitzten seine Zähne, und ging zur Kellertreppe. Sie nahm eine andere Kiste unter den Arm und folgte ihm langsam. Als sie die Steintreppe hinunterging, umfing sie die Dunkelheit; im Kerzenlicht erblickte sie an der Wand den Schatten seiner Gestalt. Tiefer im Keller verrutschte irgend etwas mit sanftem Kollern, sie dachte, er muß einen Kartoffelhaufen angestoßen haben, man wird die Kartoffeln mit der Forke wieder aufschütten müssen. Die Äpfel dufteten betäubend.

Lieber Gott, dachte sie damals verängstigt, laß mich das alles überleben, laß mich noch nicht sterben! Ich fürchte mich so sehr vor dem Tod, lieber Gott, der Gedanke an ihn entsetzt mich, nimm diesen Kelch von mir...

Sie rief: »Zeno!«, er stellte die Kiste hin, drehte sich um und schaute sie sanft an. Im Kerzenlicht erblickte sie den Schweiß auf seiner Stirn und seiner Oberlippe. Sie sagte, er sei sicher müde und solle ausruhen, die Äpfel könnten bis morgen früh warten, von Nachtfrost könne ja nicht die Rede sein. Er antwortete mit dem kehligen, vogelhaften Akzent seines fremdartigen und geheimnisvollen Deutsch, das ihr immer vorkam wie die Sprache der Exorzisten, die böse Geister austreiben, der Hausherr habe gewünscht, er solle alle Kisten vom Wagen in den Keller schaffen. »Ach nein«, rief sie, »das macht ihr morgen fertig!«

In diesem Augenblick spürte sie einen Stich unter der linken Brust, einen feinen, aber tiefen Stich. Es war das furchtbare Zeichen, daß jetzt in ihrem Innern etwas zu zerbrechen begann, eines Tages würde es sie unter die Erde bringen. Sie stöhnte leise, er aber trat herzu und fragte, was geschehen sei. Sie antwortete, das Herz tue ihr weh. »Wo?« fragte er. Sie legte ihre Hand auf die linke Brust. »Hab keine Angst, Hilda«, sagte er. »Ich habe Angst«, antwortete sie. »Hab keine Angst«, wiederholte er, »ich bin bei dir...« Ihre rechte Hand berührte seine Schulter. Er bebte. »Hör mein Herz«, sagte sie flüsternd. »Nein«, entgegnete er, »laß uns das nicht tun, Hilda! Ich darf das nicht...« – »Ich sterbe«, sagte sie, »wenn es nicht geschieht.«

Irgendwo in der Ferne hörte sie die Bäume rauschen, ja sogar den Nebel knistern, der die Wiesen überzog. Sie hörte das Rascheln der Käfer und das Schwirren der Spatzenflügel. »Rette mich«, sagte sie sehr leise. Da lachte er auf, wieder blitzten seine Zähne, und er legte seine schwere Hand auf ihre Brust. »Hörst du, wie es schlägt?« fragte sie. »Ja«, antwortete er, sagte aber nicht die Wahrheit, und das wußte sie. »Ich liebe dich, Zeno«, sagte sie und wiederholte es, immer leiser flüsternd, viele Male. Da sagte auch er, daß er sie liebe, und sie legten sich auf die Bretter zwischen die Äpfelkisten.

Das Dröhnen herabrollender Tonnen übertönte ihre Herzschläge. Immer noch spürte sie den durchdringenden Schmerz, der von ihrer Brust pulsierend hinabfloß zu den Schenkeln und in einer heißen Welle nach oben zurückkehrte. Sie dachte, das ist nun der Tod. In der rosa Dämmerung unter ihren halb geschlossenen Lidern erblickte sie plötzlich sein schweißüberströmtes Gesicht mit den Augen wie Pflaumen im Spätherbst und den eingefallenen, von Bartstoppeln verschatteten Backen; doch unter seinem ziemlich kantigen, kräftigen Kinn, das vorgeschoben war wie häufig bei heranwachsenden Burschen, deren Züge die Natur noch nicht fertig modelliert hat, erblickte sie plötzlich im trüben Licht der Kerze den schwarzen Strich eines Schattens – wie einen Strick. Sie schrie entsetzt auf: »Nein! Nein!«, aber es war schon zu spät, sie glitten beide auf den Tod zu, sie mehr in Träumen, er mehr in der Wirklichkeit, denn wenn sie damals jemand bemerkt hätte, wäre Zeno unweigerlich aufgehängt worden. Das wußten sie beide seit langem, vom ersten Augenblick an, als er unter Prangls Bewachung vor drei Jahren auf dem Hof erschienen war. An einem Sommermorgen bei der Erdbeerernte hatte sie zum ersten Mal daran gedacht. Die Sonne brannte unbarmherzig, ihr tat das Kreuz weh. Der Bursche hatte sie ein wenig überholt, sie sah seinen vorgebeugten, goldbraun gebrannten Rücken, unter der gespannten Haut zeichneten sich die jungen, starken Muskeln ab. O Gott, dachte sie damals, warum muß es so sein? Wenn ich seinen Körper mit den Lippen berühre, wenn meine nackten Brüste seine nackte Brust berühren, muß er sterben! O Gott, warum ist das so auf der Welt?

Sie erinnerte sich an die Abendstunden vor Jahren, als ihre Mutter noch lebte. Alle hatten sie sich in der Küche beim Schein der glühenden Herdplatte versammelt und ihrem Vater zugehört, der die neuesten Zeitungen laut vorlas. Ihr Vater, der hinkende, gute Vrieß, las krächzend, atmete flach, unterbrach sich und spottete. Klaus spuckte manchmal auf die heiße Herdplatte, es zischte, ihre Mutter sagte: »Tu das nicht, Klaus, davon kriegt man eine dicke Zunge!«, er aber lachte nur leise. Der Vater sah die Zeitung durch und spottete. Mit verächtlich vorgeschobenen Lippen sagte er: »Verrückt geworden sind sie mit dieser Rasse! Etwas Dümmeres konnten sie sich nicht ausdenken.« Ihre Mutter ließ sich mit sanfter Stimme über der Stickerei vernehmen, sie sagte, nicht alles daran sei so dumm, immerhin falle es schwer, nicht über die jüdischen Kaufleute zu klagen, schließlich seien sie ja auch bei der Firma Breitkopf & Compagnie verschuldet, die so viele redliche Handwerker an den Bettelstab gebracht habe, Otto solle bitte nicht vergessen, wie oft er, der doch ein demütiger Christ sei, Breitkopf und dessen jüdische Kredite verflucht habe. Da schüttelte Vrieß seinen Kopf wie ein störrisches Pferd und rügte zornig seine Frau: »Dummes Weib, dummes Weib, was hat das mit dem Judentum und der Rasse zu tun?! Breitkopf ist ein Menschenschinder, solche wie ihn hat der Herr aus dem Tempel in Jerusalem vertrieben ... Dummes Weib«, rief er weiter, »ich will solchen Unsinn in meinem Haus nicht hören!« Ihre Mutter beugte sich über die Stickerei, schüttelte den Kopf und murmelte: »Ich weiß schon, was ich weiß, ich weiß es sehr gut, mag der Otto schreien, ich weiß, was ich weiß ...« Vrieß aber warf die Zeitung fort, seine Lippen bebten, er sagte: »Das heidnische Gift dringt schon in gottesfürchtige Seelen!« Und er betete jeden Tag eifriger, doch ohne Resultat.

Als sie auf dem Feld bei den Erdbeeren den Burschen betrachtete, entdeckte sie Schönheit und Kraft in jeder seiner Bewegungen. Danach sah sie Klaus, schmal gebaut, klein und schwach, aber auch ihren hinkenden Vater, der einer morschen Pappel glich.

Mein Körper, dachte sie nachts, tut mir weh aus Angst

vor dem Tode. Die ganze Welt ringsum stirbt und ich mit ihr. O Gott, erlaube mir, ein Stückchen Leben kennenzulernen ... Und sie berührte ihre geschwollenen Brüste.

Was sie erwartet hatte, ging in Erfüllung. Im Dröhnen herabrollender Tonnen, im trüben Licht der Kerze, im Geruch der Äpfel, in unbeschreiblicher Angst und Wonne, dicht an der Grenze des Todes. »Mein Herz tut mir weh«, flüsterte sie ihm ins Ohr. »Du weißt nicht, wie sehr!« Er antwortete ihr ebenso leise, in seinem gewürgten Deutsch, als verscheuchte er böse Geister, so tut nicht das Herz weh, so empfindet man die Liebe. Ihr war heiß und schwer, er lag auf ihr wie ein Sargdeckel, sie fürchtete, jeder Atemzug sei der letzte, sie versank irgendwo tief unter die Erde in Feuer, Schweiß, Blut, Hölle, Unglück – und wollte noch tiefer fallen, das ist mein Tod, dachte sie – ich kenne ihn nun, das ist mein seit langem erwarteter Tod, ich sterbe endlich, wie gut ist es zu sterben!

Sie liebten einander den ganzen Herbst, den Winter und die ersten Frühlingswochen. Im März gab Otto Vrieß seine Seele dem Herrn zurück. Als er starb, weinte sie. Zeno stand am Bett des Sterbenden, und als Vrieß schließlich gestorben war, sagte er mit sicherer und ruhiger Stimme: »Dieser Deutsche kommt in den Himmel!«

In der nächsten Nacht erschienen die Gendarmen und holten den Burschen ab. Sie nahm schweigend von ihm Abschied, sogar ohne einen Blick, weil sie begriff, daß jede unaufmerksame Geste das Todesurteil bedeuten konnte. Als er verschwunden war, wußte sie – übrigens ohne Verzweiflung –, daß sie ihn nie wiedersehen würde. Und sie dachte gerührt, er habe sie von der Todesangst geheilt. Ich habe ihn geliebt, dachte sie und war sich darüber im klaren, daß diese Liebe zu Ende sei.

Bachmann stand wieder neben ihr. Er sagte:

»Frau Schnabel, kommen Sie bitte zu uns ...«

Er führte sie zum Fenster, wo der Mann im grauen Anzug mit einigen Herren redete. Sie fand, er sei alt geworden. Wie alt mag er sein? dachte sie träge. Er war drei oder vielleicht vier Jahre jünger als ich ... Mein Gott, wir sind beide schon alt.

Mit den Augen suchte sie ihren Mann. Mein alter, braver Kurt, dachte sie. Durch ihren Kopf schoß aber auch der Gedanke, daß dieser Herr im grauen Anzug sie überhaupt nicht wiedererkannte.

Und was macht das, sagte sie zu sich selbst. Dumme Hilda, was macht das?! Vielleicht ist er es gar nicht ...

Sie schloß halb die Augen und sah wieder den dunklen Keller, sie spürte den scharfen Apfelgeruch, sie hörte das Kollern der herabfallenden Kartoffeln und das Dröhnen der rollenden Tonnen auf der schiefen Ebene. Ich danke dir, Gott! dachte sie.

Bachmann sagte zu seiner Frau leicht gereizt:

»Schau nur, wie sie an dem Apfel riecht ...«

Frau Bachmann lachte auf.

Sie stand am Fenster und hielt einen wohlgeformten Apfel in der Hand.

Sie dachte, daß sie vor vielen Jahren gehaßt habe, daß sie ganz aus Haß, Verachtung und Bitterkeit zusammengesetzt gewesen sei. Sie hatte Olpe gehaßt, Deutschland, die Deutschen, die Welt, zeitweilig hatte sie sogar Gott gehaßt.

Sie dachte daran mit Nachsicht und einer Prise Befriedigung. Jetzt empfand sie nicht mehr allzu viel. In den dreißig Jahren war sie abgekühlt. Was fehlt mir denn? sagte sie sich. Ich habe einen ordentlichen Mann, Haus, Garten, ein paar Sorgen und ein wenig Freude. Ich bin auch nur so dumm, wie man zu sein hat. Und so unglücklich, wie man sein sollte. Er hat mich überhaupt nicht erkannt. Vielleicht ist er es gar nicht? Und wenn schon, was bedeutet das?! Ich bin die Zeichen nicht mehr gewohnt, die der Himmel den Menschen sendet.

Sie schloß die Augen. Sie sah sich am großen Kamin mit nackten Füßen, den blonden Kinderkopf zurückgelehnt. Sie sah Vater, Mutter und Klaus, auch den jungen Hund, der auf dem Fußboden spielte. Lieber Gott, sagte sie inbrünstig, gib mir all das zurück und laß mein ganzes Leben anders verlaufen . . .

Plötzlich erschrak sie, fürchtete, etwas zu verlieren, und öffnete schnell die Augen.

1976

Am besseren Ufer

Der große Mann setzte sich auf den Stuhl an der Wand und streckte seine hageren Beine vor. Aus der Tasche seiner imprägnierten Joppe holte er ein Päckchen Zigaretten. Er fingerte eine Zigarette heraus, steckte sie zwischen die Lippen und zündete sie an. Er hatte schlanke Hände mit ungepflegten Fingernägeln. Er blies den Rauch zur Decke, schaute ihm interessiert nach und sagte: »Wer hätte das gedacht.« Seine Augen bewegten sich. Er betrachtete die beschädigten Wände, den schmutzigen Fußboden und den Schreibtisch, der aussah, als hätte der Mensch, der hier arbeitete, ihn aus Hunger oder Wut angeknabbert.

»Wer hätte das gedacht«, wiederholte der Mann und schaute zu Brun hinüber. Brun seufzte leicht. Er saß auf einem Stuhl am anderen Ende des Zimmers, hatte eine warme, braune Jacke an und einen Wollschal um den Hals. Die Mütze hielt er auf den Knien. Er hätte gern auch nach einer Zigarette gegriffen, blieb aber weiterhin still sitzen und musterte seine Schuhspitzen. Sie waren schlecht geputzt, Brun empfand das kurz als unangenehm. Er fühlte sich plump, müde und leer. Gerade die Leere kam ihm besonders schwer vor. Immer noch spürte er ein seltsames Gefühl von Fremdheit, als gehörte er nicht mehr sich selbst, als sähe er diesem Abenteuer von ferne zu, präzise, aber gleichgültig, des weiteren Ablaufs der Dinge gewiß, doch würden diese ihn nicht betreffen und könnten ihn nicht verwunden. Der große Mann stand auf und sagte:

»Stickig ist das hier!«

Er knüpfte seine imprägnierte Joppe auf. Brun dachte: Unter der Joppe wird er am Halfter ein Schießeisen tragen. Der Mann zog die Joppe aus. Er war schlank und gut gebaut. Unter der Achsel trug er am Halfter eine Pistolentasche.

Ein Milizionär mit dem Gesicht einer alten, erschöpften Frau betrat das Zimmer. Er kam an den Schreibtisch, setzte sich aber nicht, sondern schaltete stehend die Schreibtischlampe ein und machte sie sofort wieder aus. Er rieb sich die Hände.

»Na ja«, sagte er, »noch einen Moment.«

Und ging aus dem Zimmer. Der große Mann mit der Pistole drückte seine Zigarette am Absatz aus.

»Die Leute sind nervös«, sagte er und warf einen Blick auf seine Uhr. Offenbar gefiel ihm, was er sah, denn er nickte zustimmend.

»In Ordnung«, sagte er und setzte sich wieder auf den Stuhl.

»Klar«, sagte Brun. Er meinte, etwas sagen zu müssen, um seine Stimme zu hören. Es war seine eigene Stimme und sie klang wie gewöhnlich. Die Flüsse flossen immer noch, der Schnee fiel leise, die Welt existierte weiter in all ihrer Schönheit und Niedertracht.

»Sie dürfen rauchen«, sagte der Mann mit der Pistole.

»Nein«, antwortete Brun.

Auf dem Korridor ertönten Schritte. Das war nicht schlecht. Brun dachte, Hoffnung liegt im Lärm, in der Bewegung, in dem, was ich vorerst nicht wahrhaben will. Viel Unglück, dachte er, viel Verzweiflung.

Der Funktionär mit dem Gesicht einer alten Frau trat ins Zimmer.

»Na, dann bitte«, sagte er.

Brun stand auf. Mühsam schleppte er seine Leere. Der Kerl mit dem Halfter sagte plötzlich:

»Auf Wiedersehen.«

Wieder griff er nach einer Zigarette, als ob er sich vor dem fürchtete, was gleich folgen würde. Aber nichts geschah. Brun trat hinaus auf den Korridor. Dort war es heller und kühler. Einige verstaubte Glühbirnen verstreuten gelbes Licht. Jemand ging die Treppe herunter.

Der Milizmann sagte leise: »Viel Betrieb.«

Brun nickte. Da erblickte er Motylski. Motylski kam aus dem Treppenhaus. Er trug einen dunklen Herbstmantel mit hochgestelltem Kragen, sein Kopf war unbedeckt, an den Händen hatte er Handschellen, im Gesicht ein spöttisches Lächeln. Er sagte: »Tag, Brun«, und hob leicht die gefesselten Hände.

»Tag!« sagte Brun. Die Handschellen trösteten ihn.

Der Funktionär befahl ihm anzuhalten und sich an die Wand zu lehnen. Die Wand war eiskalt, er spürte die durchdringende Kälte trotz Jacke, dickem Pullover und Unterhemd. Die Glühbirne leuchtete trübsinnig. Irgendwo unten ertönten die Schritte mehrerer Menschen.

Ich bin nicht allein, dachte Brun, Leute wie mich gibt's hier viele. Plötzlich empfand er Ekel und Demütigung. Sogar seine Gedanken wurden ihm fremd. Es waren die Gedanken eines Menschen, den er bislang nicht gekannt hatte. Hätten sie einander vor wenigen Stunden kennengelernt, so hätte Brun diesen Menschen nicht gemocht. Wieder ging ein Mann unter Bewachung und mit Handschellen über den Korridor. Sie tauschten Blicke. Die Augen des gefesselten Mannes waren dunkel, weit geöffnet und leer. Wie die Terrassen eines verlassenen Hauses.

Am Ende des Korridors bemerkte Brun ein Fenster. Draußen brannte eine Straßenlaterne. In ihrem bläulichen Schein wirbelte Schnee.

»Es schneit wie verrückt«, sagte der Funktionär. Er kam Brun noch älter und weiblicher vor als vorhin im Zimmer. Sie blickten sich an, und plötzlich sagte der andere:

»Meine Tochter hat eine schwere Krankheit hinter sich.«

»Sie sollten sich um sie kümmern«, sagte Brun.

»Was kann ich schon tun?« murmelte der Funktionär. Er holte sein Taschentuch heraus und schnaubte sich laut die Nase.

Ein Offizier erschien. Er war korpulent, klein, rotbackig und bewegte sich schnell, er öffnete nacheinander die Türen zu den einzelnen Räumen und rief energisch, im Befehlston:

»Nach unten! Sofort runterkommen!«

Das wirkte, als wäre in den oberen Stockwerken ein gefährlicher Brand ausgebrochen. Doch das Feuer hatte sich irgendwo anders entzündet, und keiner der uniformierten, von Eile und Angst gepackten Leute hatte eine Ahnung, von welcher Seite die undurchdringliche Feuerwand auf sie zukam.

Der Milizionär berührte leicht Bruns Schulter.

»Wir gehen nach unten«, sagte er.

Sie bogen ab zur Treppe. Jemand lief hinauf, ein anderer kam von den höheren Stockwerken herunter. Der Lärm zahlreicher Schritte erfüllte plötzlich das ganze Gebäude. Immer noch hörte man die Stimme des rotbackigen Offiziers: »Sofort nach unten kommen!«

Brun ging durch eine vergitterte Tür, seine Schritte hallten auf dem Betonfußboden. Er dachte ›hier also‹ und empfand fast gleichzeitig einen kalten Luftzug. Es gab kein

›hier‹, sondern einen kleinen, verschneiten Hof und auf dem Hof das schwarze, bebende Gefängnisauto.

»Steigen Sie ein!« sagte der Funktionär.

Angestrengt hob er das Gewicht seines Körpers und überwand die hohe Rückwand des Autos. Er setzte sich auf eine Holzbank. Eine Metalltür krachte zu. Im Innern brannte eine Glühbirne. In deren Licht sah Brun, wie der Schnee an seinen Schuhen taute. Er war sich immer noch fremd.

Als die Türklingel ganz leise erklungen war, hatte er gedacht, er müsse um jeden Preis Monikas Blick meiden. Lieber Gott, hatte er gedacht, nimm diesen Kelch von ihr... Auf dem Weg zur Tür fragte er sich selbst: Woher weißt du, daß sie es sind? Und antwortete sofort: Ich weiß es!

Ein langer Kerl in imprägnierter Joppe stand draußen. Sein weißes Gesicht sah wild aus vor dem Hintergrund des Dunkels jenseits der Tür.

»Herr Brun?« fragte er beinahe flüsternd.

Brun nickte. Sie traten leise ein wie Einbrecher. Zwei junge Zivilisten und ein großer, gut gebauter Milizionär.

Brun erblickte einen goldenen Fleck vor der Wand. Das war Monikas Haar. Er sagte:

»Sei ruhig.«

»Ich bin ruhig«, antwortete sie.

»Sehr gut«, sagte der Große in der Joppe. Alles lief fast wortlos ab. Schnell, zurückhaltend und leise wie ein Mord in einer vornehmen Pension. Doch Bruns Gedanken waren nicht vornehm. Ihre Achse, ihr tiefster Sinn war die warme Unterhose, Bruns gesamte Anstrengung konzentrierte sich auf diese Unterhose, aber auch auf die Sehnsucht nach dem Schweigen. Jeder Laut schien ihn zu entwaffnen, der Welt auszuliefern, die sich vor den Fenstern erstreckte.

»Das Telefon«, sagte Monika leise. »Du mußt telefonieren ...«

Er sah ihre Augen nicht, war aber sicher, daß Monika kühl und leidenschaftslos dreinblickte, daß die verdammte Selbstbeherrschung sich ihrer restlos bemächtigt hatte.

»Zwecklos«, antwortete er und fügte gleich hinzu: »Die Zeit der Telefone ist vorbei ...«

Während er das sagte, hatte er ein Gefühl, als verabschiedete er sich von vielen Jahren seines Lebens. Er küßte Monika auf die Stirn, ungeschickt, ein wenig zerstreut. Der Kerl in der Joppe sagte höflich:

»Es wird nicht lange dauern ...«

»Klar«, entgegnete Brun.

Auf dem Fußweg zum Auto hemmte sie der nasse, frische, knöcheltiefe Schnee. Dichte Schwaden wirbelten umher, der Wind trieb ihnen den Schnee direkt ins Gesicht. Es war sehr still, die ganze Welt tauchte unter in diesem Schneegestöber wie eine versunkene Kathedrale. Sie stiegen in das Auto, der Große ließ den Motor an. Der Schein des Tachometers legte sich auf sein Gesicht wie ein Spinnennetz. Sie fuhren durch leere Straßen, langsam, vorsichtig. Alle schwiegen, jeder mit sich selbst beschäftigt. So also läuft das ab, dachte Brun, so erfüllt sich, was ich erwartet habe. Plötzlich überfiel ihn Müdigkeit. Am Ziel angelangt, stieg er aus dem Auto wie ein Mensch, den man mitten in der Nacht aus dem warmen Bett geholt hat. Ein Schauder durchfuhr ihn, er mußte sich Mühe geben, nicht mit den Zähnen zu klappern. Vielleicht die Angst, dachte er. Doch als er den langen Korridor betrat, die steile Treppe und dann das Zimmer, wußte er bereits, daß es nicht die Angst war, sondern ganz einfach Kälte und Erschöpfung.

Das Zimmer war klein, am Fenster stand ein Mann in abgenutztem, dunklem Anzug. Er warf einen Blick auf Brun, nickte, als hätte er auf sein Eintreffen gewartet – und verließ das Zimmer. Er wollte die Tür vorsichtig hinter sich schließen, doch blieb sie offen, darum schloß er sie ein zweites Mal kräftiger, aber sie ging hartnäckig wieder auf. Da versuchte er dreimal mit wachsender Wut, sie ins Schloß zu werfen, doch blieb die Tür unbesiegt – der Mann ging fort, sie aber öffnete sich hinter ihm spöttisch einen Spalt breit. Der Große in der Joppe sagte: »Sehen Sie, sogar die Tür ist hin.«

Brun nickte. Er war zu der tröstlichen Einsicht gekommen, eine derartige Welt existiere ganz einfach nicht.

Gerade da zündete sich der Große eine Zigarette an, zog die Joppe aus, man sah seine Pistolentasche. Für Brun war das eine komische Geste. Im Gefängnisauto sitzend, dachte er träge an all die erregten Kerle, die durch die Stockwerke und Zimmer gerannt waren, die Warschau im Schneegestöber durchquert, an Hunderten von Wohnungstüren geklingelt und verschlafene, verstummte, wütende oder niedergeschlagene Menschen mitgenommen, sie zu Autos geschleppt oder höflich fortgeleitet hatten – schweigend oder redselig, brutal oder taktvoll, leise oder lärmend, immer aber gleichermaßen gelähmt, überrascht von dem, was unter ihrer Mitwirkung geschah, im Grunde ungeschickt und angespannt, das Ziel nicht kennend, etwas begehrend, das ihnen unklar blieb wie der Tag, der binnen kurzem heraufziehen sollte.

Die Autotür knackte, und andere Verhaftete kletterten herein. Beim Einsteigen sagten sie »Tag!« und setzten sich enggedrängt auf die Bänke. Der Wagen füllte sich, wieder knackte die Tür, schließlich erklang das hohe, unregelmäßige Schnarren des Motors. Die vergitterte Lampe unter der Decke leuchtete ein bißchen kräftiger. Die Gesichter der Männer waren weich, schwammig, Gesichter alter, verbrauchter Weiber aus der Tiefe der Zeit. Zunächst schwiegen sie. Dann begannen sie, leise und langsam zu reden, danach immer lauter und selbstsicherer, als reiften sie schnell heran, als lernten sie die Sprache, von Einzelsilben zu kurzen Sätzen, zu verwickelten, kunstvollen Perioden, bald redeten sie ganz glatt und deutlich, und ihre Gesichter kehrten – wie von weiter, schwieriger Reise – zurück zur Form und nahmen Ausdruck an. Jeder redete verhalten von sich, geizte aber nicht mit Einzelheiten bei der Beschreibung der nächtlichen Ereignisse, sie behandelten diese jedoch leichthin, unbesorgt, mit einer gewissen Distanz, wie jemand ein Abenteuer während eines unverhofften Gewitters behandelt. Genauso redeten sie davon, über die heftige Begegnung mit dem Element, über das, was war und immer ist, aber außerhalb von ihnen, was gezähmt werden muß. Plötzlich lachte jemand laut, andere stimmten ein. Für eine Weile herrschte Fröhlichkeit im stickigen Innern des Autos. Doch bald überkam die Männer Müdigkeit, und Stille setzte ein.

Brun saß in eine Ecke geklemmt, seine linke Schulter berührte einen jungen Mann mit hübschem, schmalem Gesicht. Etwas später sank dessen Kopf herab und lehnte sich an Bruns Schulter. Schlaf nur, dachte Brun, ich werde für uns beide wachen. Ich bin nicht mehr jung, mein Kleiner, das verpflichtet. Die Ruhe zu erreichen, ist einfach. Man braucht gar nicht zu wählen. Man ist verurteilt zu allem, was tief im Menschen steckt. Keine Chance auszuweichen, keine Möglichkeit zu manövrieren. Ich bin ganz hier und nur hier, ich kann mich aus mir nicht lösen, kein Kniff ist mehr gestattet, ich bin hier wie ich bin, in mir gefesselt, mit dem ganzen Sack meiner Fehler und Tugenden. Und wie sich herausstellt, ist es gar nicht so schwierig, das zu bewältigen, es genügt schon, man selbst zu sein, zu den Quellen zurückzukehren.

Unerwartet hielt das Auto, der junge Mann hob den Kopf von Bruns Schulter und schaute sich um. Die Leute schwiegen. Die Tür ging auf, und sie erblickten vor dem Hintergrund des Schneegestöbers die Helme zahlreicher Milizionäre.

»Aussteigen!« rief eine Stimme.

Sie stiegen aus, ungeschickt, der Reihe nach, und versanken im tiefen Schnee. Eine Laterne beleuchtete den Weg zu einem gedrungenen Betongebäude. Sie gingen dorthin durch das Spalier der mit Schlagstöcken bewaffneten Milizionäre. In einem niedrigen, schlecht beleuchteten Korridor empfing sie eine Menge seltsam erhitzter, verschwitzter uniformierter Männer mit unruhigen Blicken, als wären sie vom Fieber befallen. Sie schwiegen. Umgeben vom flüchtigen Dunst ihrer Atemzüge, verströmten sie den Geruch von Schweiß, feuchtem Stoff und panischen Vorahnungen.

Die Verhafteten wurden in eine Zelle gelenkt, sie gingen hinein und gingen hinein bis ins Unendliche, dabei war die Zelle nicht groß, gar nicht groß, vier kahle Wände, ein Betonboden, eine schwarz gewordene Decke, eine Glühbirne im Drahtkorb, eine normale Sechs-Mann-Zelle, aber dreißig Männer gingen hinein und fanden Platz, weil die menschliche Findigkeit keine Grenzen kennt und das Leben voller Überraschungen ist. Sie saßen auf dem Betonfußboden, geduckt, zusammengekrümmt, die Köpfe zwischen den hochgezogenen Knien. Ihre Kleidung, vor kurzer Zeit noch frisch, stank bereits, der seit Jahren vergessene Geruch der Unfreiheit, der Verachtung und des

Heroismus, der aus Bruns Erinnerung erschütternd traurige Bilder heraufholte.

Der Bursche, der während des Transports an seiner Schulter gedöst hatte, saß neben ihm und lachte zu Bruns Verwunderung vor sich hin. »Was für Mistkerle!« sagte er.

Und Brun spürte die Last der Fremdheit. Zwischen ihm und diesem Burschen tat sich der unüberwindliche Abgrund der Jahre auf. Über die Flüsse der Welt hinweg kehrte jene Zeit zu ihm zurück, die er seit langem tot geglaubt hatte, ohne jeden Zweifel tot, weil sie vor seinen Augen totgeschlagen worden war, und dennoch wieder anwesend in diesen Gerüchen, im Rasseln der Gitter, in den Lichtreflexen auf den Pistolenläufen. Er schloß die Augen und erblickte Reiner, den nach billigem Tabak stinkenden Schmied aus Miesbach, erblickte ihn aber anders als damals, auf eine Weise, die der Vorstellungskraft Hohn sprach. Sooft er sich an Reiner erinnerte, war das stets eine Vision à la Wagner. Er sah ihn vor dem Hintergrund der Schmiede, mit nacktem, schweißglänzendem Oberkörper, wütend mit dem Hammer zuschlagend. Blaue Flämmchen huschen über die Eisenstange, das Feuer braust, die Schmiede bebt vom Getöse der Schläge, durch das geöffnete Tor aber sieht man den Feldweg, weite Wiesen und Eichen, alles im roten Dunst der untergehenden Sonne. So erinnerte er sich stets an Reiner, den Schmied von Miesbach – und es war ein märchenhafter Reiner, ein Reiner aus dessen eigenen Geschichten, die er gewöhnlich erdachte, während er durch die Lagerlatrine spazierte, bereit zu Erinnerungen, fern aller Wirklichkeit. Brun hatte Reiner nie in dessen Schmiede gesehen, er kannte sie nur aus Berichten, es war eine phantastische Schmiede, ihr gemeinsames Haus und Obdach, wo sie sich am Feuer wärmten und die verstorbene

Welt der Kühe und Pferde bewunderten, der ruhigen Sonnenuntergänge und der Abendgebete der Bauern und Hirten. Reiner erzählte von der Schmiede und seiner Schmiedearbeit, während er auf dem Weg durch die Latrine auf- und abging, Brun und seine Kameraden saßen auf dem langen, schmalen Brett, der Frost biß in ihre nackten Hintern, sie entleerten sich unter Stöhnen und Schmerzen, in der schrecklichen Anstrengung des Gebärens, schweißüberströmt, stinkend, aber immer begierig auf diese süßen Geschichten über einfache Arbeit, ein einfaches Leben und schöne Bäume im roten Licht des Sommerabends. Reiner erzählte, während er langsam auf- und abging, seine Stiefel klirrten auf den Erdschollen, die Atemwolke umhüllte seinen Kopf. Reiners langer, messerscharfer Schatten ging ihm wenige Schritte voraus, und wenn er auf der Höhe der Aufschüttung anhielt und langsam wieder zurückkehrte, klirrten seine Stiefel erneut auf dem Eis, und seine Stimme sank leicht herab. Weil aber alles ein Ende hat, selbst etwas so unendlich Pathetisches wie Wagner und die Zeit in der Lagerlatrine, erlosch schließlich das Feuer unter der Esse, sank die Nacht über Miesbach herab, seufzten in den umliegenden Gehöften die Ziehbrunnen, und die verspätete Herde kehrte in der Dämmerung und in einer warmen Staubwolke zurück von der Weide. Wenn dann das Gebell der Hunde durch das Dorf hallte und die Leute sich zum gemeinsamen Abendbrot setzten, verstummte Reiner ein wenig betrübt, auf seinem Gesicht erschien ein Ausdruck von Bitterkeit, schließlich rief er kehlig: »Schluß mit dem Scheißen! Raustreten!« Sie traten aus der Latrine, schauten in den gelben Frosthimmel und zogen die gestreiften Hosen hoch. Dann gingen sie den Pfad entlang, lauschten auf das Klappern der Holzschuhe, zitternd und unersättlich, voll jener Freiheit, die ihnen gegeben war. Reiner ging abseits, mißmutig, sogar ein wenig zornig, als hätten sie ihn beraubt.

Und Brun dachte an Reiner, nicht an den in der Schmiede, wie er das sein Leben lang getan hatte, sondern auf sehr prosaische Weise, ohne die märchenhafte, wagnerische, beflügelnde Aura, er dachte an den Reiner auf dem Weg nahe der Latrine, in Uniform und langen Stiefeln, in der Mütze mit dem Totenkopf über dem Schild, mit dem Stöckchen in der Hand. Reiner lief immer mit dem Stöckchen herum, wie ein Dirigent. Und er hielt es auch dann noch in der Hand, als er mit durchschossenem Kopf auf dem Appellplatz lag, in der hellen Aprilsonne.

Der hübsche Bursche wiederholte fröhlich: »Was für Mistkerle!«

Brun nickte. Nur diese Geste blieb ihm.

Der Bursche schöpfte mit vollen Händen aus seinen Erfahrungen – sie waren gemäßigt und lauwarm wie alles, was sich hier im Laufe der letzten mehr als zehn Jahre ereignet hatte. Er war ruhig und ohne dunkle Angst, vielleicht ganz einfach freier. Doch wie dem auch sei, Brun verstand, daß ihm nur freundschaftliche Gesten übrigblieben.

Er hätte nicht beschreiben können, welche seit Jahrzehnten verwurzelten Erinnerungen jetzt langsam in ihm auflebten, was ihn nun umfing mit bekannten Gerüchen und Klängen wie eine wiederkehrende Krankheit, während dieser Bursche mit dem fröhlichen Aufleuchten in den Augen alles auf ein einziges verächtliches Wort reduzierte. Darum nickte Brun nur, bat aber im Grunde seines Herzens Gott, der Bursche möge recht behalten . . .

Heftiger Lärm zog in Wellen heran. Brun spürte, wie die schmerzliche Erstarrung seiner Beine sich von den Waden zu den Knien verschob und langsam die Oberschenkel erfaßte. Er wollte sich bewegen, seine Stellung ändern, verharrte aber reglos, immer noch den alten Gewohnheiten getreu, die ihm geboten, die Bequemlichkeit der anderen zu berücksichtigen.

Heftiger Lärm schwappte gegen die Zellentür und fiel wieder ab, um sich im langen Korridor zu verlaufen. An diesen Lauten war etwas Seltsames, das Brun zur Wachsamkeit zwang. Er erkannte zahlreiche Schritte, die ungleichmäßig und ungezwungen auftraten, leise und erregte Stimmen, einen trockenen Schrei, das Knallen einer Tür. Das waren keine Klänge aus jenem Abgrund. Ihnen fehlte die schreckliche Feuchtigkeit und der gleichmäßige Rhythmus, ohne die man die grausame Geschichte des Menschen nicht wahrhaft schreiben konnte. Alles auf dem Korridor war irgendwie verworren, der Lärm schwankte, stieg an und fiel ab. Brun vernahm ein Poltern, Flüche, plötzlich schlug ein lautes Gelächter gegen die Tür, dann setzte für kurze Zeit Stille ein, dann quietschte das Schloß wie ein junger, erschreckter Hund, und auf der Schwelle erschien ein hagerer Mann in Uniform.

»Rauskommen!« rief er zornig, aber für Brun klang es familiär.

Sie gingen über den Korridor zur Treppe, die Treppe nach oben, zwischen Wänden aus Gittern. Der grauhaarige, muntere Funktionär verteilte sie zu sechst auf einzelne Zellen. Wieder knallten Türen und quietschten Schlösser. Brun befand sich in Gesellschaft von fünf Männern, aber jener Bursche war nicht darunter. In der Zelle herrschte Kühle, hinter dem vergitterten Fenster lagen weiße, schwere Schneemassen. Das Klosett verbreitete scharfen Urin- und Kotgeruch.

Dies ist die Haltestelle, dachte Brun. Hier muß man seinen Haushalt einrichten, und bald wird der ganze Wirrwarr kleiner Tatsachen und mächtiger Begierden, flüchtiger Dinge und grausamer Sehnsüchte uns zu bedrücken anfangen ...

Wachsam blickte er seinen fünf Kameraden ins Gesicht. Vorläufig konnte er ihre Blicke und Runzeln noch nicht lesen. Er wußte aber, das würde bald kommen. Er schaute zum vergitterten Fenster hinaus. Irgendwo weiter entfernt, in der von den Streifen des Schneegestöbers durchzogenen Dunkelheit, leuchtete für einen Moment ein Schein auf. Vielleicht hatte jemand jenseits der Gefängnismauer eine Taschenlampe angeknipst, aber vielleicht war es auch nur die Vorahnung des Morgengrauens in Bruns Herz.

Er blieb eine Weile schweigend stehen und sah zu, wie die anderen auf die Pritschen krochen, die schmal waren, zweistöckig, ohne Bettzeug. Mit ihren Mänteln sollten sie sich zudecken und unter den Kopf ihre Mützen oder Schuhe legen. Sie bebten vor Kälte, der Gestank knebelte ihre Kehlen. Das scharfe Licht der Glühbirne verletzte ihre Augen.

Schließlich legte sich auch Brun auf eine untere Pritsche. Dicht über sich erblickte er in Gesichtshöhe das Bild eines nackten, brünetten Mädchens, die aus einer farbigen Zeitschrift geschnittene Illustration. Das Mädchen hatte schmale Schenkel, einen schlanken Bauch, üppige Brüste und lange Haare. Brun begrüßte sie mit beflügelter Dankbarkeit. Sie lag auf goldenem Sand, im Hintergrund floß grün und geheimnisvoll ein Fluß, und noch weiter fort erstreckte sich das neblige andere Ufer. Aber sie beide, das Mädchen und Brun, waren auf diesem Ufer. Und er wußte bereits, sie würden hier auch bleiben ...

1982

»Die Beichte eines Kindes seiner Zeit«
oder
Das Herz des Funktionärs

Sie werden sich wundern, aber ich hab sie an der Schießbude kennengelernt. Samstag abend, Anfang September. Es war noch warm, ich ging damals in Zivil, weil ich – im Vertrauen – von Uniformen nicht viel halte. Ich hab mich bei dieser Schießbude rumgetrieben, scheinbar ohne Zweck, aber ich hatte den Oberfixen da auf dem Kieker, der die Schießbude führte, denn der machte seit langem seinen Dreh mit den Hampelmännern. Ein gewöhnlicher Staatsbürger bemerkt das nicht, aber meinem Blick konnte es nicht entgehen. Hastenichtgesehen, eine Handbewegung, und schon hatte der Oberfixe zwei Hunderter und mehr kassiert. Er kauft die Hampelmänner beim Großhändler als Prämie für Treffer in der Zehn, aber wenn er das Pfeilchen aus der Scheibe zieht, braucht er wirklich nur mit dem Finger nachzuhelfen, und schon steckt Ihr Pfeilchen in der Neun. Für eine Neun gab es ein Päckchen Giewont-Zigaretten, ganze vier Złoty die Packung. Sie können sich vorstellen, was der für Kohle machte! Also, wie ich schon bemerkte, es war Samstag, die ersten Septembertage. Noch liefen viele Kinder im Park rum. Sie hatte einen Jungen bei sich, einen blonden, ganz hübsch, nur 'n bißchen ungeschickt. In voller Offenheit kann ich Ihnen mitteilen, daß führte mich damals in die Irre. Ich war nämlich auf dem falschen Dampfer. Ich stand gerade ein bißchen im Schatten, weil ich nicht gern auf dem Präsentierteller sitze, das kommt wohl von meiner Schüchternheit oder so. Ich stand also abseits, und sie kam mit dem Jungen zur Schießbude. Ich werd Ihnen nichts vorlügen, wenn ich mich schon nach langem Zögern und, möchte ich sagen, innerem Ringen zu einem Gespräch entschlossen hab, dann erzähle ich alles, wie es damals in Wirklichkeit war. Ich schau mir das Frauchen an und denke, die könnte mir passen. Sie war damals vierundzwanzig, und ich ein junger Mann. Junge Männer, das wissen Sie selbst sehr genau, widmen den Mädchen sehr viel Zeit. Bitte schön, ich bin ein harter Mann, das Leben hat mich nie verwöhnt, ich drück mich unverblümt aus. Sie war damals ein sehr hübsches Frauchen. Sie trug einen grünen Rock und eine ärmellose Bluse, weil man, wie ich schon bemerkt hab, den Herbst noch nicht in der Luft spürte. Ich dachte mir, eine junge verheiratete Frau mit Kind, das hat mich ungeheuer gereizt. Ich sag nicht, ich hätt nie im Leben mit einer Jungfrau geschlafen. Das wär eine Lüge, und ich bin ein absolut stolzer Mensch. Ich sag's also, ich hab mit so einer geschlafen, und leugne es nicht. Aber das war in meiner frühen Jugend und entsprach nicht, wenn ich so sagen darf, meinen Bedürfnissen. Ich war sogar längere Zeit über gewissermaßen abgeneigt, vielleicht verschreckt, aber dann lernte ich eine Frau kennen, eine verwitwete Person, und die war für mich, wie man so sagt, die Schule des Lebens. Ich könnt Ihnen allerlei Nummern aus dieser Zeit erzählen, aber Sie verstehen das bestimmt, ich bin dieser Frau gegenüber verpflichtet, sie lebt ja immerhin noch! Doch zurück zu jenem Samstag. Sie sah so hübsch aus im Licht der Schießbude, daß ich meinen Blick nicht von ihr wenden konnt. Der Oberfixe hatte damals bunte Glühbirnen, die gingen an und gingen aus, gingen an und gingen aus wie

Neonröhren. Er war Geschäftsmann und wußte, wie man das Publikum anlockt, damit es auf diese Hampelmänner flog wie die Fliegen auf den Honig. In diesem Licht sah sie wirklich sehr lapidar aus. Bitte schön, ein kleines Schnäuzchen, schmal wie bei einem Kätzchen. Mal im violetten Schatten, mal im roten Schein. Da kam mir der Gedanke, dieses Frauchen reiß ich auf. Die ist hübsch und dazu noch verheiratet mit Kind, das hat wegen der Ehre große Bedeutung. Viel Zeit beanspruchte es nicht. Ich mein das Kennenlernen. Nur gingen wir gleich von der Schießbude weg, denn der Oberfixe erkannte mich und benahm sich so, daß ich mein Inkognito verlieren konnte. Und in diesen Dingen bin ich absolut empfindlich. Wir gingen also dahin, wo die Tanzfläche war und das Orchester spielte und die Leute an den Tischen Orangeade tranken. Es gab auch welche, die hatten sich ihren Wodka in Orangeadeflaschen mitgebracht, denn leider ist unser Volk so, wie Sie ja wissen. An jenem Abend aber war's ziemlich ruhig, es war noch nicht die Zeit vollständiger gesellschaftlicher Zerrüttung, die Leute hatten noch Verantwortungsgefühl für ihr Land.

Um die volle Wahrheit zu sagen, besonders gesprächig war sie nicht. Nur lachte sie ziemlich viel. Ihr Lachen gefiel mir gut, weil ich ein musikalischer Mensch bin, mein Großvater war Organist, als Kind hab ich schön gesungen, aber in der Pubertät ist meine Stimme tief geworden, und ich hab die Musik aufgegeben. Aber bis heute hab ich ein empfindliches Ohr, ich greif zum Beispiel jede Melodie fehlerlos auf. Ich pfeif auch. Also, in ihrem Lachen war eine Melodie, vielleicht auch mehr, ich möcht sagen, eigentlich Musik. Und das hat mich sehr angemacht. Dem Jungen kaufte ich ein Eis, und wir gingen tanzen.

Ich sagte ihr, sie hätte einen netten, aufgeweckten kleinen

Sohn, da lachte sie laut. Ich drückte sie ein bißchen, aber ich werd Ihnen keineswegs die Einzelheiten berichten, denn das sind immerhin private Dinge. Doch es ist kein Geheimnis, wenn ich hinzufüge, daß wir zu einem späteren Zeitpunkt, noch vor der Hochzeit den Beischlaf vollzogen haben. Meine Gattin ist eine moderne Frau, was Sie auch denken mögen, wir leben bedauerlicherweise im 20. Jahrhundert. Ich bin den Geschehnissen schon vorausgeeilt und erwähne nur noch, daß sie mich mit dem angeblichen Söhnchen ein paar Tage lang getäuscht hat. Und selbst heute noch, viele Jahre später, wenn wir davon sprechen, lacht meine Frau laut darüber. Mich aber versetzt das immer in Stimmung. Der Kleine, heute ist er natürlich nicht mehr klein, zwanzig Jahre sind im Nu verflogen, war der Sohn ihrer älteren Schwester, die einen Veterinär geheiratet hat. Sie wohnen schon ziemlich lange in Warschau, und der Junge hat, bitte schön, beim Militär Medizin studiert. Wir mögen uns bis heute sehr. Er erinnert sich sogar an den Geschmack des Eises von jenem Samstagabend. Aber vielleicht redet er das auch bloß, um sich bei seinem Onkel einzuschmeicheln.

Heut hab ich selbst fast erwachsene Kinder und kann, wenn ich so sagen darf, den Ablauf der Zeit nicht akzeptieren. Ich weiß noch, wie meine Gattin Mariusz erwartete, es war, möcht ich sagen, eine schwere Zeit, ständige Mobilisierung aller Kräfte und Energien, jeden Tag ergaben sich sehr ernste Fragen, das Frühjahr 68, für Sie war es vielleicht anders, eine Frage des Standpunkts, das ist unsere verdammte Wirklichkeit, die ihren Schatten zwischen die Polen wirft ... Doch will ich nicht über Politik reden, unser Gespräch ist bedauerlicherweise rein persönlich, es soll ein Gespräch sein über die Erlebnisse meines Herzens. Also, meine Zofia, so heißt meine Gattin, ging damals mit einem Bäuchlein, Mariusz ist jetzt vierzehn. Meine drei Jahre ältere Tochter trägt den Namen Iwonka, aber über meine Tochter möcht ich nicht sprechen. Das ist, ich bitte Sie, meine tiefe Enttäuschung, ich möcht geradezu sagen, meine Niederlage. Wenn ich je einen Fehler begangen hab, dann als Vater, als Erzieher meinem eigenen Kind gegenüber. Ich hab viele Staatsbürger erzogen, die tausendmal schlechter waren, gesellschaftlich viel mehr vernachlässigt, der letzte Schrott. Und es ist mir gelungen. Ich hab dafür Beweise, meine Gattin verwahrt sie im Wäscheschrank in Gestalt von Andenken, privat an mich gerichtete Briefe von Personen, die nach der Strafverbüßung entlassen wurden, aber bedauerlicherweise auch von Namenstagskarten. Ich bin ein absolut stolzer Mensch und ziemlich bescheiden. Wenn ich Ihnen sage, daß ich mit Vornamen Geniek heiße und am Tag vor Silvester, zwischen Weihnachten und Neujahr, Namenstag habe, dann begreifen Sie von selbst, welche Anstrengung und Mühe solch eine Namenstagskarte die Gefangenen gekostet hat. Trotzdem besitz ich ein paar davon, die sind für mich ein sehr wertvolles Andenken. Ich betone das, damit Sie mich nicht für einen sozusagen mechanischen Menschen halten, ganz im Gegenteil, ich hab viel Mitgefühl und Verständnis für anderleuts Unglück. Mag da kommen, wer will, ich weiß bestimmt, daß Knast ein fruchtloses Unglück ist. Und gerade ich bin auf die Probe gestellt worden. Nun ja, ich will stinkende Dinge nicht in rosa Seidenpapier wickeln, wie der Dichter sagt. Meine Tochter war mit siebzehn Jahren mannstoll. Ich verwende ordinäre Wörter, denn was sie getan hat, ist ganz einfach ordinär. Sie war mannstoll! Sie hat ein unüberlegtes Liebesverhältnis mit einem Studenten der Volkswirtschaft angefangen. Und es bestand schon die Gefahr, daß sie ein Kind kriegte. Ich sag Ihnen ehrlich, ich bin fast durchgedreht. Drei Wochen lang bin ich rumgelaufen mit einem Messer im Herzen. Ich hab geblutet. Sie sind Vater, Sie verstehen das. In solchen Augenblicken des Lebens nehmen die Frauen einen verantwortungsvolleren Standpunkt ein. Sie sind nicht so romantisch. Meine Gattin fand über einen Schwager in Warschau eine gewisse Frau Doktor. Bei uns in der Stadt konnte man das nicht machen, die Gesellschaft ist sehr empfindlich hinsichtlich der Moral bei den Repräsentaten der Staatsmacht. Aber, ich sag Ihnen, ich kann mein Kind nicht mehr ansehen, wie ich es in all den vorausgehenden Jahren angesehen hab. Ich hab sie aufs Töpfchen gesetzt, ihr den Po gewischt, und sie enttäuscht mich dermaßen. Das vergißt man nicht. Einmal hab ich die Meinung eines Philosophen gelesen, man kann etwas verstehen, aber man kann es nicht verzeihen. Das ist nicht richtig. Ich hätt es ihr vielleicht verziehen, aber als ich diesen Burschen sah, mit dem sie das Verhältnis hatte, war von Verstehen keine Rede. Ich bin nicht anspruchsvoll, soll doch jeder sein Vergnügen haben, soll doch jeder haben, was er will, und leben, wie er will, denn das ist das Hauptprinzip der Demokratie. Aber es gibt gewisse Grenzen, es gibt einen gewissen Anstand, eine Schuld, die man dem Vaterland abzahlen muß. Der Mann ist Mann, und die Frau ist Frau. Ich sag's Ihnen mit aller soldatischen Offenheit: Diese jungen Leute haben keine Eier! Durch welches Wunder er ihr das Kind gemacht hat, ist für mich geradezu ein Sisyphus-Geheimnis.

Ich schließ dieses schmerzliche Kapitel. Wenn ich so viel über meine Familie gesprochen hab, dann nur, damit Sie genau verstehen, woher mein ganzes Problem kommt. Betonen muß man, daß meine Frau sehr gefühlvoll ist, und manchmal, wenn ich nicht einschlafen kann, und das kommt jetzt öfter vor, denk ich mit einem gewissen Zorn, würd ich sagen, sie ist mit mir nicht zufrieden. Ich hab das viele Male überlegt. Ein Trinker bin ich nicht. Falls sich die Gelegenheit ergibt, kann ich natürlich auch einen trinken, aber die Familie steht für mich immer an erster Stelle. Als Mann geh ich mit meiner Frau zart um, geradezu feinfühlig. In Dienstangelegenheiten kennzeichnet mich musterhaftes Verhalten, verbunden mit humanistischer Einstellung zum Menschen. Meine Frau ist gläubig, ich – inoffiziell – ebenfalls, und das sind sehr verständliche und verbreitete Dinge. Die Wirklichkeit besitzt ihre unbestreitbaren Rechte. So würd ich das bezeichnen. Und auf diesem Gebiet machen wir uns keine Vorwürfe, meine Gattin und ich. Doch seit einiger Zeit ist etwas eingetreten, als ob sie sich quälte. Und das war verbunden mit meinem persönlichen Engagement.

Sie sind verheiratet und gebildet, da verstehn wir uns wohl. Das sind Angelegenheiten der Seele. Nicht daß sie gleich den lieben Gott beträfen, aber doch Angelegenheiten der Seele. Vielleicht werden wir beide älter, obwohl ich das nicht sagen kann, denn wir haben immer große Befriedigung und sogar Rührung. Aber vielleicht fängt die Frau in einem gewissen Alter an, eine Furcht zu empfinden, die dem Mann nicht zugänglich ist – und auf diese Weise entsteht ein Spalt. Ich empfind es zuhause manchmal so, als wär ein Schatten auf uns gefallen. Ich bin ein einfacher Soldat der inneren Front, ich kann meinen Gefühlen nicht vollständig Ausdruck verleihen, aber es ist ziemlich wichtig, und ich möcht, daß Sie es verstehen. Ich hatte kein leichtes Leben. Meine Kindheit, das sind Hobelspäne, Bretter, Leim- und Politurgerüche. Mein Vater hatte eine Tischlerwerkstatt. Glauben Sie, das war in jenen Zeiten ein leichtes

Stück Brot? Wenn ich heut eine Säge hör oder den Holzgeruch riech, dreht sich mir der Magen um. Ich war sechzehn, als ich in den Dienst ging. Nur um von dieser widerwärtigen Tischlerei wegzukommen. Nur um jemand anderes zu werden. Und ich konnte jemand anderes werden. Mein Vater konnte das nicht, aber ich konnte es. Darauf beruht eigentlich alles. Von dorther hat sich alles ergeben. Scheinbar einfach, aber die Leute haben es bis heute nicht begriffen. Glauben Sie etwa, ich lieb meinen Dienst? Ich hätt meine Natur nicht anders entwickeln können? Ich bin überzeugt – selbstverständlich und ganz bestimmt! Aber das hat sich irgendwie außer mir umgedreht. Ich bin vor den Hobelspänen und Brettern geflohen, und dann hat es sich einfach von alleine weitergedreht. Die ganze Welt hat sich gedreht und ich mit ihr. Aber schon ohne die verdammten Bretter. Und das zählte! Bitte schön, ich bedaure nichts in meinem Leben. Ich will nicht sagen, daß ich heilig bin, das wohl nicht. Jeder irrt. Aber ich weiß, daß ich gebraucht wurde, daß ich geachtet wurde, meine Vorgesetzten mich schätzten und meine Untergebenen sich wohl nicht beklagten, mit einem Wort – ich hatt und hab ein Stück Welt für mich. Ein besseres als diese Tischlerbretter. Und mehr wert als alle Bretter meines Vaters zusammen.

Aber in letzter Zeit waren meine Gattin und ich, ich würde sagen, getrennt. Als hätt sie die Überzeugung verloren, daß das, was ich tu, seine Richtigkeit hat. Das läßt sich nicht aussprechen, denn sie redet nicht darüber, aber manchmal schaute sie mich an wie einen fremden Menschen. Und das war ganz einfach schmerzlich. Ich erzähl Ihnen also jetzt, was letzte Woche passiert ist. Das steht natürlich im Zusammenhang mit Ateński. Ich versteh, er war nicht schuld daran, aber ich hatt doch ein Gefühl der Antipathie. Es begann am Samstag, am frühen Nachmittag. Da ließ ich ihn rufen. Noch nach dem Mittagessen fühlte ich mich ganz normal. Später hab ich sogar gedacht, vielleicht hat es am Essen gelegen, vielleicht hab ich mich ein bißchen vergiftet, denn von jeher mag ich keine geschmorten Nieren, und zum Mittagessen gab es gerade geschmorte Nieren. Aber dann stellte sich schnell heraus, daß es etwas mit meinem psychologischen Leben zu tun hatte. Punkt 19 Uhr übergab ich den Dienst, und fünf Minuten später stieg ich in meinen Mini. Ich füge für Sie, ein bißchen abstrakt, die Frage an, ob ich früher hätt einen Mini haben können. Was war das für eine Freude zuhause! Meine Frau fing richtig an zu weinen. Dazu auch noch in bahama-yellow, davon hatte sie geträumt. Ich kenn den Verkaufsleiter bei Motozbyt, ich weiß eine Menge über ihn, aber Diskretion ist Diskretion, deshalb hat er mir das Auto hergerichtet, wie sich's gehört, und ich muß zugeben, ich bin sehr zufrieden. Damals, an dem Samstagabend, als ich heimfuhr, hatt ich ein merkwürdiges Gefühl. Ich dachte an meine Frau. Schon zwei Wochen war ich nicht zuhaus gewesen. Sie wußte, daß ich am Samstag gegen Abend komm. Sie wartete mit Gefühl auf mich, denn wir sind, bitte schön, ein gutes Ehepaar. Ich will nicht sagen, man macht mal einen Seitensprung, aber immer mit Maßen, ohne Angeberei. Mit einem Wort, wir sind einander sicher. Der Mensch braucht was Sicheres, er braucht bedauerlicherweise eine Stütze. Und eben daran dacht ich. Ich schaute nach vorn, bis mir die Augen vor Anstrengung weh taten. Der Motor arbeitete gleichmäßig und ordentlich, denn ich bin auch ein bißchen Mechaniker, ich kann den Wagen selbst warten, ich laß da niemand ran, deshalb ist er auch immer fahrbereit. Aber ich hatt damals merkwürdige Gedanken. Zum Beispiel, daß unterwegs etwas passiert, und ich komm nicht selbst damit klar. Denn der Mensch, sogar einer wie ich, verantwortlich, auf alles vorbereitet und hart, kann nicht über den eigenen Schatten springen. Und was dann?

Ich kam irgendwie ausgelaugt und ausgepumpt zuhaus an. Gewöhnlich betret ich die Küche durch den Flur vom Garten aus, nicht von der Vorderseite. Warum, weiß ich selbst nicht. Vielleicht ist das meine Schüchternheit, vielleicht hat auch mein Beruf das herbeigeführt, dieses leise, plötzliche Eintreten. Oder ich hab vielleicht etwas vom Schauspieler in mir, ich mag Überraschungen, für andere wie für mich, als wär alles ganz normal, und dann tauch ich plötzlich auf, und alles läuft in die andere Richtung wie ein Fluß zu seiner Quelle. Ich weiß es selber nicht, aber ich wundere mich nicht einmal darüber, der Mensch muß auch für sich selbst ein bißchen Geheimnis bleiben. Damals, an jenem Samstag, kam ich auch durch den Flur vom Garten aus. Meine Gattin war in der Küche. Sie hatte ihren kirschroten Pullover an, den schwarzen Rock und weiche Puschen an den Füßen. Zwei Wochen lang hatt ich sie nicht gesehen, und als sie sich umdreht, wie ich die Tür aufmach, da dacht ich, jemand preßt mir mein Herz zusammen. So verändert war sie. Eigentlich eine ältere Person. Dabei ist sie doch erst vierundvierzig. Ist das heute ein Alter für eine gut aussehende Frau, die unter guten Bedingungen lebt und einen Mann auf verantwortlichem Posten hat? Sogar damals, als sie mit unserer Iwonka nach Warschau fuhr, sah sie aus, wie sich's gehört, und das war doch für die enttäuschte Mutter ein schweres Erlebnis. Ich will vor Ihnen unterstreichen, daß meine Frau eine sehr hübsche und gepflegte Frau ist. Sie weiß, in bezug auf ihre Schönheit und Eleganz bin ich empfindlich. Jeder hat seine Vorliebe, und meine Vorliebe ist das hübsche Aussehen von Frau und Kindern. Daß das etwas kostet? Dann kostet es eben, aber der Junge muß seine Jeans und seinen Pullover haben, und Frau und Tochter müssen zurechtgemacht sein, wie sich's gehört ...

Also, das Aussehen meiner Frau hat mich überrascht. Wie schon erwähnt, ich war zwei Wochen lang nicht da gewesen, was bei uns noch nie vorgekommen ist. Aber seit diesem Kriegszustand, seit Mitte Dezember hat sich alles gewissermaßen verdreht. Ich hatt dieses Internierten-Zentrum am Hals, Schufterei von morgens früh bis abends spät, ich kam nur alle zehn Tage für ein paar Stunden heim. Und ich hatt nie Zeit, so richtig von Herzen mit meiner Frau zu reden. Jetzt aber bemerkte ich ihr ältliches, vernachlässigtes Aussehen, und das fiel mir schwer auf die Seele ...

Ich trat mitten in die Küche und sagte: »Da bin ich, Zofia!« und sie sagte: »Wie geht's dir, Geniek?« und küßte mich auf die Backe. Sie küßte mich irgendwie leicht und weich, anders als gewöhnlich. Und kehrte gleich zurück zu ihrer Pfanne, sie machte nämlich gerade Eier und Speck. Sie hört vorzüglich und erkennt unseren Mini von weitem, darum hat sie, als ich durch den Garten kam, schon die Eier in die Pfanne geschlagen. Und darum kann ich mit Stolz und Entschiedenheit sagen, daß es solche Frauen auf der Welt nur wenige gibt.

Bitte schön, ich bin zutiefst überzeugt, daß nichts passiert wär ohne den Zwischenfall mit Ateński. Genau so war's. Ich wusch mir die Hände, fragte nach Mariusz und setzte mich zu Tisch. Meine Frau reichte mir die Eier, schnitt Brot ab und setzte sich dann sehr schwer auf den kleinen Hocker am Herd. Gewöhnlich fragt sie, wie's mir im Dienst ergangen ist, diesmal aber saß sie da, sagte nichts und sah mir zu, wie ich Abendbrot aß. Aber ich bin ein

Mensch mit großer Berufserfahrung, ich hab meine seit Jahren ausgearbeiteten Methoden, die man, ich würde sagen, das Blick-Auffangen nennen könnte. Wie Sie wissen, besteht mein Dienst in großem Maße aus Gesprächen mit Menschen, und das sind für diese Menschen keine angenehmen Momente. Man muß sich bei meiner Arbeit mit dem psychologischen Spiel auskennen, denn es ist oft sehr wichtig, ob der Gesprächspartner sich windet und lügt oder ob er statt dessen Offenheit zeigt. Hier spielt der Blick eine Rolle. Man muß zum Beispiel Langeweile, Gleichgültigkeit bekunden oder angeblich ein Papier lesen und plötzlich aufschauen, um den Blick des Gesprächspartners aufzufangen. Der Blick ist meiner Ansicht nach als Material sehr wertvoll. Das stellt natürlich keinen Beweis dar, ist aber manchmal wie ein Bursche am Kai, er kann das Tau auffangen, und schon befindet sich das ganze Schiff im Hafen. Und fährt nie wieder hinaus auf die hohe See!

Ich aß sehr ruhig, und als ich aufgegessen hatte, wischte ich den Teller mit dem Stück Brot aus, und da fing ich den Blick auf. Meine Gattin hat große, dunkle Augen. Und was sagen Sie dazu, daß sie voller Tränen waren? Das hat mich richtig erschüttert. Als hätt sich im Fußboden ein Spalt geöffnet und aus dem Spalt wär ein Bandit gesprungen. Ich hab es schon betont, ich bin ein Mensch von großer persönlicher Entschlossenheit, aber außergewöhnlich ruhig. Ich hab nur gesagt: »Zofia, was ist?« Sie hat sich die Tränen abgewischt und mit den Schultern gezuckt. Ich hab noch gefragt, ob mit den Kindern alles in Ordnung ist. »In Ordnung«, hat meine Gattin geantwortet. Sie stand auf und räumte den Tisch ab. Da kam mir der Gedanke, sie hätte womöglich irgendwelche weiblichen Kümmernisse, von denen wir Männer wenig wissen. Ich dachte, es wird gut sein, sie zu erheitern, eine Geschichte zu erzählen, ihre Aufmerksamkeit von sich selbst abzulenken und, ich würde sagen, auf die Gleise meines Lebens, meines Dienstes zu richten, denn, das werden Sie zugeben, den stärksten Glauben an sich selbst schöpft eine liebende Frau aus ihrem Ehemann. Ich zündete mir also eine Zigarette an und erzählte ihr von Ateński. Aber während ich redete, redete ich auch von Dingen, von denen ich gar nicht reden wollte, sie waren einfach stärker als ich, und die ganze dumme Geschichte kam in meinem Bericht etwas anders heraus als in meinem Arbeitszimmer nach dem Mittagessen, wie ich Ateński kommen ließ. In dem Bericht war ein bißchen zuviel von meinen Gedanken, den früheren und den späteren, die mir durch den Kopf geschossen sind auf der Heimfahrt. Das hat sich alles so seltsam verschlungen, daß ich beim Erzählen nicht mehr mit absoluter Sicherheit wußte, ob ich das in Ateńskis Anwesenheit gedacht hatte oder erst später ohne ihn.

Bitte schön, es steht ja wohl außer Frage, daß er selbst das alles hervorgerufen hat. Daß ein erwachsener, intelligenter Mensch, ein Professor, dort entlanggeht, wo das Entlanggehen verboten ist – oft genug ist gesagt worden, daß es verdammt streng verboten ist –, das geht nicht rein in den Kopf eines Menschen! Nicht ich hab mir die Gebote und Verbote ausgedacht, nicht ich hab die Lagerordnung aufgestellt. Mir wär's angenehm, wenn die alle nach Paris fahren würden oder zu Hupka und Czaja, Gott sei mit ihnen, ein Kreuz mit auf den Weg! Polen wird ohne sie nicht verarmen. Früher gab's Herrn Ateński nicht, aber Polen gab's – und wie! Das ist nicht meine Sache, aber mich hat man auf diesen Posten gestellt, ich hab klare Befehle erhalten, ich hab meine Kompetenzen und halt in diesem Rahmen den richtigen Kurs.

Mich hat niemand gefragt, ob ich mir diesen Kurs gewählt hab, und ich frag meine Leute auch nicht, ob dieser Kurs ihnen gefällt, wir sitzen alle im gleichen Boot, die einen an den Rudern, die anderen am Steuer, und so war es und so ist es und so wird es sein, solange die Welt steht. Also, nicht dieser Ateński könnte mir Vorwürfe machen, sondern vielmehr ich ihm, ich bin kein Professor, ich komm nicht aus Warschau, ich habe keinen Einfluß, ich mach meine Arbeit, sie waren es, sie haben Polen so wunderschön geführt, daß man über dreißig Jahre nach dem Krieg nichts in den Topf zu tun hat und daß meine Frau stundenlang Schlange stehen muß. Diese Sache ist also klar. Verstoß gegen das Reglement, keine Diskussion. Ich hab ihn holen lassen, das dauerte seine Zeit, und ich hab überlegt, welche Strafe ich ihm auferlegen sollte. Ich hab mich entschlossen, ihm das Recht zur Korrespondenz für einen Monat zu nehmen. Man mußte einen Präzedenzfall schaffen, das war der erste Verstoß von seiten dieser Leute. Damit alles klar ist, muß ich noch anmerken, daß ich mich um den Posten als Kommandant des Zentrums für Internierte nicht gerissen habe. Ich hab seit Jahren meine verantwortungsvolle Arbeit, bin ein erfahrener Funktionär und hab auch meine Erfolge. Durch meine Hände sind sehr verschiedene Elemente gegangen. Sie können sich gar nicht vorstellen, was für Elemente wir im Land haben. Mein eigener Vater hat mir, würd ich sagen, das Gefühl für Disziplin eingetrichtert, und ich muß bedauerlicherweise zugeben, daß ich auch imstande bin, anderen Disziplin einzutrichtern.

Aber gerissen hab ich mich nicht um die Funktion in dem Zentrum. Ich hatt selten Gelegenheit zur Arbeit mit solchen Elementen. Das Schlimmste ist, kann ich für Sie hinzufügen, daß die Staatsmacht selbst nicht so richtig weiß, was sie will. Denn das Zentrum in Gang zu bringen, ist leicht, aber dann fängt erst alles an. Es erhebt sich bedauerlicherweise die Frage, wie ich Disziplin eintrichtern und wahren kann, wenn ich keine geeigneten Mittel hab. Zum Beispiel mit diesem Ateński. In einer normalen Strafvollzugsanstalt hätt ich gewußt, was zu tun ist. Aber man hatte mir das Zentrum anvertraut, diese Professoren anvertraut, und meine Vorgesetzten hatten gesagt: »Tut alles, damit es ist, wie sich's gehört...« Also dacht ich mir, man muß diesen Ateński da treffen, wo es weh tut. Die Korrespondenz, bitte schön! Doch als der Milizionär ihn in mein Arbeitszimmer führte, erlebte ich einen Moment der Erinnerung. Ateński ist nicht groß, kahlköpfig, etwas ältlich, dicklich und irgendwie mächtig erschöpft. Was sagen Sie dazu, daß die Erinnerung sich manchmal aufbäumt und dem Menschen merkwürdige Streiche spielt, bedauerlicherweise... Ich war noch sehr klein, vielleicht fünf Jahre alt, da nahm mich meine Tante mit ins Kino. Das war in Pułtusk, meine Tante hatte in Pułtusk einen Steinmetzbetrieb. Grabsteine, Grabplatten und so weiter. Sie war eine begüterte Person und liebte mich sehr, weil sie keine eigenen Kinder hatte. In diesem Kino, bitte schön, mußte ich pinkeln, wie das kleinen Bengels so geht. Ich sagte: »Tante, ich muß mal!«, sie aber, das weiß ich noch wie heute, sagt flüsternd: »Geniek, hol den Pimmel raus und mach am Bein entlang!« Es waren viele Leute im Kino, meine Tante wollte kein Aufsehen erregen mit dem Rausgehen aufs Klo. Ich aber war schon als Kind ordentlich und hatte Sauberkeit und Hygiene eingetrichtert bekommen. Ich stand also auf und ging pinkeln. Da leuchtete eine kleine Lampe auf, und jemand zeigte mir den Weg. Es war ein älterer, kahlköpfiger, dicklicher Mann mit sehr traurigem, erschöpftem Gesicht. Als ich Ateński erblickte, stand mir dieser Mann vor Augen und zusammen mit ihm meine ganze Kindheit. Ich roch unseren Hof und sah die große Teppichklopfstange und die Tür zur Tischlerei meines Vaters und das Gesicht meiner Mutter. Sie war eine gute, fromme, sehr edle Frau. Und hatte ein schweres, ein verdammt schweres Leben, weil ihr Mann ein Trinker und ihre Söhne Rüpel waren. Und was hat das damit zu tun, dacht ich, was hat das damit zu tun, daß dieser dumme Ateński gegen die Lagerordnung verstoßen hat? Er mußte ja nicht gegen die Lagerordnung verstoßen. Der Mensch ist ein seltsames Geschöpf, glauben Sie mir. Mich packte ein schwerer Zorn auf diesen Ateński, als hätt sein Verstoß gegen die Lagerordnung mir ein Stück Leben genommen, ein schönes Stück Leben, und davon hab ich nie viel gehabt. Dazu stand er noch irgendwie unmännlich da, er kam mir schlaff, weich, knochenlos vor, vielleicht sogar ohne Rückgrat. Ich hab gesagt: »So steht man nicht vor einem Funktionär des Strafvollzugs!« Und er darauf: »So stehe ich immer.« Das sollte man nicht antworten, wenn man sich in Ateńskis Lage befindet. Er sagte das eigentlich ganz ruhig, aber mit einem Unterton, aus dem man den Spott heraushörte. Ich hab's Ihnen schon gesagt, ich bin absolut stolz. Man kann mir Unrecht tun, mich verletzen, aber nie auf die Knie zwingen. Ich hab seinen Blick aufgefangen, obwohl er sicher dachte, ich schau zur Wand hinüber. Bitte schön! Es gibt Augen wie Pistolen und wie Seife und wie Schrot für Rebhühner. Es gibt, bei leidenschaftlichen Frauen zum Beispiel, Augen wie Kronleuchter. Die Menschen haben unterschiedliche Augen, ich kenn mich damit aus. Meine Frau hat manchmal Augen wie Lazarus. Und meine Mutter hatte immer Augen wie zwei Petroleumlampen. Und alles, alles kann man ertragen, ich ertrag in meinem Dienst sogar am leichtesten Augen wie Schießeisen, aber Ateński hatte die allerschlimmsten. Wie ich seinen Blick auffing, war das, als säh ich in die Fenster eines leeren Hauses, und da drinnen, in dieser Tiefe, war ganz einfach ich. Winzig und einsam. Und da dacht ich mir, du alter Einfaltspinsel, dir verdresch ich den Arsch! Bitte schön, ich weiß, das war nicht gerecht. Ich hab ihm für einen Monat die Korrespondenz verboten und die Spaziergänge eingeschränkt. Sehr streng! Ich nenne das »scharfen Eintritt ins Angtree«. Wegen eines solchen scharfen Eintritts hat bei uns noch niemand Schwierigkeiten gekriegt, wegen einer sanften Landung aber kriegten die Leute Einträge in die Personalakten, ja manchmal war sogar die Beförderung futsch. Bei Ateński ging es mir gar nicht darum, daß ich gedeckt war. Das ist etwas anderes. Zum ersten Mal seit Jahren waren Beschluß und Entscheidung durchaus nicht privat eingefärbt. Als fände dieser Dezember-Krieg zwischen ihm und mir statt! Als hätt ich an diesen Krieg wirklich geglaubt... Hier bin ich Ihnen eine gewisse, ich würde sagen, Erklärung schuldig. Ich sprech mich in der Politik nicht aus. Ich bin ein Funktionär im Staatsdienst. Auf der ganzen Welt muß der Staatsdienst funktionieren. Und das hat mit Politik nichts zu tun. Ich füg aber offen hinzu, daß alles, was man bei uns in letzter Zeit angestellt hat, für unser Volk nicht nützlich war. Ich weiß nicht, was man hätte tun sollen, ich bin nicht berechtigt, Schlüsse zu ziehen. Noch einmal unterstreich ich, daß ich bestimmte Pflichten hab, die ich erfülle. Ich hatte das Recht und die Pflicht einzuschreiten, als Ateński gegen die Lagerordnung verstieß. Aber, ich würde sagen, von Amts wegen!

Und das alles sagte ich meiner Frau. Nicht wie ich es gern erzählt hätt, ein bißchen heiter, daß da ein Professor aus

Warschau ist, der angeblich nicht auf dem richtigen Spazierweg laufen kann, und das erzielte ich eben mit dem ganzen Durcheinander meiner Gedanken und, ich würde sagen, Beunruhigungen. Nachdem ich fertig war, sagte meine Frau sehr lange nichts, so lange, daß ich aufstand, aus der Kredenz eine Karaffe mit hausgemachtem Pomeranzenlikör nahm, mir ein Gläschen eingoß, es austrank und ein zweites eingoß – sie aber stand immer noch wortlos da, das Gesicht dem Spülbecken zugewandt. Bis sie schließlich mit einer feuchten Stimme antwortete, als wär's ein fremder Mensch, und ich sie sagen hörte: »Mein Gott, und wofür trifft uns das!« Da schrie ich vor Zorn und Ungeduld los: »Zofia, hör sofort auf!« Sie drehte sich um. Ich sag Ihnen nur drei Wörter: eine alte Frau! Anfangs verstand ich nicht recht, was meine Gattin tat. Sie kam auf mich zu, hob den Arm, schien einen Augenblick zu zögern und streichelte mir dann mit der flachen Hand über Schläfe und Backe.

Da ist, bitte schön, irgendwas in mir zerbrochen. Als hätt ich ein Herz aus Glas, und dieses Herz wär ganz zart zerbrochen, ohne den geringsten Laut. Ich sag Ihnen mit voller Aufrichtigkeit, wie meine Frau danach schlafen ging, blieb ich in der Küche. Vielleicht hab ich ein bißchen zuviel von diesem Pomeranzenlikör getrunken, denn kurz nach Mitternacht war die Karaffe leer. Ich stand fast reglos da und starrte zum Fenster hinaus. Draußen ist ein Stückchen Garten, mehrere Bäumchen. Zum Winter umwickle ich sie immer mit Stroh, das hat seine Bedeutung. Ich sah in der Dunkelheit die Umrisse dieser Bäumchen. Und mir tat das Herz weh. Wenn ich ein Gläschen austrank, tat es etwas weniger weh, aber nach einiger Zeit war es wieder schlimmer. Ich meine keinen Schmerz in der Brust, nur etwas ganz Allgemeines, vielleicht nicht einmal einen Schmerz, aber eine Last ...

Die Uhr schlug zwölf, und plötzlich fiel mir meine Mutter ein. Sie hatte immer gewollt, daß ich an Gott glaubte, an die Engel und die ewige Erlösung. Ich sagte sehr leise: »Ach, Muttchen!«

Ich weiß nicht, ob das zu mir gesagt war oder doch zu ihr. Das heißt, zu meiner Mutter. Und ich spürte immerzu den Schmerz im Herzen.

1982

Anmerkungen des Übersetzers zu den Seiten

14 *Jahr 1920* – gemeint ist der polnisch-sowjetische Krieg mit dem sogenannten ›Wunder an der Weichsel‹
14 *Virtuti Militari* – höchster polnischer Militärorden
15 *Starostei* – Land- oder Stadtkreisamt in Polen zwischen den Kriegen
27 *Marschall* – Józef Piłsudski starb am 12. Mai 1935
31 *Schwaben* – polnisches Schimpfwort für Deutsche
42 *Ptak* – heißt auf polnisch Vogel
42 *Masowien* – die Landschaft um Warschau
50 *Meinl* – Laden nur für Deutsche
60 *Schuch-Allee* – Hauptquartier der Gestapo im Warschau der Okkupationszeit
66 *Volksliste* – während des Krieges Register der sog. Volksdeutschen und der zur Germanisierung vorgesehenen Polen
96 *Königsweg* – nordsüdlicher Straßenzug in Warschau vom Stadtschloß zum Schloß Wilanów
118 *Ihr* – Anredeform unter Parteimitgliedern
157 Diese Erzählung spielt, für jeden polnischen Leser verständlich, im Jahr 1968, während der »antizionistischen« Kampagne in Polen nach dem Sechs-Tage-Krieg
167 *Sanacja* – Sanierung, landläufige Bezeichnung für das Regime der Obersten nach dem Tode Piłsudskis
209 *Baba Jaga* – polnische Hexe
210 *»Zwei ist drei!«* – sagt man in Polen beim Bridge, wenn acht Stiche, sechs plus zwei, angesagt sind und ein Überstich, ein neunter Stich, erzielt wird
225 Die Erzählung handelt von der Internierung aufgrund des am 13. Dezember 1981 über Polen verhängten Kriegszustandes. Sie wurde 1982 im Internierungslager Jaworze geschrieben
239 *»Die Beichte eines Kindes seiner Zeit«* – Übernahme des Titels von Alfred de Musset *La confession d'un enfant du siècle*, 1836

Zur Aussprache der polnischen Namen

Im Polnischen spricht man alle Vokale kurz und offen aus, Doppelvokale (au und eu) getrennt, ie als je. Die Betonung liegt, von seltenen Ausnahmen abgesehen, immer auf der vorletzten Silbe.

Anders als im Deutschen werden folgende Buchstaben ausgesprochen:

ą	– on, in französisch: ballon
c	– tz, auch vor k
ć oder ci	– tj, zu einem Laut verbunden
ch	– hart, wie in deutsch: Dach
cz	– tsch, wie in deutsch: Peitsche
ę	– in, wie in französisch: bassin
h	– ch, wie in deutsch: Dach
ł	– etwa w, wie in englisch: water
ń	– nj, wie in spanisch: señor
ó	– u
rz	– j, wie in französisch: journal
s	– ß
ś oder si	– ßj, zu einem Laut verbunden, also weicher als ch in deutsch: Licht
sz	– sch, wie in deutsch: Schule
z	– s, wie in deutsch: Rose
ź oder zi	– sj (s dabei stimmhaft), zu einem Laut verbunden
ż	– j, wie in französisch: journal

Bitte beachten Sie auch die folgenden Seiten

Andrzej Szczypiorski im Diogenes Verlag

Nacht, Tag und Nacht

Roman. Aus dem Polnischen von
Klaus Staemmler. Leinen

Andrzej Szczypiorskis neuer Roman – sein erstes Werk, das er ohne Einmischung eines totalitären Staatsapparates schreiben konnte – ist Liebesgeschichte und Politthriller mit autobiographischen Zügen, Pamphlet und Lehrbuch für Geschichte in einem. Aus dem Psychogramm von Akteuren, Mitläufern und Opfern: Polen, Deutschen, Russen, Juden, Christen, entsteht ein selten klares Bild der Vorgänge und Hintergründe, die die europäische Geschichte dieses Jahrhunderts bis heute prägen, eines Jahrhunderts, in dem manches dämmerte, es Nacht, Tag und Nacht wurde – und wieder Tag.
Szczypiorski gelingt mit leichter Hand die Synthese der Erfahrungen mit totalitären Mächten im Europa des 20. Jahrhunderts in einem packenden Roman.

Notizen zum Stand der Dinge

Deutsch von
Klaus Staemmler. Leinen

»Diese Aufzeichnungen sind das Dokument der Auseinandersetzung eines aus seinem Lebenszusammenhang gerissenen Individuums mit einer aus ihrem organischen Zusammenhang herausgerissenen Zeit – und des Versuchs, sich aus dieser Zeit heraus in einen Bereich der Zeitlosigkeit zu retten. Authentisch, subjektiv und schonungslos.« *Neue Zürcher Zeitung*

Die schöne Frau Seidenman

Roman. Deutsch von
Klaus Staemmler. detebe 21945

»Gelassen, aller pessimistischen Geschichtsbetrachtung zum Trotz, blickt Andrzej Szczypiorski über die

Jahrzehnte zurück auf die finsteren Zeiten, die er selbst einst durchlebt hat, in den Flammen des Warschauer Aufstands und danach im KZ Sachsenhausen. Mit herber Ironie erzählt er von Gerechten wie Schurken, von guten Patrioten und Henkersknechten, Todgeweihten und noch einmal Davongekommenen, deren Geschicke sich verknüpfen zu dramatisch gerafftem Romangeschehen.« *Der Spiegel, Hamburg*

»Ein leises und poetisches Buch, das ausspricht, was beim Namen genannt zu werden verdient – damit wir nicht vergessen, was niemand mehr hören und sehen und wissen mag.« *Frankfurter Allgemeine Zeitung*

Eine Messe für die Stadt Arras

Roman. Deutsch von Karin Wolff
detebe 22414

»Wir sollten vorsichtiger sein, wenn wir uns über ›die besten Bücher‹ und ›die wichtigsten Autoren‹ äußern, denn es ist allzeit wahrscheinlich, daß wir die gar nicht kennen. Zum Beispiel den Roman *Eine Messe für die Stadt Arras* von Andrzej Szczypiorski.«
Ulrich Greiner/Die Zeit, Hamburg

»*Eine Messe für die Stadt Arras* ist Andrzej Szczypiorskis Hauptwerk.« *Marcel Reich-Ranicki/FAZ*

Viktorija Tokarjewa im Diogenes Verlag

Happy-End

Erzählung. Aus dem Russischen
von Angelika Schneider. Leinen

Aus purem Trotz heiratet Elja viel zu früh den sie naiv vergötternden Tolik und zieht mit ihm zu seinen Eltern in ein russisches Provinznest. Als sie an der Langeweile des Kleinstadtlebens zu ersticken droht, verliebt sich Elja in den Schauspieler Igor, der so wunderschön Lermontow rezitiert. Sie zieht mit ihm nach Moskau. Aber Igor ist Alkoholiker und hat seit Jahren keine guten Rollen mehr gespielt...

»Die große Kunst der Viktorija Tokarjewa besteht im äußerst sparsamen Gebrauch der erzählerischen Mittel. Überflüssige Details zu vermeiden und auf kürzestem Weg ins Herz der Dinge und der Menschen vorzudringen ist die Maxime der Autorin. Ihre Erzählungen sind von geradezu elementarer Wucht. Sie ist eine Meisterin.« *Frankfurter Allgemeine Zeitung*

Mara

Roman. Deutsch
von Angelika Schneider
Leinen

Die ehrgeizige Mara hat nur zwei Ziele: Macht und Geld. Da sie beides mangels Ausbildung auf direktem Wege nicht erreichen kann, geht sie den Umweg über Männer.
In *Mara* entwirft die Autorin das psychologisch feinfühlig gezeichnete tragikomische Bild einer modernen russischen ›femme fatale‹.

»Ihre Erzählungen führen sehr direkt an das Wesen der Menschen heran. Was sie sagt, sagt sie in äußerst ge-

drängter Form. Eine ›Vaterschaft‹ Čechovs scheint vor allem im Umgang mit der Sprache, in der Beobachtungsgabe und im manchmal fast melancholischen Humor durchzuschlagen. Und obwohl Viktorija Tokarjewa in der Sowjetära lebt, sind ihre Figuren zeitlos, sieht man von den wenigen Tönen des Zeitkolorits ab. Wieviel klingt da mit.«
Regula Heusser/Neue Zürcher Zeitung

Zickzack der Liebe

Erzählungen. Deutsch von
Monika Tantzscher. detebe 21859

Die Menschen der Viktorija Tokarjewa rebellieren gegen ein Leben, das mit der Regelmäßigkeit eines Uhrwerks abläuft und keinen Raum für spontanes Glück läßt. Sie träumen vom Überschwang des Herzens und von leidenschaftlicher Liebe – zu deren Unbedingtheit sie sich dann doch nicht entscheiden können. Das Leben zu zweit erscheint wie ein spannender Kampf »zwischen Wahrheit und Lüge«.
Ironisch und mit Herzblut erzählt eine selbstbewußte Autorin von den Partnerschaftsnöten emanzipierter sowjetischer Frauen.

»Viktorija Tokarjewa schreibt keine tendenziöse Frauenprosa; die Frauen kommen nicht besser weg als die Männer, mögen sie auch völlig anders sein. Mit kinematographisch geschultem Blick beobachtet sie – Absolventin des Leningrader Filminstituts und Verfasserin zahlreicher Drehbücher – Menschen in ihrem privaten und beruflichen Alltag, sensibel und doch auf Distanz, wie ihr Vorbild Čechov.«
Ilma Rakusa/Neue Zürcher Zeitung

Alfred Andersch
Die Romane

Vier Bände in Kassette,
zusammen 1408 Seiten, Leinen
Alle Bände auch einzeln als detebe lieferbar

Sansibar oder der letzte Grund

»In einer kleinen Stadt an der Ostsee treffen zufällig sechs Gestalten zusammen: ›Der Junge‹; Gregor, der KPD-Funktionär; Judith, die Jüdin; am Ort selbst befinden sich der Pfarrer Helander; Knudsen, der Fischer und Kutterbesitzer; als letzter die Holzplastik des ›Lesenden Klosterschülers‹. Und diese sechs Gestalten haben kein anderes Anliegen, als Deutschland zu verlassen... Alfred Anderschs großes Buch von Sansibar ist ein Mißtrauensvotum ersten Ranges gegen unser behäbig aufgeblasenes ›Volk der Mitte‹.«
Arno Schmidt

Die Rote

»Ein Werk, so denkwürdig wie selten – das Geschenk eines europäischen Schriftstellers an Italien.«
Italo Chiusano

»Ich glaube, daß sich als wieder richtig herausstellen wird, was schon vor geraumer Zeit der maßgebende französische Kritiker Maurice Nadeau gesagt hat, nämlich: daß Alfred Andersch einer der wenigen westdeutschen Nachkriegsautoren ist, die der Welt etwas zu sagen haben.« *Jean Améry*

Efraim

»Daß das große Feld, das dieser Ich-Bericht aussteckt – das Gesichtsfeld: Deutschland, Hitler, Europa, Nachkriegszeit, Ost-West usw. – zum Schluß sich zusammenzieht auf jenes Kreuz, das man ›privat‹ nennt und das gegenüber Treblinka oder Vietnam ›klein‹ genannt wird, das ist stark durch Wahrheit, Beichte im guten Sinne, Eingeständnis, daß wir, wie sehr uns die allgemeine Geschichte angeht und bewegt, die Welt schließlich doch immer vom Ich her erfahren, erleiden, bewältigen oder nicht.« *Max Frisch*

Winterspelt

»*Winterspelt* ist ein Buch, das, so denke ich, das beste ist, das dieser zurückhaltende, eigenwillige Autor geschrieben hat. Ein Alterswerk (wie Fontanes *Stechlin*, Thomas Manns *Erwählter*, Heinrich Manns *Atem*): zart und von durchsichtig-kristalliner Struktur.«
Wolfram Schütte

»*Winterspelt* beunruhigt mich sehr. Ein Buch, das dem Leser den Schlaf raubt, ist ein Buch, das zu lesen sich lohnt. Überzeugt von seinem hohen literarischen Rang, sollte ich über *Winterspelt* schweigen. *Winterspelt* ist ein großes Werk. Jede Kritik an *Winterspelt* richtet sich gegen den Kritiker.« *Wolfgang Koeppen*

Erich Hackl im Diogenes Verlag

Auroras Anlaß

Erzählung. detebe 21731

»Eines Tages sah sich Aurora Rodríguez veranlaßt, ihre Tochter zu töten.« So beginnt die außergewöhnliche Geschichte der Spanierin Aurora Rodríguez, die auf der Suche nach Selbstverwirklichung an die Schranken gesellschaftlicher Konventionen stößt und ihre Träume von einer besseren Welt von einer anderen, fähigeren Person realisiert sehen möchte: einer Frau, ihrer Tochter Hildegart.

»Souverän und stilsicher erzählt Erich Hackl einen ganz einmaligen Fall; zugleich gibt er einen Einblick in das Spanien der Zeit vor Franco und vor dem Bürgerkrieg. Der Erzähler drängt dem Leser keine politischen Lehren auf, doch er bringt ihn zum Nachdenken. Und vor allem: er unterhält ihn aufs beste mit einem spannenden Buch, das keine Längen hat. Dies ist ein Debüt, das auf Kommendes neugierig macht.«
Der Tagesspiegel, Berlin

»Bewundernswert ist die artistische Sicherheit, mit der Erich Hackl zu Werke geht, ist die Präzision, mit der dieser Schriftsteller Auroras Abenteuer protokolliert – auf eine Weise, die uns, wenn der Aberwitz mit solcher Beiläufigkeit zur Sprache findet, nachhaltig in die größte Spannung versetzt. So daß wir fast nicht glauben mögen, daß sie sich tatsächlich zugetragen hat, diese Geschichte.« *Frankfurter Allgemeine Zeitung*

»Kleistisch erzählt.« *Die Weltwoche, Zürich*

»Ein großartiges Debüt.« *Le Monde, Paris*

Ausgezeichnet mit dem Aspekte-Literaturpreis 1987

Abschied von Sidonie

Erzählung. detebe 22428

Erich Hackl ist – wie schon mit seiner aufsehenerregenden Erzählung *Auroras Anlaß* – einem unerhörten, jahrzehntelang verschwiegenen Fall nachgegangen; in einer knappen, präzisen Sprache erzählt er das bewegende Schicksal des Zigeunermädchens Sidonie Adlersburg, ihr kurzes Glück bei den Pflegeeltern und deren verzweifelte Bemühungen, das Kind vor dem ihm zugedachten Ende zu bewahren.
Abschied von Sidonie ist nicht nur eine Chronik der Gewalt, von ›Trägheit des Herzens‹ und Bestialität des Anstands, sondern auch eine Liebeserklärung an Menschen, die in großen wie in kleinen Zeiten Mitgefühl und Selbstachtung vor falsch verstandene Pflichterfüllung gestellt haben. Zugleich gibt das Buch einen tiefen Einblick in den Zustand eines Landes und seiner Bewohner, zeigt, was möglich war und was wirklich wurde, und was davon geblieben ist.

»Die Fähigkeit Hackls, aus den zur Meldung geschrumpften Fakten wieder die Wirklichkeit der Ereignisse zu entwickeln, die Präzision und zurückgehaltene Kraft der Sprache lassen an Kleist denken. Aber von Abhängigkeit, von Nachahmung gar kann die Rede nicht sein. Hier hat ein junger Autor den Mut, sich in gutgebauten Sätzen zu äußern, sich nicht quasiexperimentell zu geben, nicht um jeden Preis neu zu sein. Schon das ist eine Neuheit.« *Kyra Stromberg / Süddeutsche Zeitung, München*

»Erich Hackl ist eine der großen Hoffnungen der deutschsprachigen Literatur. Er hat eine meisterhafte Erzählung geschrieben.« *Frank Schirrmacher / Frankfurter Allgemeine Zeitung*

Russische und polnische Literatur im Diogenes Verlag

● Anton Čechov

Briefe 1877–1904 in 5 Bänden. Übersetzt und herausgegeben von Peter Urban. Leinen
Auch als detebe 21064–21068
Tagebücher. Notizbücher. Herausgegeben und vollständig neu übersetzt von Peter Urban. Mit Vorwort, editorischem Bericht, ausführlichen Anmerkungen und Personenregister. Leinen
Das dramatische Werk in 8 Bänden. Neu übersetzt, transkribiert und herausgegeben von Peter Urban. Jeder Band bringt den unzensierten Text mit sämtlichen Varianten und Lesarten, Auszügen aus Čechovs Notizbüchern, Anmerkungen und einen editorischen Bericht.
Die Möwe. Komödie in vier Akten
detebe 20091
Der Waldschrat. Komödie in vier Akten
detebe 20084
Der Kirschgarten. Komödie in vier Akten
detebe 20083
Onkel Vanja. Szenen aus dem Landleben in vier Akten. detebe 20093
Ivanov. Drama in vier Akten. detebe 20102
Drei Schwestern. Drama in vier Akten
detebe 20103
Platonov. Das ›Stück ohne Titel‹. Erstmals vollständig deutsch. detebe 20104
Sämtliche Einakter. detebe 20801
Das erzählende Werk in 10 Bänden. Verschiedene Übersetzer. Neu transkribiert, mit Anmerkungen und Nachweis der Erstveröffentlichungen von Peter Urban.
Ein unbedeutender Mensch. Erzählungen 1883–1885. detebe 20261
Gespräch eines Betrunkenen mit einem nüchternen Teufel. Erzählungen 1886
detebe 20262
Die Steppe. Erzählungen 1887–1888
detebe 20263
Flattergeist. Erzählungen 1888–1892
detebe 20264
Rothschilds Geige. Erzählungen 1893–1896
detebe 20265
Die Dame mit dem Hündchen. Erzählungen 1897–1903. detebe 20266
Eine langweilige Geschichte / Das Duell
Kleine Romane I. detebe 20267
Krankenzimmer Nr. 6 / Erzählung eines Unbekannten. Kleine Romane II
detebe 20268
Drei Jahre / Mein Leben. Kleine Romane III
detebe 20269
Die Insel Sachalin. Reisebericht
detebe 20270
Das Drama auf der Jagd. Eine wahre Begebenheit. Deutsch von Peter Urban
detebe 21379
Meistererzählungen. Ausgewählt von Franz Sutter. Deutsch von Ada Knipper, Herta von Schulz und Gerhard Dick. detebe 21702
Čechov-Chronik. Daten zu Leben und Werk zusammengestellt von Peter Urban. Mit Nachwort, ausführlicher Bibliographie und Register. Leinen
Anton Čechov. Sein Leben in Bildern. Herausgegeben von Peter Urban. Mit 739 Abbildungen, einem Anhang mit Daten zu Leben und Werk und einem Personenregister
Leinen
Über Čechov. Herausgegeben von Peter Urban. detebe 21244
Denken mit Čechov. Ein Almanach auf alle Tage, zusammengestellt von Peter Urban
Diogenes Evergreens
Das Čechov Lesebuch. Herausgegeben, kommentiert und mit einem Vorwort von Peter Urban. detebe 21245

● Maria Chmelik

Kleine Vera. Roman. Mit 19 Briefen von sowjetischen Filmzuschauern. Deutsch von Gerlinde Zett-Tesch. Broschur

● Das Diogenes Lesebuch russischer Erzähler

Von 1800 bis zur Gegenwart. Herausgegeben und mit einem Nachwort von Johannes von Guenther. detebe 21534

● Fjodor Dostojewskij

Meistererzählungen. Edition, Übersetzung und Nachwort von Johannes von Guenther
detebe 20951

● Nikolai Gogol

Die toten Seelen. Roman. Deutsch von Philipp Löbenstein. detebe 20384
Die Nase. Ausgewählte Erzählungen. Auswahl, Vorwort und Übersetzung von Sigismund von Radecki. detebe 20624

● **Iwan Gontscharow**
Ein Monat Mai in Petersburg. Ausgewählte Erzählungen. Deutsch von Johannes von Guenther und Erich Müller-Kamp
detebe 20625
Briefe von einer Weltreise. Briefe von einer Expeditionsfahrt, die den Autor 1852–1855 nach England, Südafrika, China, Japan und Sibirien führte. Deutsch von Erich Müller-Kamp. detebe 21008

● **Daniil Granin**
Das Gemälde. Roman. Deutsch von Lieselotte Remané. detebe 21853

● **Michail Lermontow**
Ein Held unserer Zeit. Roman. Deutsch von Arthur Luther. detebe 21006

● **Nikolai Lesskow**
Meistererzählungen. Ausgewählt von Anna von Guenther. Deutsch von Johannes von Guenther. detebe 21651

● **Vladimir Makanin**
Moskau 1985. Erzählungen I. Deutsch von Alexander Kaempfe. detebe 21995
Menschenbilder. Erzählungen II. Deutsch von Alexander Kaempfe. detebe 22423

● **Wladimir F. Odojewskij**
Russische Nächte. Mit einem Nachwort von Heinrich A. Stammler. Deutsch von Johannes von Guenther und Heinrich A. Stammler
detebe 21235

● **Konstantin Paustowski**
Meistererzählungen. Deutsch von Rebecca Candreia und Hans Luchsinger. Eine Auswahl aus den Bänden ›Das Sternbild der Jagdhunde‹ und ›Die Windrose‹. detebe 21956

● **Alexander S. Puschkin**
Meistererzählungen. Deutsch von André Villard. Mit einem Fragment ›über Puschkin‹ von Maxim Gorki. detebe 21526

● **Wassilij Rosanow**
Solitaria. Ausgewählte Schriften. Deutsch und mit einem Vorwort von Heinrich A. Stammler. detebe 21301

● **Andrej Sacharow**
Wie ich mir die Zukunft vorstelle. Memorandum über Fortschritt, friedliche Koexistenz und geistige Freiheit. Deutsch von E. Guttenberger. Mit einem Nachwort von Max Frisch und den Antworten an Sacharow von Marion Gräfin Dönhoff, Jean Laloy, Pietro Quaroni, William Hayter, Louis Fischer und Heinrich Böll. detebe 20116

● **Jewgenij Samjatin**
Attila, die Geißel Gottes. Eine Geschichte Deutsch von Xaver Schaffgotsch. Nachwort von Helen von Ssachno. detebe 20626

● **Ilja Schtemler**
Der Zug. Roman. Deutsch von Susanne Veselov. Leinen

● **Heinrich Sienkiewicz**
Quo vadis. Eine Erzählung aus der Zeit Neros. Deutsch von E. Pathory. Mit einem Nachwort von Monika Wöhlken
detebe 21270

● **Alexander Sinowjew**
Ohne Illusionen. Interviews, Vorträge, Aufsätze. Deutsch von Alexander Rothstein
Leinen
Der Arm des Kremls. Komödie. Deutsch von G. von Halle. Broschur
Ich bin für mich selbst ein Staat. Betrachtungen eines russischen Kosmopoliten. Aufgezeichnet von Adelbert Reif und Ruth Renée Reif. Broschur
Kommunismus als Realität. Deutsch von Katharina Häußler. detebe 20963
Wir und der Westen. Interviews, Vorträge, Aufsätze. Deutsch von Wera Rathfelder
detebe 20997
Lichte Zukunft. Deutsch von Franziska Funke und Eberhard Storeck. Mit einer Beilage ›Über Alexander Sinowjew‹ von Jutta Scherrer. detebe 21133
Homo sovieticus. Roman. Deutsch von G. von Halle. detebe 21458
Gähnende Höhen. Deutsch von G. von Halle und Eberhard Storeck. detebe 21548
Der Staatsfreier oder Wie wird man Spion
Roman. Deutsch von Wilhelm Timroth
detebe 21695

● **Andrzej Szczypiorski**
Amerikanischer Whiskey. Erzählungen
Deutsch von Klaus Staemmler. Leinen
Notizen zum Stand der Dinge. Deutsch von Klaus Staemmler. Leinen
Die schöne Frau Seidenman. Roman. Deutsch von Klaus Staemmler. detebe 21945
Eine Messe für die Stadt Arras. Roman
Deutsch von Karin Wolff. detebe 22414

● **Viktorija Tokarewa**
Mara. Deutsch von Angelika Schneider
Leinen

Zickzack der Liebe. Erzählungen. Deutsch von Monika Tantzscher. detebe 21859

● Leo Tolstoi

Anna Karenina. Roman. Deutsch von Arthur Luther. Mit einem Nachwort von Egon Friedell. detebe 21371
Krieg und Frieden. Roman. Deutsch von Erich Boehme. 4 Bände in Kassette
detebe 21970
Meistererzählungen. Ausgewählt von Christian Strich. Deutsch von Arthur Luther, Erich Müller und August Scholz
detebe 21700

Gesammelte Erzählungen in 6 Bänden

Kindheit. Erzählungen. Deutsch von Eva Luther. detebe 21357
Die Kosaken. Erzählungen. Deutsch von Arthur Luther. detebe 21358
Der Schneesturm. Erzählungen. Deutsch von Eva Luther. detebe 21359
Die Kreutzersonate. Erzählungen. Deutsch von Arthur Luther, Erich Müller und August Scholz. detebe 21360
Hadschi Murat. Erzählungen. Deutsch von Erich Boehme, Erich Müller und August Scholz. detebe 21361
Herr und Knecht. Erzählungen. Deutsch von Erich Boehme. detebe 21362

● Lydia Tschukowskaja

Untertauchen. Roman. Deutsch von Swetlana Geier. detebe 20393
Sofja Petrowna. Roman. Deutsch von Eva Mathay. detebe 21896

● Iwan Turgenjew

Meistererzählungen. Herausgegeben und deutsch von Johannes von Guenther
detebe 21051

● Juri Tynjanow

Secondelieutenant Sjedoch. Erzählung
Deutsch von Elisabeth Kottmeier. Mit einem Nachwort von E.G. Kostetzky. detebe 21445
Puschkin. Historischer Roman. Deutsch von Traute und Günther Stein. Nachdichtungen von Wilhelm Tkaczyk. Mit einem Nachwort von Wladimir Lewin. detebe 21535
Wilhelm Küchelbecker, Dichter und Rebell. Historischer Roman. Deutsch von Maria Einstein. Mit Anmerkungen und einem Nachwort von Wladimir Lewin. detebe 21812

● Wladimir Woinowitsch

Auf gut russisch oder Der ich hätte werden können. Erzählungen und offene Briefe. Deutsch von G. von Halle. Leinen
Brieffreundschaften. Erzählung. Deutsch von Heddy Pross-Weerth. detebe 20106
Die denkwürdigen Abenteuer des Soldaten Iwan Tschonkin. Roman. Deutsch von Alexander Kaempfe. detebe 20628
Iwan Tschonkin Thronanwärter. Roman
Deutsch von Alexander Kaempfe
detebe 21306

● Liebesgeschichten aus Rußland

Von Alexander Puschkin bis Anton Tschechow. Herausgegeben von Johannes von Guenther. detebe 21013

● Russische Heiligenlegenden

Herausgegeben und eingeleitet von Ernst Benz. Übersetzt und erläutert von G. Apel, E. Benz, W. Fritze, A. Luther und D. Tschizewskij. detebe 21582

● Russische Kriminalgeschichten

Von Fjodor Dostojewskij bis Anton Tschechow. Auswahl, Übersetzung und Nachwort von Johannes von Guenther. detebe 21127